Série

AS AVENTURAS DO CAÇA-FEITIÇO

O Aprendiz — Livro 1

A Maldição — Livro 2

O Segredo — Livro 3

A Batalha — Livro 4

O Erro — Livro 5

O Sacrifício — Livro 6

O Pesadelo — Livro 7

O Destino — Livro 8

E VEM MAIS AVENTURA
POR AÍ... AGUARDE!

JOSEPH DELANEY

5ª EDIÇÃO

Tradução
Ana Resende

BB
BERTRAND BRASIL

Publicado originalmente pela Random House Children's Books

Título original: *The Spook's Mistake*

Capa: David Wyatt

Ilustrações: David Frankland, 2008

Editoração: FA Studio

Texto revisado segundo o novo
Acordo Ortográfico da Língua Portuguesa

2014
Impresso no Brasil
Printed in Brazil

CIP-Brasil. Catalogação na fonte
Sindicato Nacional dos Editores de Livros – RJ

D378e
5ª ed.

Delaney, Joseph, 1945-
O erro/Joseph Delaney; tradução Ana Resende; [ilustrações David Frankland]. – 5ª ed. – Rio de Janeiro: Bertrand Brasil, 2014.
352p.: il.; 21 cm. (As aventuras do caça-feitiço; v. 5)

Tradução de: The spook's mistake
Sequência de: A batalha
Continua com: O sacrifício
ISBN 978-85-286-1540-1

1. Literatura juvenil inglesa. I. Resende, Ana. II. Frankland, David. III. Título. IV. Série.

CDD – 028.5
CDU – 087.5

11-8175

EDITORA BERTRAND BRASIL LTDA.
Rua Argentina, 171 – 2º andar – São Cristóvão
20921-380 – Rio de Janeiro – RJ
Tel.: (0xx21) 2585-2070 – Fax: (0xx21) 2585-2087

Atendimento e venda direta ao leitor:
mdireto@record.com.br ou (0xx21) 2585-2002

Para Marie

O ponto mais alto do Condado
é marcado por um mistério.
Contam que ali morreu um homem
durante uma grande tempestade, quando
dominava um mal que ameaçava o mundo.
Depois, o gelo cobriu a terra e, quando
recuou, até as formas dos morros e os
nomes das cidades nos vales tinham
mudado. Agora, no ponto mais alto das
serras, não resta vestígio do que ocorreu
no passado, mas o nome sobreviveu.
Continuam a chamá-lo de

WARDSTONE,

a Pedra do Guardião.

CAPÍTULO 1

O XELIM DO REI

Segurando meu bastão, entrei na cozinha e peguei a saca vazia. Em menos de uma hora estaria escuro, mas eu ainda tinha tempo suficiente para descer até a aldeia e recolher as provisões da semana. Tudo o que restara eram uns poucos ovos e um pequeno pedaço de queijo do Condado.

Dois dias antes, o Caça-feitiço fora ao sul lidar com um ogro. Para meu aborrecimento, aquela era a segunda vez em um mês que meu mestre partia a trabalho sem mim. Nas duas vezes, ele dissera que se tratava de rotina e que não havia nada que eu já não tivesse visto em meu aprendizado; que seria mais útil ficar em casa praticando latim e adiantando os estudos. Não discuti, mas tampouco fiquei satisfeito. Veja bem, pensei que havia outra razão para ele me deixar para trás: estava tentando me proteger.

Próximo ao fim do verão, as feiticeiras de Pendle tinham convocado o Maligno ao nosso mundo. Ele era a encarnação das trevas: o próprio Diabo. Durante dois dias, ele ficara sob o controle delas e fora comandado para me destruir. Refugiei-me num quarto especial que mamãe havia preparado para mim, e foi isso que me salvou. Agora, o Maligno estava satisfazendo sua vontade sombria, mas ninguém poderia saber se ele viria atrás de mim novamente. Era algo no qual eu tentava não pensar. Uma coisa, porém, era certa: com o Maligno no mundo, o Condado estava se tornando um lugar muito mais perigoso — especialmente para quem combatia as trevas. Mas isso não significava que eu podia me esconder dos perigos para sempre. Eu era apenas um aprendiz, mas um dia seria um caça-feitiço e teria de enfrentar os mesmos riscos de meu mestre, John Gregory. Só queria que ele também visse as coisas desse modo.

Entrei no cômodo ao lado, onde Alice estava trabalhando duro, copiando um livro da biblioteca do Caça-feitiço. Ela vinha de uma família de Pendle e tinha recebido dois anos de treinamento em magia negra de sua tia, Lizzie Ossuda, uma feiticeira malevolente, que agora estava confinada em segurança numa cova no jardim do Caça-feitiço. Alice havia me metido em muitas encrencas, mas, no fim, se tornara minha amiga e morava comigo e com meu mestre, fazendo cópias dos livros dele para ganhar seu sustento.

Preocupado em evitar que ela lesse algo que não deveria, o Caça-feitiço nunca lhe permitia entrar na biblioteca e só lhe entregava apenas um livro por vez. Veja bem, ele apreciava o trabalho dela como copista. Os livros eram preciosos para ele, um tesouro de informações acumuladas por gerações de caça-feitiços — portanto, se cada um deles fosse cuidadosamente copiado, ele se sentiria um pouco mais seguro em relação à sobrevivência daquele conhecimento.

Alice estava sentada à mesa, com a caneta na mão e dois livros abertos diante dela. Escrevia cuidadosamente em um enquanto copiava com precisão do outro. Ergueu os olhos para mim e sorriu. Eu nunca a vira tão bonita, com os cabelos escuros e volumosos e as maçãs do rosto salientes iluminados à luz da vela. Mas, quando viu que eu tinha vestido a capa, seu sorriso desapareceu no mesmo instante, e ela baixou a caneta.

— Vou para a aldeia recolher as provisões — falei.

— Você não precisa fazer isso, Tom — protestou Alice, e a preocupação era evidente em seu rosto e em sua voz. — Eu vou, e você fica aqui e continua estudando.

Ela falou com boa intenção, mas suas palavras me deixaram com raiva, por isso tive que morder o lábio para me impedir de dizer algo desagradável. Alice era igual ao Caça-feitiço — superprotetora.

— Não, Alice — respondi-lhe com firmeza. — Estive confinado nesta casa durante semanas e preciso caminhar para tirar as teias de aranha da cabeça. Voltarei antes de escurecer.

— Então, pelo menos, me deixe ir com você, Tom. Eu também mereço um pouco de descanso, não mereço? Já estou farta de ver livros empoeirados, isso sim. Nos últimos dias, não tenho feito nada além de escrever!

Franzi o cenho. Alice não estava sendo honesta e isso me aborrecia.

— Você não quer realmente descer até a aldeia, não é? Está uma noite fria, úmida e desagradável. Você é igual ao Caça-feitiço. Acha que não estou seguro sozinho, que não posso resolver...

— Não é uma questão de resolver, Tom. O Maligno está no mundo agora, não está?

— Se o Maligno vier atrás de mim, não terei muito a fazer. E não faria muita diferença se você estivesse ou não comigo. Nem o Caça-feitiço poderia me ajudar.

— Mas não é apenas o Maligno, é, Tom? O Condado é um lugar muito mais perigoso agora. Não só as trevas estão mais poderosas como também há ladrões e desertores por aí. Muitas pessoas famintas. Algumas delas cortariam sua garganta em troca de metade do que você carrega naquela saca!

O país inteiro estava em guerra, mas as coisas iam mal para nós mais ao sul, com as notícias de algumas terríveis batalhas e derrotas. E, agora, além do dízimo que os fazendeiros tinham de pagar à igreja, metade da colheita restante estava sendo requisitada para alimentar o exército. Isso causara escassez e aumentara o preço da comida; os mais pobres já estavam à beira da fome. Embora muito do que Alice tenha dito fosse verdade, eu não a deixaria me fazer mudar de ideia.

— Não, Alice, ficarei bem sozinho. Não se preocupe, voltarei logo!

Antes que ela pudesse dizer mais alguma coisa, girei nos calcanhares e parti bruscamente. Em pouco tempo, tinha deixado o jardim para trás e andava ao longo da estreita alameda que me conduzia direto à aldeia. As noites estavam ficando mais curtas, e o tempo no outono tornara-se frio e úmido, mas ainda assim era bom estar longe dos limites da casa e do jardim. Em pouco tempo, pude ver os familiares telhados de ardósia cinzenta de Chipenden e avancei a passos largos pela íngreme ladeira calçada de pedras da rua principal.

A aldeia estava muito mais quieta que no verão, antes de as coisas se deteriorarem. Na época, via-se o alvoroço das mulheres que mal conseguiam carregar os cestos de compras cheios; agora poucas pessoas andavam por ali e, ao me aproximar do açougue, percebi que eu era o único freguês.

— Vim buscar a encomenda de sempre do sr. Gregory — falei para o açougueiro.

Ele era um homem corpulento e corado, de barba muito ruiva, e fora, a um só tempo, a vida e a alma daquela loja, contando piadas e divertindo os fregueses. Agora, porém, seu rosto era sombrio, e muito daquela vivacidade parecia tê-lo abandonado.

— Lamento, garoto, não tenho muita coisa para você hoje. Duas galinhas e umas poucas fatias de bacon são tudo o que posso oferecer. E tem sido difícil manter isso embaixo do balcão para você. Pode ser que valha a pena aparecer amanhã bem antes do meio-dia.

Assenti, guardei as provisões na saca e pedi que ele anotasse tudo em nossa conta; em seguida, agradeci-lhe e parti para o verdureiro. Tive um pouco mais de sorte lá. Havia batatas e cenouras, mas nem de longe elas seriam suficientes para a semana. Quanto às frutas, ele só conseguira arranjar três maçãs. O conselho dele foi o mesmo — tentar de novo no dia seguinte, quando ele poderia ter sorte de receber mais provisões.

Na padaria, consegui comprar alguns pães e saí da loja jogando a saca sobre o ombro. Foi então que vi alguém me observando do outro lado da rua. Era uma criança raquítica, um menino que não parecia ter mais que quatro anos de idade, com um corpo magro e olhos grandes e famintos. Senti pena dele, por isso procurei dentro da saca e lhe dei uma das maçãs. Ele quase a arrancou da minha mão e, sem agradecimento algum, virou-se e correu para dentro de casa.

Dei de ombros e sorri para mim mesmo. Ele precisava mais daquela maçã do que eu. Parti de volta para o morro, ansiando pelo calor e pelo conforto da casa do Caça-feitiço. No entanto, quando cheguei aos limites da aldeia e o calçamento de pedras deu lugar à lama, comecei a me sentir melancólico. Algo não estava certo. Não era a sensação de frio intenso que me avisava que uma criatura das trevas estava se aproximando, mas sim uma inquietação bem-definida. Meus instintos estavam me avisando do perigo.

Olhava para trás, sentindo que alguém estava me seguindo. Seria o Maligno? Será que Alice e o Caça-feitiço estavam certos desde o princípio? Apertei o passo até quase correr. Nuvens escuras moviam-se rapidamente acima da minha cabeça, e faltava menos de meia hora para o sol se pôr.

— Vamos, pare com isso! — falei para mim mesmo. — Você está apenas imaginando o pior.

Uma rápida caminhada morro acima me levaria à beira do jardim oeste e, em cinco minutos, eu estaria de volta à segurança da casa do meu mestre. Entretanto, subitamente parei. No fim da alameda, havia alguém esperando nas sombras, debaixo das árvores.

Dei mais uns poucos passos e percebi que havia mais de uma pessoa — pude ver quatro homens altos e corpulentos e um garoto olhando em minha direção. O que será que eles queriam? Senti uma repentina sensação de perigo. Por que desconhecidos estavam espreitando tão próximos à casa do Caça-feitiço? Seriam ladrões?

Conforme me aproximei, ganhei mais confiança: eles continuaram sob a cobertura das árvores desfolhadas em vez de se moverem até a vereda para me interceptar. Fiquei imaginando se deveria me virar e acenar para eles, mas, depois, achei melhor apenas continuar caminhando sem tomar conhecimento deles. Ao ultrapassá-los, suspirei de alívio e, então, ouvi algo na vereda atrás de mim. Parecia o tinido de uma moeda caindo sobre a pedra.

Imaginei que havia um buraco no bolso e deixara parte do troco cair. No entanto, nem bem me virei e olhei para baixo, um homem saiu apressadamente de seu lugar sob as árvores e ajoelhou-se na vereda, recolhendo algo. Ele olhou para mim com um sorriso cordial no rosto.

— É sua, garoto? — perguntou, enquanto estendia a moeda em minha direção.

A verdade era que eu não tinha certeza, mas certamente *parecia* que eu havia deixado algo cair. Por isso, coloquei a saca e o bastão no chão e, em seguida, tateei o bolso da calça com a mão esquerda, com a intenção de tirar o troco e contá-lo. Subitamente, porém, senti uma moeda ser comprimida em minha mão direita e fiquei surpreso ao ver que o xelim de prata estava aninhado na palma. Eu sabia que não havia nenhum xelim no troco, por isso balancei a cabeça.

— Não é meu — falei com um sorriso.

— Bem, é seu agora, garoto. Você acabou de aceitá-lo de mim. Não é, rapazes?

Seus companheiros caminharam apressadamente de seus lugares sob as árvores, e meu coração foi parar nas botas. Todos usavam uniformes do exército e levavam bolsas nos ombros. Também estavam armados — inclusive o garoto. Três deles carregavam porretes e um, com um distintivo de cabo, brandia uma faca.

Desanimado, olhei novamente para o homem que me estendera a moeda. Agora ele estava de pé, e então pude vê-lo melhor. Seu rosto parecia envelhecido, e ele tinha olhos cruéis; podiam-se ver cicatrizes na testa e na bochecha direita — evidentemente, batera sua cota de problemas. Ele também tinha um galão de sargento no braço esquerdo e um cutelo no cinto. Eu estava diante de uma gangue de recrutadores. A guerra ia de mal a pior, e eles viajavam pelo Condado, forçando homens e garotos a entrar no exército contra sua vontade para substituir os mortos em combate.

— Você acabou de aceitar o xelim do rei! — disse o homem, rindo de maneira desagradável e zombeteira.

— Mas eu não o aceitei — protestei. — Você disse que era meu e eu estava examinando meu troco...

— Não perca seu tempo com desculpas, garoto. Vimos tudo o que aconteceu, não é, rapazes?

— Sem dúvida — concordou o cabo, enquanto eles formavam um círculo a meu redor, acabando com qualquer esperança de fuga.

— Por que ele está vestido como um padre? — perguntou o garoto, que não devia ser mais que um ano mais velho que eu.

O sargento deu uma gargalhada e pegou meu bastão.

— Ele não é padre coisa nenhuma, jovem Toddy! Você não reconhece um aprendiz de caça-feitiço quando vê um? Eles pegam seu dinheiro suado para manter bem longe as tais feiticeiras. É isso que eles fazem. E tem um monte de trouxas, burros o bastante para pagá-los!

Então, jogou meu bastão para Toddy.

— Segure! — ordenou. — Ele não precisará mais dele. Este bastão vai dar um belo pedaço de lenha, pelo menos!

Em seguida, ele pegou a saca e examinou seu interior.

— Aqui tem comida suficiente para encher nossas barrigas hoje à noite, rapazes! — exclamou, e seu rosto se iluminou. — Eu disse para confiarem em mim. E estava certo, não é, rapazes? Que íamos pegá-lo na *subida* do morro em vez de na descida! Valeu a espera!

Naquele momento, completamente cercado, eu não tinha esperança de fugir. Sabia que *havia* escapado de situações mais difíceis — algumas vezes, das garras dos que praticavam magia negra —, mas eu decidira esperar por uma chance de fuga. Aguardei pacientemente enquanto o cabo pegava um pequeno pedaço de corda da bolsa e amarrava bem apertado minhas mãos atrás das costas. Isso feito, ele me virou na direção do oeste e me deu um forte empurrão nas costas para me fazer andar. Começamos a marchar rapidamente, enquanto Toddy levava a saca de provisões.

Caminhamos durante quase uma hora, primeiro, para o oeste e, em seguida, para o norte. Meu palpite era que eles não conheciam a rota direta sobre os morros, e eu não tinha a menor pressa de indicá-la. Não restava dúvida de que se dirigiam a Sunderland Point: eu seria posto num barco que me levaria bem mais ao sul, onde os exércitos estavam combatendo. Quanto mais longa a jornada, mais esperança eu tinha de escapar.

Eu precisava fugir, ou meus dias como aprendiz de caça-feitiço estariam acabados para sempre.

CAPÍTULO 2

A VERDADE DAS COISAS

Quando ficou escuro demais para podermos ver aonde estávamos indo, paramos numa clareira próxima ao centro da floresta. Eu estava pronto para fugir na primeira oportunidade, mas os soldados me fizeram sentar, e um deles foi incumbido de me vigiar, enquanto os outros juntavam lenha.

Normalmente, eu teria esperança de que o Caça-feitiço viesse atrás de mim e tentasse me resgatar. Mesmo na escuridão, ele era um bom farejador, bastante capaz de seguir esses homens. No entanto, quando ele voltasse, depois de amarrar o ogro, eu já teria sido posto a bordo de um navio e estaria muito longe para receber sua ajuda. Minha única esperança real era Alice, que estava à minha espera e deve ter se alarmado assim que escureceu. Ela também poderia me encontrar — eu tinha certeza disso. Mas o que poderia fazer contra cinco soldados armados?

Em pouco tempo, uma fogueira ardia, e meu bastão foi jogado casualmente sobre os gravetos, junto com outros pedaços de madeira. Era meu primeiro bastão, dado por meu mestre, e a perda dele me causou uma grande dor, como se meu aprendizado com o Caça-feitiço também tivesse ido parar nas chamas.

Servindo-se do conteúdo da saca, os soldados rapidamente puseram as duas galinhas para assar num espeto e cortaram as fatias de pão que, em seguida, tostavam na fogueira. Para minha surpresa, quando a comida ficou pronta, eles me desamarraram e me deram mais do que eu podia comer, mas não foi por bondade.

— Coma, garoto — ordenou o sargento. — Queremos que esteja disposto e bem quando o entregarmos. Você é o décimo que pegamos nas duas últimas semanas e provavelmente é a cereja do bolo. Um rapaz jovem, forte e saudável como você deveria nos fazer ganhar um belo prêmio!

— Ele não parece muito alegre! — zombou o cabo. — Será que não percebe que essa é a melhor coisa que poderia lhe acontecer? Vai transformá-lo num homem. Ah, se vai, garoto.

— Não fique aí tão tristonho, rapaz — escarneceu o sargento, exibindo-se para seus homens. — Pode ser que não levem você para o combate. Estamos em falta de marinheiros também! Você sabe nadar?

Balancei a cabeça.

— Bem, isso não é problema para ser marujo. Uma vez em alto-mar, ninguém dura muito mesmo. Porque ou você morre de medo, ou os tubarões devoram seus pés!

Depois de limparmos os pratos, eles amarraram as minhas mãos outra vez, e, enquanto tagarelavam, deitei-me e fechei os olhos, fingindo dormir para ouvir a conversa. Parecia que eles já estavam fartos de recrutar para o exército. E falavam em deserção.

— Este é o último, isso sim — ouvi o sargento resmungar. — Pegamos nosso pagamento, depois desaparecemos no norte do Condado e procuramos coisa melhor. Deve haver um trabalho melhor que este!

Sorte a minha — pensei com meus botões. — Mais um e estava acabado. Eu era o último que eles pretendiam recrutar para o serviço.

— Não tenho tanta certeza — disse uma voz queixosa. — Não há muito trabalho em parte alguma. Por isso, meu velho pai me alistou como soldado.

Era o garoto, Toddy, quem estava falando. Por um momento, fez-se um silêncio incômodo. Pude perceber que o sargento não gostava que o contradissessem.

— Bem, Toddy — respondeu ele, com uma ponta de raiva na voz —, isso depende de quem está procurando trabalho: um garoto ou um homem. E depende de que tipo de trabalho estamos falando. Além disso, sei de uma boa oportunidade para você. Um caça-feitiço que está procurando um novo aprendiz. Acho que esse é o trabalho de que você precisa!

Toddy balançou a cabeça.

— Eu não ia gostar muito disso. Feiticeiras me dão medo...

— Isso é só história da carochinha. Não existem feiticeiras. Vamos, Toddy. Diga-me! Quando você viu uma bruxa?

— Uma vez uma bruxa velha apareceu na minha aldeia — respondeu Toddy. — Ela costumava resmungar baixinho e tinha um gato preto. E também uma verruga no queixo!

— Quem? O gato ou a bruxa? — zombou o sargento.

— A bruxa.

— Uma bruxa com uma verruga no queixo! Bem, isso nos faz tremer em nossas botas, não é, rapazes? — vociferou o sargento, sarcasticamente. — Precisamos que você se torne aprendiz de um caça-feitiço e, depois, quando terminar o treinamento, você poderá voltar e lidar com ela!

— Não — disse Toddy. — Não poderei fazer isso porque ela já está morta. Eles amarraram as mãos e os pés dela e a jogaram no lago para ver se flutuava...

Os homens gargalhavam alto, mas eu não via graça nenhuma. Ela fora o que o Caça-feitiço chamava de "falsamente acusada" — uma pobre mulher que não merecia ser tratada daquela maneira. As mulheres que afundavam eram consideradas inocentes, mas, muitas vezes, morriam do choque ou da pneumonia, se já não tivessem se afogado.

— Então, Toddy? Ela boiou? — perguntou o sargento.

— Boiou, mas com o rosto virado para a água. Eles a tiraram de lá para queimá-la, mas ela já estava morta. Então, queimaram o gato.

Ouviram-se, mais uma vez, as gargalhadas cruéis; dessa vez, porém, mais altas, e a conversa tornou-se, em seguida, incoerente, antes de cessar por completo. Acredito que cochilei porque subitamente percebi que estava muito frio. Havia apenas uma hora, uma rajada de vento frio e úmido de outono passara entre as árvores, curvando os arbustos e fazendo com que os galhos velhos estalassem e vergassem; agora tudo estava perfeitamente parado e o solo, coberto com a geada que cintilava à luz da lua.

A fogueira tinha se extinguido, até que sobraram apenas umas poucas brasas ardentes. Havia bastante madeira em uma pilha ao lado, mas, apesar do ar muito frio, ninguém se movia para pôr lenha na fogueira. Os cinco soldados simplesmente olhavam para as brasas que esfriavam como se estivessem em transe.

De repente, senti que algo se aproximava da clareira. Os soldados também sentiram. Eles se puseram de pé ao mesmo tempo e perscrutaram a escuridão. Uma figura sombria emergiu das árvores, movendo-se em nossa direção tão silenciosamente que parecia flutuar, em vez de andar. Conforme se aproximava, pude sentir o medo subindo em minha garganta feito bile e me levantei nervoso.

Meu corpo já estava frio, mas existe mais de um tipo de frio. Sou o sétimo filho de um sétimo filho e, algumas vezes, posso ver, ouvir ou sentir coisas que as pessoas comuns não podem. Vejo fantasmas e sombras; ouço a conversa dos mortos; sinto um tipo especial de frio, quando uma criatura das trevas se aproxima. Eu tivera essa sensação, mais forte do que jamais sentira, e então me apavorei. Fiquei tão apavorado que comecei a tremer dos pés à cabeça. Seria o Maligno, que finalmente viera atrás de mim?

Enquanto se aproximava, percebi que havia algo na cabeça da criatura que me perturbava profundamente. Não havia vento e, mesmo assim, o cabelo dela parecia se mover, contorcendo-se de modo impossível. Seria o Maligno se aproximando?

A criatura chegou mais perto; de repente, entrou na clareira, e a luz da lua desceu completamente sobre ela pela primeira vez...

No entanto, não era o Maligno. Eu estava olhando para uma poderosa feiticeira malevolente. Seus olhos eram como carvões em brasa, e o rosto estava desfigurado pelo ódio e pela maldade. Mesmo assim, era a cabeça dela o que mais me apavorava. Em vez de cabelos, havia um ninho de cobras que se contorciam e serpenteavam, línguas bifurcadas que se agitavam e presas prontas para injetar o veneno.

De repente, ouviu-se um gemido de terror animal à minha direita. Era o sargento. A despeito das palavras corajosas, seu rosto estava deformado pelo medo, os olhos salientes e a boca aberta como se fosse gritar. Em vez disso, ele deu outro gemido, que vinha do fundo do estômago, e partiu na direção das árvores, dirigindo-se para o norte a toda velocidade. Os homens o seguiram, com Toddy atrás deles, e pude ouvi-los a distância, o som dos passos desaparecendo até sumirem por completo.

Naquele silêncio, fui deixado para trás para enfrentar a feiticeira. Não tinha sal, ferro ou bastão, e minhas mãos ainda estavam amarradas atrás das costas, mas respirei fundo e tentei controlar o medo. Esse era o primeiro passo ao lidar com as trevas.

Mas eu não precisava ter me preocupado. De repente, a feiticeira sorriu e seus olhos cessaram de arder. O frio em meu interior diminuiu. As cobras pararam de se contorcer e se transformaram em cabelos negros. As contrações do rosto desapareceram e se transformaram nos traços de uma garota excepcionalmente bonita. Olhei para baixo e vi os sapatos de bico fino que eu conhecia tão bem. Era Alice, e ela estava sorrindo para mim.

Não retribuí o sorriso. Tudo o que podia fazer era fitá-la, em estado de horror.

— Anime-se, Tom — disse Alice. — Eles ficaram tão assustados que não vão nos seguir. Você está a salvo agora. Não precisa mais se preocupar.

— O que você fez, Alice? — perguntei, balançando a cabeça. — Eu senti a presença do mal. Você parecia uma feiticeira malevolente. Deve ter usado magia negra para fazer isso!

— Não fiz nada de errado, Tom — respondeu ela, enquanto me desamarrava. — Os outros se assustaram e o medo se espalhou até você. Foi apenas um truque da iluminação, para falar a verdade...

Assustado, afastei-me dela.

— A luz da lua mostra a verdade das coisas, você sabe disso, Alice. Foi uma das coisas que me disse quando nos conhecemos. Foi isso que acabei de ver? O que você é realmente? O que eu vi foi a verdade?

— Não, Tom. Não seja tolo. Sou apenas eu, Alice. Somos amigos, não é? Você não me conhece bem? Salvei sua vida mais de uma vez. Salvei você das trevas, isso sim. Não é justo me acusar desse jeito. Não quando acabo de salvar você de novo. Onde você estaria agora sem mim? Vou lhe dizer: a caminho da guerra. E talvez nunca mais voltasse.

— Se o Caça-feitiço visse isso... — Balancei a cabeça. Com certeza, seria o fim de Alice. O fim de sua estada conosco. Talvez meu mestre até a colocasse numa cova pelo resto de seus dias. Afinal, era isso que ele fazia com feiticeiras que usavam a magia negra.

— Vamos, Tom. Vamos para longe daqui e de volta a Chipenden. O frio está começando a penetrar meus ossos.

E, com essas palavras, ela cortou as cordas e nós seguimos direto de volta à casa do Caça-feitiço. Eu levava a saca com o que sobrara das provisões enquanto caminhávamos em silêncio. Eu ainda não estava satisfeito com o que tinha visto.

Na manhã seguinte, durante o café da manhã, eu ainda estava preocupado com o que Alice fizera.

O ogro de estimação do Caça-feitiço preparava nossas refeições; na maior parte do tempo, ficava invisível, mas de vez em quando assumia a forma de um gato amarelo. Naquela manhã, ele havia feito meu prato favorito — bacon e ovos —, mas provavelmente era um dos piores que ele já servira. O bacon estava torrado demais e os ovos boiavam em gordura. Algumas vezes o ogro cozinhava mal quando algo o incomodava; ele parecia saber das coisas sem que fosse preciso lhe contar. Fiquei imaginando se estava preocupado com a mesma coisa que eu: Alice.

— Ontem à noite, quando caminhou até a clareira, você me assustou, Alice. Você me assustou mesmo. Achei que estivesse enfrentando uma feiticeira malevolente, de um tipo que eu nunca tinha visto antes. Foi exatamente assim que você me pareceu. Sua cabeça tinha cobras em vez de cabelos, e seu rosto estava desfigurado de ódio.

— Pare de me chatear, Tom. Isso não é justo. Deixe-me ao menos tomar meu café da manhã em paz!

— Chatear? Você *tem de ser* chateada! O que você fez? Vamos, diga-me!

— Nada. Não fiz nada! Deixe-me em paz, por favor, Tom. Fico magoada quando você fala comigo desse jeito.

— Fico magoado quando alguém mente para mim, Alice. Você fez alguma coisa e eu quero saber exatamente o que foi. — Parei, inflamado pela raiva, e as palavras saíram de minha boca antes que eu pudesse interrompê-las. — Se você não disser a verdade, Alice, nunca poderei confiar em você de novo!

— Está bem, vou lhe contar a verdade! — gritou Alice, com lágrimas nos olhos. — O que mais eu podia fazer, Tom? Onde você estaria agora, se eu não tivesse ido e tirado você de lá? Não foi minha culpa, se eu o assustei. Meu alvo eram eles, e não você.

— O que você usou, Alice? Foi magia negra? Foi alguma coisa que Lizzie Ossuda lhe ensinou?

— Não foi nada de mais. Só uma coisa parecida com *Glamour*, é isso. Chama-se *Receio*. Aterroriza as pessoas e as faz fugir, temendo pelas próprias vidas. A maior parte das feiticeiras sabe como fazê-lo. E funcionou, Tom. O que isso tem de errado? Você está livre e ninguém se machucou, não é?

O *Glamour* era um feitiço usado para se parecer mais jovem e mais belo do que realmente se é, criando uma aura que permite impor a um homem a vontade da feiticeira. Era magia negra e tinha sido usada pela feiticeira Wurmalde quando ela tentara reunir os clãs de Pendle no verão passado. Agora, ela estava morta, mas também estavam mortos os homens que estiveram em transe sob o poder do *Glamour* e que só perceberam muito tarde a ameaça que ela representava. Se o *Receio* era outra versão da mesma magia negra, preocupava-me o fato de Alice ter usado tal poder. Preocupava-me muito.

— Se o Caça-feitiço soubesse, ele lhe mandaria para bem longe, Alice — preveni. — Ele nunca iria entender. Para ele, nada justifica usar o poder das trevas.

— Então não conte a ele. Você não quer que eu seja mandada para bem longe, quer?

— Claro que não. Mas também não gosto de mentir.

— Então, diga apenas que criei uma distração e você fugiu na confusão. Não é tão distante assim da verdade, é?

Assenti, mas ainda não estava nada satisfeito.

Naquela noite, o Caça-feitiço retornou para casa e, apesar do sentimento de culpa por não lhe contar toda a verdade, repeti o que Alice tinha dito.

— Eu só fiz muito barulho de uma distância segura — acrescentou Alice. — Eles me perseguiram, mas pouco depois eu os despistei na escuridão.

— E eles não deixaram ninguém tomando conta do garoto? — perguntou meu mestre.

— Os braços e as pernas de Tom estavam amarrados, e ele não podia fugir. Eu dei a volta e cortei as cordas.

— E para onde eles foram depois? — perguntou ele coçando a barba ansioso. — Vocês têm certeza de que não foram seguidos?

— Eles falaram que iam para o norte — respondi. — Pareciam fartos do trabalho de recrutamento e queriam desertar.

O Caça-feitiço suspirou:

— Isso bem que podia ser verdade, garoto. Mas não podemos nos arriscar a deixar aqueles homens saírem à sua procura de novo. Em primeiro lugar, por que você foi sozinho até a aldeia? Perdeu o juízo com que você nasceu?

Meu rosto enrubesceu de raiva.

— Estava cansado de ser mimado. Sei cuidar de mim mesmo!

— Sabe? Você não ofereceu muita resistência àqueles soldados, não é? — respondeu meu mestre com severidade. — Não. Acho que já é hora de arrumar suas coisas e mandar você para trabalhar com Bill Arkwright por mais ou menos seis meses. Além disso, meus velhos ossos estão doendo demais agora para eu lhe dar o treinamento de combate de que você precisa. Por mais severo que seja, Bill já deu jeito em mais de um aprendiz meu. E é exatamente disso que você precisa! Caso aquela gangue de recrutamento volte a lhe procurar, é melhor que você esteja bem longe daqui.

— Mas eles não conseguiriam passar pelo ogro, não é? — protestei.

Além das tarefas na cozinha, o ogro mantinha os jardins seguros das trevas e de qualquer espécie de invasor.

— Sim, mas nem sempre você estará protegido aqui, não é, garoto? — disse o Caça-feitiço, com firmeza. — Não. É melhor tirarmos você daqui.

Suspirei em meu íntimo, mas não disse nada em voz alta. Durante semanas, meu mestre havia resmungado sobre me tornar ajudante de Arkwright, o caça-feitiço que trabalhava na região do Condado ao norte de Caster. Era algo que meu mestre costumava arranjar para os aprendizes. Ele acreditava que um período de treinamento concentrado com outro caça-feitiço seria benéfico e que era bom ter diferentes percepções de nossa profissão. A ameaça da gangue de recrutamento simplesmente acelerara sua decisão.

Em uma hora ele escreveu a carta, e Alice sentou-se amuada diante da lareira. Ela não queria que nos separássemos, mas não havia nada que pudéssemos fazer.

E, pior, meu mestre pedira a ela que enviasse a carta em vez de mim. Comecei a achar que talvez fosse melhor mesmo eu ir para o norte. Pelo menos, talvez Bill Arkwright confiasse em mim para fazer algo sozinho.

CAPÍTULO 3

UMA RESPOSTA DEMORADA

Durante quase duas semanas esperamos pela resposta de Arkwright. Ultimamente, para minha insatisfação, além de recolher as provisões, Alice era enviada à aldeia todas as noites para ver se ela já tinha chegado, enquanto eu tinha que ficar em casa. Mas agora, finalmente, recebemos uma carta de Arkwright.

Quando Alice entrou na cozinha, o Caça-feitiço estava aquecendo as mãos na lareira. Ao lhe entregar o envelope, ele lançou os olhos às palavras rabiscadas.

Ao sr. Gregory, de Chipenden

— Eu reconheceria essa letra em qualquer lugar. Já era hora! — comentou meu mestre, com grande descontentamento na voz. — Bem, garota, obrigado. Agora, ponha-se daqui para fora!

Com um muxoxo, Alice obedeceu. Ela sabia que, em breve, descobriria o que Arkwright escrevera.

O Caça-feitiço abriu a carta e começou a lê-la, enquanto eu aguardava impaciente.

Quando terminou, entregou-a a mim com um suspiro aborrecido.

— Você também deveria dar uma olhada, garoto. Isso diz respeito a você...

Comecei a ler, e meu coração lentamente foi parar nas botas.

Caro sr. Gregory

Ultimamente minha saúde tem estado precária, e meus deveres, opressivos. Embora não seja um bom momento para me ocupar com um aprendiz, não posso recusar seu pedido, pois o senhor sempre foi um bom mestre para mim e me deu um treinamento acertado, que tem me servido bem.

Às 10 horas da manhã do décimo oitavo dia de outubro, leve o garoto até a primeira ponte sobre o canal, ao norte de Caster. Estarei esperando lá.

Seu obediente servo,

Bill Arkwright

— Não é preciso ler nas entrelinhas para perceber que ele não está nem um pouco interessado em ficar comigo.

O Caça-feitiço assentiu.

— Sim, isso está bastante claro. Mas Arkwright sempre foi um pouco desanimado e preocupado demais com o próprio estado de saúde. Provavelmente, as coisas não estão tão ruins quanto diz. Veja, ele era meio desajeitado, mas concluiu o treinamento, e isso é mais do que posso dizer da maioria dos garotos que eu tive a infelicidade de treinar!

Isso era verdade. Eu era o trigésimo aprendiz do Caça-feitiço. Muitos aprendizes não conseguiram completar o treinamento: alguns fugiram com medo e outros morreram. Arkwright sobrevivera e desempenhara nosso ofício com sucesso durante muitos anos. Por isso, apesar de sua aparente relutância, provavelmente, ele tinha muito a me ensinar.

— Veja bem, ele passou por muita coisa desde que começou a trabalhar sozinho. Já ouviu falar do Estripa-reses de Coniston, garoto?

Os estripa-reses eram um tipo perigoso de ogro. O último aprendiz do Caça-feitiço, Billy Bradley, fora morto por um estripa-reses: ele arrancara alguns de seus dedos, e Billy morrera do choque e da perda de sangue.

— Tem uma entrada a respeito dele no Bestiário na sua biblioteca — contei-lhe.

— Pois é, garoto. Bem, ele matou mais de trinta pessoas. Arkwright foi o único que conseguiu lidar com ele. Pergunte-lhe sobre isso quando tiver chance. Não resta dúvida de que ele se orgulha do que fez, e tem toda razão. Não revele o que sabe — deixe que ele mesmo lhe conte essa história. Creio que esse será um bom começo para a relação de trabalho de vocês! De todo modo — falou o Caça-feitiço, balançando a cabeça —, esta carta quase não chegou a tempo. Melhor dormirmos bem cedo hoje e partirmos pouco depois do amanhecer.

Meu mestre estava certo: o encontro com Arkwright estava marcado para daqui a dois dias e teríamos um dia inteiro de viagem pelas serras até chegarmos a Caster. No entanto, eu não estava muito satisfeito por ter que partir de modo tão precipitado. O Caça-feitiço deve ter percebido minha expressão carrancuda, pois disse:

— Anime-se, garoto, Arkwright não é tão ruim assim...

Em seguida, sua expressão mudou, quando subitamente compreendeu como eu estava me sentindo.

— *Agora* percebo qual é o problema. É a garota, não é?

Assenti. Não haveria lugar para Alice na casa de Arkwright; portanto, estaríamos separados durante mais ou menos seis meses. Apesar dos desentendimentos recentes, eu iria sentir falta dela. Muita falta.

— Alice não poderia ir conosco até a ponte? — perguntei.

Imaginei que o Caça-feitiço fosse rejeitar a ideia. Afinal, embora Alice tivesse salvado nossas vidas em mais de uma ocasião, ela ainda era metade Deane e metade Malkin e descendia de um clã de feiticeiras. Meu mestre não confiava totalmente nela e quase nunca a envolvia em nossos negócios. Ele ainda acreditava que um dia ela poderia cair sob a influência das trevas. E eu estava feliz por ele não saber como ela fora convincente como uma feiticeira malevolente.

No entanto, para meu espanto, ele concordou, balançando a cabeça.

— Não vejo por que não. Agora ande e vá lhe contar.

Temendo que ele mudasse de ideia, saí imediatamente da cozinha e fui atrás de Alice. Esperava encontrá-la no cômodo ao lado, copiando um dos livros da biblioteca do Caça-feitiço. Mas ela não estava lá. Para minha surpresa, se encontrava do lado de fora da casa, sentada nos degraus da parte de trás, fitando o jardim com uma expressão sombria no rosto.

— Está frio aqui, Alice — disse, sorrindo para ela. — Por que você não entra? Tenho uma coisa para lhe contar...

— Não são boas notícias, não é? Arkwright concordou em receber você, não é?

Assenti. Nós dois tínhamos esperança de que a demora de Arkwright em responder significasse que ele iria recusar o pedido do Caça-feitiço.

— Vamos partir amanhã de manhã — disse-lhe —, mas a boa notícia é que você vai conosco até Caster...

— Para mim, é um monte de notícias ruins com uma pitadinha de coisa boa. Não sei por que o velho Gregory está preocupado. A gangue de recrutamento não vai voltar, não é?

— Talvez não — concordei. — Mas ele quer que eu vá para Caster em algum momento, e agora é uma hora tão boa quanto qualquer outra. Não posso me recusar...

Embora eu não tivesse dito para Alice, também imaginava que uma das razões para o Caça-feitiço me enviar a Arkwright era para que eu me afastasse dela por algum tempo. Ultimamente, eu o vira nos observando uma ou duas vezes, enquanto ríamos ou conversávamos, e ele continuava a me advertir que não me aproximasse muito dela.

— Acho que não — disse Alice tristemente. — Mas você me escreverá, não é, Tom? Escreva toda semana. Assim o tempo vai passar mais rápido. Não será muito divertido ficar sozinha nesta casa com o velho Gregory, não é?

Concordei, mas não sabia com que frequência poderia escrever-lhe. O carro dos correios era caro, e enviar cartas não saía barato. O Caça-feitiço não costumava me dar dinheiro, a menos que houvesse uma necessidade específica; por isso, eu teria que pedir, e não sabia como ele reagiria. Decidi esperar e ver como o humor dele estaria durante o café da manhã.

— Esse foi um dos melhores cafés da manhã que já comi — comentei, raspando o que restara da gema de ovo mole com um grande pedaço de pão. O bacon frito estava perfeito.

O Caça-feitiço sorriu e balançou a cabeça, concordando.

— Foi, sim — disse. — Parabéns ao cozinheiro!

Em resposta, um ronronado indistinto podia ser ouvido em alguma parte debaixo da grande mesa de madeira, indicando que o ogro de estimação apreciava nosso elogio.

— Será que eu poderia obter algum dinheiro emprestado para a minha estada com o sr. Arkwright? — perguntei. — Não preciso de muito...

— *Emprestado?* — indagou o Caça-feitiço, erguendo as sobrancelhas. — *Emprestado* sugere que você pretende devolver. Você nunca usou essa palavra antes quando lhe dei dinheiro para suas despesas.

— Tem algum dinheiro nos baús de mamãe — respondi. — Eu poderia devolver na próxima vez que fôssemos a Pendle.

Minha mãe voltara para a terra natal, a Grécia, para combater a ascensão do poder das trevas. Mas ela havia deixado três baús para mim. Além de poções e livros, um deles continha três grandes bolsas de dinheiro, que agora estavam guardadas em segurança na Torre Malkin, vigiadas pelas duas irmãs lâmias ferinas de mamãe. Na forma doméstica, elas eram iguais às mulheres, a não ser por uma linha de escamas verdes e amarelas nas costas. Entretanto, as duas irmãs estavam em estado selvagem, com garras afiadas e asas parecidas com as de insetos. Elas eram fortes e perigosas e podiam manter as feiticeiras de Pendle a distância. Não tinha certeza de quando voltaríamos a Pendle, mas sabia que, um dia, isso aconteceria.

— Sim, poderia — disse o Caça-feitiço, em resposta à minha sugestão. — Há alguma razão especial para você querer dinheiro?

— É que eu gostaria de escrever para Alice todas as semanas...

— Cartas são caras, garoto, e tenho certeza de que sua mãe não iria querer que você gastasse à toa o dinheiro que ela lhe deixou. Uma vez por mês é mais que suficiente. E, se você vai escrever para a garota, pode me enviar uma carta também. Mantenha-me informado sobre tudo o que está acontecendo e ponha as duas cartas no mesmo envelope para economizar.

Pelo canto do olho, vi Alice apertar a boca enquanto ouvia o que ele dizia. Nós dois sabíamos que não era o dinheiro que o preocupava. Ele poderia ler o que eu escreveria para Alice e fazer o mesmo com a carta dela, depois que ela respondesse. Mas o que eu poderia dizer? Uma carta por mês era melhor que nada; por isso, eu tinha que resolver as coisas da melhor maneira possível.

Depois do café da manhã, o Caça-feitiço me levou até o pequeno cômodo onde ele guardava as botas, as capas e os bastões.

— Já é hora de substituir o bastão que queimou, garoto — disse ele. — Tome, veja se este serve.

Então, entregou-me um bastão feito de sorveira-brava, que seria bastante eficaz contra feiticeiras. Ergui-o e verifiquei o equilíbrio. Era perfeito. E percebi outra coisa. Havia uma pequena reentrância próximo ao topo, do tamanho certo para acomodar meu dedo indicador.

— Acho que você já sabe para que serve! — exclamou o Caça-feitiço. — Melhor experimentar. Veja se está funcionando bem.

Empurrei o dedo na reentrância e pressionei. Com um clique alto, uma lâmina afiada saltou da outra extremidade. Meu bastão anterior não tinha uma lâmina retrátil, embora, certa vez, eu tivesse tomado emprestado o bastão do Caça-feitiço. Mas agora eu tinha meu próprio bastão com lâmina.

— Obrigado — disse com um sorriso. — Vou cuidar bem dele!

— Muito bem, e tenha mais cuidado com ele do que teve com o último! Vamos torcer para você não precisar usá-lo, garoto, mas é melhor prevenir que remediar.

Concordei e, em seguida, apoiei a ponta da lâmina contra a parede, pressionando-a e empurrando-a até voltar para o recesso.

Em uma hora, o Caça-feitiço tinha trancado a casa e nos pusemos a caminho. Meu mestre e eu levávamos nossos respectivos bastões, mas, como sempre, eu carregava as duas bolsas. Estávamos bastante agasalhados por causa do frio — ele e eu vestíamos as capas e Alice usava o casaco preto de lã, com o capuz cobrindo a cabeça para manter as orelhas aquecidas. Eu ainda vestia a jaqueta de pele de carneiro — embora, na verdade, não estivesse uma manhã tão feia assim. O ar estava fresco, mas o sol brilhava, e era bom caminhar até as serras na direção do norte de Caster.

Ao iniciarmos a subida, Alice e eu nos afastamos um pouco para podermos conversar sem sermos ouvidos.

— Poderia ser pior — comentei. — Se o sr. Gregory estivesse planejando ir para a casa de inverno, você teria que acompanhá-lo, e nós estaríamos em extremos opostos do Condado.

O Caça-feitiço costumava passar o inverno em Anglezarke, no extremo sul, mas já dissera que naquele ano ficaria na casa de Chipenden, mais confortável. Apenas concordei sem dizer nada. Imaginei que fosse porque Meg Skelton, o amor de sua vida, não estava mais em Anglezarke, e a casa guardava muitas lembranças dolorosas. Ela e a irmã, Márcia, eram feiticeiras lâmias, e o Caça-feitiço fora obrigado a enviá-las de volta à Grécia, apesar de ficar com o coração partido.

— Você não está me dizendo nada que eu já não saiba — comentou Alice, de mau humor. — Ainda estaremos muito longe um do outro, não é? Que diferença faz? Anglezarke ou Chipenden, dá tudo no mesmo!

— Também não gosto disso, Alice. Você acha que eu queria passar os próximos seis meses com Arkwright? Você deveria ler a carta que ele enviou. Disse que está doente e que não me queria por lá. Ele só está me aceitando, de má vontade, como um favor ao Caça-feitiço.

— E você acha que eu realmente queria ser deixada em Chipenden com o velho Gregory? Ele ainda não confia em mim e provavelmente nunca vai confiar. E nunca permitirá que eu esqueça o que aconteceu, não é?

— Isso não é justo, Alice; ele deu um lar para você. E, se ele descobrisse o que você fez na outra noite, você perderia sua morada para sempre e provavelmente terminaria numa cova.

— Estou cansada de lhe dizer *por que* fiz o que fiz! Não seja tão ingrato. Não tenho ligação com as trevas, nem nunca terei, pode ter certeza disso. De vez em quando, utilizo o que a Lizzie me ensinou porque não tenho escolha. Faço isso por você, Tom, para mantê-lo a salvo. Seria bom se você pudesse apreciar isso — falou com rispidez, olhando para trás, para ver se meu mestre ainda estava a uma distância segura.

Ambos ficamos em silêncio depois disso e nem a claridade da manhã poderia melhorar nosso humor. O dia passou enquanto caminhávamos para o norte. Nem bem fazia um mês desde o equinócio de outono e as horas de claridade estavam se reduzindo, com a aproximação do longo inverno gelado. Ainda estávamos descendo os declives a leste de Caster quando a luz começou a diminuir e tivemos que procurar uma caverna protegida para passarmos a noite. O Caça-feitiço e eu juntamos lenha e fizemos uma fogueira enquanto Alice caçava e tirava a pele de um casal de coelhos. Pouco depois, a gordura deles estava pingando e tostando nas chamas enquanto eu ficava com água na boca.

— Como é o extremo norte de Caster? — perguntei ao Caça-feitiço.

Estávamos sentados, de pernas cruzadas, diante da fogueira, e Alice girava o espeto. Eu teria oferecido ajuda, mas ela recusaria. Estava faminta e queria que os coelhos ficassem bem-assados.

— Bem — respondeu meu mestre —, algumas pessoas dizem que é a mais bela vista de todo o Condado, e eu não discuto isso. Há montanhas e lagos, com o mar ao sul. No extremo norte do Condado, há o Lago Coniston e o Grande Charco, a leste...

— É lá que o sr. Arkwright mora? — interrompi.

— Não, garoto, não é assim tão ao norte. Há um longo canal que corre em direção ao norte, que atravessa Caster, vindo de Priestown, e vai até Kendal. A casa de Arkwright fica na margem esquerda. É um antigo moinho de água que caiu em desuso, mas que atende bem às necessidades dele.

— E quanto às trevas? — perguntei. — Existe algo naquelas bandas do Condado que eu ainda não tenha encontrado?

— Você ainda está muito verde, garoto! — repreendeu o Caça-feitiço. — Há um monte de criaturas que você ainda tem de enfrentar, e não precisa ir até o norte de Caster para encontrá-las! Mas, com tantos lagos e o canal, o perigo vem, sobretudo, da água naquelas bandas. Arkwright é especialista em feiticeiras da água e outras criaturas que fazem suas casas no pântano e no lodo. Mas vou deixar que ele lhe diga isso. Por enquanto, o trabalho dele será treiná-lo.

Alice girava o espeto, e nós continuávamos sentados fitando as chamas. Foi ela quem interrompeu o silêncio, com voz de quem estava preocupada.

— Não estou gostando dessa história de Tom ficar sozinho aqui. Agora, o Maligno está no mundo para sempre. E se ele vier procurar por Tom e nós não estivermos por perto para ajudá-lo?

— Você tem que olhar para o lado bom, garota — retrucou o Caça-feitiço. — Não podemos nos esquecer de que o Maligno visitou este mundo muitas vezes antes. Não é a primeira vez que ele está aqui.

— Isso é verdade — concordou Alice. — Mas, exceto a primeira vez, normalmente eram visitas curtas. Algum coven ou feiticeira o convocava. Existem muitas histórias a esse respeito, mas a maioria concorda que o Velho Nick nunca fica por aqui mais que uns poucos minutos, se tanto. Apenas o tempo suficiente para barganhar ou conceder um desejo em troca de uma alma. Mas agora é diferente. Ele está aqui para ficar e tem todo o tempo para fazer exatamente o que quer.

— Eu sei, garota, mas não duvide de que o Maligno estará ocupado procurando causar todo o prejuízo que puder. Você acha que ele quis ficar confinado à vontade dos covens? Agora ele está livre para fazer o que quiser, e não o que lhe ordenam. Ele dividirá famílias, fará o marido se voltar contra a mulher e o filho, contra o pai; colocará avareza e deslealdade nos corações dos homens; esvaziará os templos das congregações e fará com que a comida estrague no armazém e o gado definhe e morra. Ele aumentará a selvageria da guerra até que ela se transforme num banho de sangue e fará os soldados se esquecerem de sua humanidade. Resumindo, ele aumentará o fardo da miséria humana, fazendo amor e amizade definharem como as plantações atacadas por pulgões. Sim, é ruim para todos nós, mas agora Tom provavelmente está tão seguro quanto qualquer um que siga nosso ofício e combata as trevas.

— Que poderes ele tem? — perguntei, nervoso com toda essa conversa sobre o Diabo. — Tem mais alguma coisa que o senhor possa me dizer? Com que eu deveria me preocupar primeiro, se ele vier atrás de mim?

O Caça-feitiço me encarou, e, por um momento, pensei que não iria me responder. Mas, em seguida, suspirou e começou a resumir os poderes do Maligno.

— Como você sabe, dizem que ele pode assumir a forma ou o tamanho que quiser. Pode lançar mão de artifícios para obter o que deseja, surgindo do nada e olhando por cima do seu ombro sem que você perceba. Outras vezes, ele deixa um cartão de visita, a marca do Diabo: uma série de pegadas de casco fendido incandescentes no chão. Por que ele faz isso ninguém sabe, mas provavelmente é apenas para assustar as pessoas. Algumas acreditam que sua verdadeira forma é tão apavorante que uma única olhadela mataria de puro terror. Mas isso poderia ser apenas uma história para assustar as crianças e fazê-las rezar.

— Bem, a ideia certamente me assusta! — disse eu, olhando por cima do meu ombro para a escuridão da caverna.

— O maior poder do Maligno, porém — continuou meu mestre —, é sua habilidade de mudar o tempo. Ele pode acelerá-lo de modo que, para qualquer pessoa próxima a ele, uma semana passe como uma hora. E pode fazer o inverso também, um minuto parecer uma eternidade. Algumas pessoas dizem que ele pode parar o tempo, mas há muito poucos relatos sobre esse feito...

O Caça-feitiço deve ter percebido minha expressão preocupada. Ele olhou de relance para o lado de Alice, que o fitava de olhos arregalados.

— Veja, não vale a pena nos preocuparmos sem necessidade — disse ele. — Todos corremos riscos agora. E Bill Arkwright será capaz de cuidar de Tom tanto quanto eu.

Alice não parecia nem um pouco satisfeita com as palavras do Caça-feitiço, mas, pouco depois, cortou o coelho, e eu estava muito ocupado comendo para continuar me preocupando com aquilo.

— Está uma noite agradável — disse o Caça-feitiço, olhando para cima.

Concordei, enquanto ainda enchia a boca com pedaços do coelho suculento. O céu estava claro e estrelado, e a Via Láctea era uma cortina prateada cintilante cortando os céus.

Pela manhã, porém, o tempo mudou e uma névoa ocultou o declive. Não era algo ruim porque ainda tínhamos que contornar Caster. No antigo castelo, eles julgavam as bruxas antes de enforcá-las no morro, fora dos limites da cidade. Alguns padres consideravam um caça-feitiço e seu aprendiz inimigos da igreja. Por isso, não era um lugar para nos demorarmos.

Atravessamos a cidade rumo ao leste e avançamos até a primeira ponte ao norte sobre o canal, pouco antes das dez. Uma névoa densa pairava sobre a água, e tudo estava em silêncio. O canal era mais extenso do que eu imaginava. Se fosse possível caminhar sobre a água, seriam necessários vinte passos largos para atravessar de uma margem à outra. A água, porém, era tranquila e escura, sugerindo ser profundo. O vento não estava soprando, e a superfície da água refletia o arco da ponte, formando um objeto de forma oval. Quando olhei para baixo, pude ver meu rosto triste me fitando.

Caminhos de cinzas corriam paralelos às margens do canal, ladeado por uma sebe de espinheiros dispersa de cada lado. Umas poucas árvores tristes e desfolhadas cobriam as veredas com seus galhos e, além delas, os campos rapidamente desapareceram em meio à névoa.

Não havia sinal de Arkwright. Esperamos com paciência durante quase uma hora, enquanto o frio começava a penetrar os ossos, mas ele não apareceu.

— Alguma coisa está errada — observou, finalmente, o Caça-feitiço. — Arkwright tem defeitos, mas atrasar não é um deles. Não estou gostando nada disso! Se ele não está aqui é porque algo o impediu. Algo fora do controle dele.

CAPÍTULO 4

O MOINHO

O Caça-feitiço tinha acabado de decidir que deveríamos seguir andando para o norte até Kendal, quando ouvimos sons abafados se aproximando. Eram uma batida firme de cascos e o rumor da água. Então, saindo da névoa, vimos dois imensos cavalos de carga arreados um atrás do outro. Eles eram conduzidos ao longo do caminho por um homem vestido com túnica de couro e puxavam um batelão comprido e estreito atrás deles.

Quando o batelão passou sob a ponte, vi o homem olhar em nossa direção. Depois, ele parou os cavalos gradualmente, acorrentou-os e caminhou até a ponte de madeira com passos firmes e lentos e um movimento de ombros confiante. Não era alto, mas atarracado, tinha mãos grandes e, apesar do frio, sob a jaqueta de couro, os dois primeiros botões da camisa estavam abertos, revelando um tufo de pelos marrons.

A maioria dos homens atravessaria o caminho, evitando aproximar-se de um caça-feitiço, mas ele deu um sorriso largo e, para meu espanto, caminhou direto até meu mestre e estendeu-lhe a mão.

— Imagino que o senhor seja o sr. Gregory — sorriu o estranho. — Sou Matthew Gilbert. Bill Arkwright pediu-me que viesse pegar o garoto...

Eles apertaram as mãos e meu mestre retribuiu o sorriso.

— É um prazer conhecê-lo, sr. Gilbert — respondeu o Caça-feitiço. — Ele não está bem o suficiente para vir?

— Não, não é isso, embora ele tenha estado adoentado — explicou o sr. Gilbert. — É que um corpo foi encontrado, o sangue dele foi drenado, como o dos outros. É o terceiro em dois meses, e Bill foi até o norte para investigar. Ultimamente, as trevas parecem dar as caras com tanta frequência que ele tem ficado muito ocupado.

O Caça-feitiço balançou a cabeça pensativo, mas não disse nada. Em vez disso, pôs a mão no meu ombro.

— Bem, este é Tom Ward. Ele já contava com a caminhada, mas não resta dúvida de que ficará satisfeito em pegar uma carona.

O sr. Gilbert sorriu e, em seguida, apertou minha mão.

— Muito prazer em conhecê-lo, jovem Tom. Vou deixá-los agora para que vocês possam se despedir à vontade. Vejo você lá embaixo — disse, indicando com a cabeça o batelão e, em seguida, começando a descer.

— Bem, garoto, não deixe de escrever. Você pode nos enviar uma carta depois da primeira semana dizendo como se arranjou — disse o Caça-feitiço, entregando-me algumas pequenas moedas de prata. — E aqui tem uma coisa para ajudar Bill Arkwright com seu sustento — continuou, depositando um guinéu na minha mão. — Não sei se você terá problemas. Apenas trabalhe duro para Arkwright como trabalhou para mim e tudo vai ficar bem. Por algum tempo, você terá um mestre diferente com um método próprio de trabalho, e sua tarefa será se adaptar a ele, e não o contrário. Mantenha seu caderno atualizado e anote tudo o que ele lhe ensinar, mesmo que não seja como eu lhe ensinei. É sempre bom ter outra perspectiva, e agora Arkwright é um especialista nas criaturas que vêm da água. Portanto, preste atenção e fique de guarda. Atualmente, o Condado é um lugar perigoso. Nenhum de nós pode perder a cabeça!

Com isso, o Caça-feitiço acenou e girou nos calcanhares. Alice se aproximou apenas quando ele deixou a ponte. Pôs os braços a meu redor e me abraçou com força.

— Oh, Tom! Tom! Vou sentir sua falta — disse.

— E eu vou sentir a sua — respondi, sentindo um aperto na garganta.

Ela deu alguns passos para trás e se manteve a distância.

— Tenha cuidado, por favor. Eu não iria suportar se algo lhe acontecesse...

— Nada vai acontecer — retruquei, tentando tranquilizá-la. — Posso cuidar de mim. Você já deveria saber disso.

— Ouça — disse ela, olhando rapidamente por cima do ombro —, se você estiver encrencado ou se precisar me dizer algo com urgência, use um espelho!

Suas palavras me surpreenderam, e dei um passo para trás. As feiticeiras usavam espelhos para se comunicar, e eu vira Alice fazendo isso uma vez. O Caça-feitiço ficaria horrorizado com o que ela estava dizendo. Tais práticas pertenciam às trevas, e ele nunca permitiria que nos comunicássemos daquele jeito.

— E não adianta me olhar assim, Tom — insistiu Alice. —Tudo o que você tem que fazer é posicionar as duas mãos contra um espelho e pensar em mim o mais que puder. Se não funcionar da primeira vez, continue tentando.

— Não, Alice, não vou fazer nada disso! — gritei com raiva. — Isso é coisa das trevas, e eu estou aqui para combatê-las, não para fazer parte delas...

— Não é tão simples assim, Tom. Algumas vezes, é preciso combater as trevas *com* as trevas. Lembre-se disso, apesar do que o Velho Gregory diz. E tenha cuidado. Aqui não é uma boa parte do Condado para se estar. Eu já estive aqui uma vez com Lizzie Ossuda. Nós moramos à beira do pântano, não muito longe do moinho de Arkwright. Tenha cuidado, por favor!

Concordei e, em seguida, num impulso, inclinei-me para a frente e beijei-a na bochecha esquerda. Ela se afastou e vi lágrimas brotando de seus olhos. A despedida foi difícil para nós dois. Em seguida, ela se virou e correu para fora da ponte. Momentos depois, desapareceu na névoa.

Andei tristemente até o caminho de sirga. Matthew Gilbert estava esperando por mim e apenas apontou para um banco de madeira na proa do batelão. Sentei-me e olhei a meu redor. Atrás de mim, havia dois imensos alçapões de madeira, cujos cadeados pendiam abertos. Era um batelão de trabalho, e não restava dúvida de que havia algum tipo de carga armazenada lá embaixo.

Momentos depois, estávamos navegando rumo ao norte. Continuei a olhar para trás, na direção da ponte, com pouca esperança de que Alice aparecesse e, assim, eu pudesse vê-la pela última vez. Ela não apareceu, e senti uma dor no peito por deixá-la para trás daquele jeito.

De vez em quando, passávamos por um batelão navegando na direção contrária. A cada vez, o sr. Gilbert acenava animadamente para os outros barqueiros. Essas embarcações variavam de tamanho, mas todas eram compridas e estreitas e tinham um ou mais alçapões. No entanto, embora algumas fossem bem-conservadas, com pintura colorida e brilhante, outras eram negras e encardidas, com pedaços de carvão no convés, dando uma ideia do que levavam.

Por volta de uma hora, o sr. Gilbert fez os cavalos pararem, liberando-os dos arreios e amarrando-os à beira de um pouco de pasto irregular na margem do canal. Enquanto eles pastavam, rapidamente fez uma fogueira e começou a preparar o almoço para nós. Perguntei se poderia ajudá-lo de alguma forma, mas ele balançou a cabeça.

— Convidados não devem trabalhar — disse ele. — Descanse enquanto pode. Bill Arkwright é durão com os aprendizes. Mas não me entenda errado, ele é um bom homem, bom no que faz, e já fez muito pelo Condado. E é obstinado também. Depois de sentir o cheiro da presa, não desiste.

Ele descascou algumas batatas e cenouras e cozinhou-as em uma panela sobre a fogueira. Sentamos na popa do batelão, com os pés balançando sobre a água, e comemos, usando as mãos, em dois pratos de madeira. A comida não tinha cozinhado o suficiente, e as cenouras e batatas ainda estavam duras. Mas eu estava faminto o bastante para comer até os cavalos do barqueiro, por isso mastiguei muito e engoli. Comemos em silêncio. No entanto, depois de algum tempo, por educação, tentei puxar assunto com o barqueiro.

— O senhor conhece o sr. Arkwright há muito tempo? — perguntei.

— Há dez anos ou mais — respondeu o sr. Gilbert. — Bill morava com os pais no moinho, mas eles morreram faz muitos anos. Desde que se tornou o caça-feitiço local, ele tem sido um bom freguês. Todo mês, faz um grande pedido de sal. Eu encho cinco barris grandes para ele. Também levo outras provisões: velas, comida, o que você imaginar. Especialmente, vinho. Bill gosta de beber, isso sim. Mas não o vinho comum de sabugueiro ou de dente-de-leão. Ele prefere vinho tinto. Vem de navio até Sunderland Point, depois vai por terra até Kendal, onde eu o embarco uma vez por mês. Ele me paga bem.

Fiquei intrigado com aquela quantidade de sal. Os caça-feitiços usam sal misturado com ferro para cobrir o interior dos poços quando amarram ogros. Ele também pode ser usado como uma arma contra as criaturas das trevas. Mas nós usávamos quantidades comparativamente menores e comprávamos pequenas bolsas do verdureiro da aldeia. Por que ele precisaria de cinco barris de sal todo mês?

— Essa é a sua carga agora, sal e vinho? — indaguei.

— No momento, o porão está vazio — retrucou o barqueiro, balançando a cabeça. — Acabo de entregar uma carga de ardósia para um construtor em Caster e estou voltando à pedreira para pegar um pouco mais. Levamos todo tipo de coisa nesse negócio. Eu levo de tudo, menos carvão, tem muito por aí e é tão barato que não vale a pena se preocupar em trancar os alçapões, em caso de roubo. E aquela coisa preta se espalha por toda parte, por isso deixo esse serviço para os carregadores especializados.

— Então, o moinho do sr. Arkwright fica na margem do canal?

— Bem perto. Você não poderá vê-lo do batelão, ele fica escondido pelas árvores e arbustos. No entanto, da margem do canal, você pode jogar uma pequena pedra na beira do jardim sem precisar fazer muito esforço. É um lugar solitário, mas tenho certeza de que você irá se acostumar a isso.

Ficamos em silêncio novamente, até que me lembrei de algo que havia chamado minha atenção.

— Tem um monte de pontes sobre o canal. Por que são necessárias tantas?

— Eu não vou questionar essa observação — disse o sr. Gilbert, assentindo. — Quando abriram o canal, ele dividiu muitas fazendas em duas. Eles pagaram os fazendeiros por lhes tirar a terra, mas também tinham de lhes oferecer acesso às plantações que se encontram do outro lado do canal. No entanto, há outra razão para isso. Os cavalos e batelões viajam pela margem esquerda. Assim, quando você quer mudar de direção, os cavalos podem ir para a outra margem. De todo modo, melhor partirmos agora. Seria bom chegarmos ao moinho antes de anoitecer.

O sr. Gilbert puxou os cavalos para o batelão, e, em pouco tempo, nos movíamos de novo lentamente rumo ao norte. O amanhecer fora nebuloso, e, em vez de ser eliminada pelo sol, a névoa rapidamente tinha se transformado num nevoeiro denso que reduzira a visibilidade para uns poucos passos à nossa frente. Eu podia ver o traseiro do cavalo mais próximo, mas o outro cavalo e Matthew Gilbert estavam fora do alcance da minha visão. Mesmo o bater ritmado dos cascos parecia abafado. De vez em quando, passávamos debaixo de uma ponte, mas, afora isso, não havia nada para ver e comecei a ficar entediado de apenas permanecer sentado lá.

Mais ou menos uma hora antes de anoitecer, o sr. Gilbert fez os cavalos pararem e andou até onde eu estava sentado.

— Chegamos! — exclamou alegremente, apontando para a névoa. — A casa de Bill Arkwright é bem ali...

Pegando minha bolsa e o bastão, subi para o caminho de sirga. Havia um grande poste na margem do canal, no qual o sr. Gilbert amarrou o cavalo-guia. A parte de cima se assemelhava a um cadafalso, de onde pendia um grande sino.

— Quando trago os suprimentos, costumo tocar o sino — comentou ele, indicando o poste. — Cinco toques distintos para avisá-lo que sou eu com a encomenda, e não alguém que precisa de um caça-feitiço — nesse caso, costuma-se tocar três vezes. Bill vem e pega o que eu trouxe. Às vezes, quando é muita coisa, eu o ajudo a carregar de volta para os limites do jardim. Ele não gosta muito que alguém se aproxime mais que isso!

Entendi. Ele era como meu mestre em relação a isso. Quem precisasse de ajuda tocava um sino na encruzilhada e, normalmente, eu era enviado para descobrir o que queriam.

Tudo o que eu podia ver além do poste era um muro de névoa cinza, mas era possível ouvir o som de um córrego em algum lugar mais abaixo. Nesse ponto, o canal se elevava acima das plantações adjacentes. A partir do caminho de sirga, uma margem íngreme e coberta de grama descia na direção da névoa.

— São mais ou menos noventa passos até a beira do jardim — disse sr. Gilbert. — No sopé desta margem tem um córrego. Basta segui-lo. Ele corre até a casa e costumava mover a roda-d'água, quando o moinho funcionava. De todo modo, boa sorte. Provavelmente eu o verei na próxima vez que passar por aqui trazendo sal, ou as caixas de vinho — acrescentou ele, piscando um olho.

Com isso, desamarrou os cavalos e partiu em meio à névoa. Mais uma vez, ouvi o som abafado dos cascos e o batelão deslizando rumo ao norte. Fiquei parado lá até o som dos cascos desaparecer completamente. Em seguida, a não ser pelo som de água abaixo de mim, eu me encontrava envolvido numa camada de silêncio. Estremeci. Jamais me sentira tão sozinho.

Desci a margem íngreme e me encontrei à beira de um córrego que corria rápido. A água se movia em minha direção antes de se precipitar num túnel escuro sob o canal, para certamente reaparecer do outro lado. A visibilidade tinha melhorado um pouco, mas eu ainda só podia ver uns doze passos em qualquer direção. Comecei a caminhar córrego acima, seguindo uma trilha lamacenta na direção da casa, esperando que ela surgisse em meio à nevoa a qualquer momento.

No entanto, eu só conseguia ver as árvores — salgueiros-chorões — em ambas as margens, com os galhos que se arrastavam na água. Eles retardaram meu progresso e eu continuei tendo que me inclinar. Finalmente, cheguei ao perímetro do jardim de Arkwright, uma moita aparentemente impenetrável de árvores desfolhadas e arbustos. Primeiro, porém, eu precisava atravessar uma barreira.

O jardim era delimitado por uma cerca enferrujada de ferro: uma paliçada de um metro e oitenta de altura, com pontas afiadas e unidas por três fileiras de barras horizontais. Como eu poderia chegar ao jardim? Seria difícil subir a cerca, e eu não queria me arriscar a ser empalado no topo. Por isso, segui a curva da paliçada à esquerda, na esperança de encontrar outra entrada. Agora estava começando a me aborrecer com Matthew Gilbert. Ele me dissera para seguir o córrego, mas não se dera ao trabalho de me explicar o que eu encontraria ou como chegaria até a casa.

Seguia a paliçada havia alguns minutos, quando comecei a sentir os pés encharcados durante a caminhada. Havia touceiras de capim e poças-d'água, e, para encontrar um terreno um pouco mais firme, fui forçado a andar com meu ombro direito quase tocando a paliçada. Finalmente, cheguei a uma fenda estreita.

Avancei pelo jardim e deparei com uma vala cheia de água. Ela estava escura, e não havia como saber sua profundidade. Com uns nove passos de largura, era impossível pulá-la, mesmo se eu corresse para tomar impulso. Olhei para a direita e para a esquerda, mas não dava para contorná-la. Então, experimentei com meu bastão e, para minha surpresa, descobri que a profundidade não era maior que a altura dos meus joelhos. Parecia um fosso para defesa, mas era muito raso. Para que serviria?

Confuso, caminhei com dificuldade, encharcando rapidamente a parte de baixo da calça. Havia moitas mais à frente do outro lado, mas uma vereda estreita conduzia através delas e, depois de alguns instantes, revelava uma extensa área de grama, onde cresciam alguns dos maiores salgueiros-chorões que eu já tinha visto. Eles emergiam da névoa como gigantes, com dedos compridos, frios e úmidos, que se esfregavam contra as minhas roupas e se entrelaçavam em meus cabelos.

Por fim, ouvi mais uma vez o som do córrego, antes de lançar os olhos, pela primeira vez, ao moinho de Arkwright. Era maior que a casa do Caça-feitiço em Chipenden, mas o tamanho não era o único aspecto que chamava a atenção. Ela fora construída em madeira e estava arruinada, apoiando-se de modo esquisito sobre o terreno, com o telhado e as paredes em ângulos estranhos; o telhado era verde por causa do limo e da grama, e pequenas mudas brotavam das calhas. Partes da construção pareciam podres e em mau estado, como se a estrutura inteira estivesse apenas esperando pelo inevitável fim, com a primeira tempestade do inverno.

Em frente à casa, o córrego se lançava na direção da imensa roda-d'água de madeira, que permanecia ociosa e imóvel, apesar dos esforços furiosos da torrente, que se precipitava num túnel escuro debaixo da construção. Olhando a roda com mais atenção, notei que estava podre e quebrada e provavelmente não se movia havia muito tempo.

A primeira porta que encontrei estava fechada com tábuas, bem como as três janelas próximas. Por isso, caminhei na direção do córrego até chegar a um alpendre que encerrava uma porta grande e grossa. Parecia a porta principal, então bati três vezes. Talvez Arkwright já tivesse retornado. Sem ouvir uma resposta, bati novamente com mais força. Por fim, tentei girar a maçaneta, mas percebi que a porta estava trancada.

O que deveria fazer agora? Sentar na escada em meio ao frio e à umidade? À luz do dia já seria bastante ruim, mas em breve estaria escuro. E não havia garantia de que Arkwright estivesse de volta antes disso. A investigação do corpo na água poderia levar dias.

No entanto, havia um modo de resolver meu problema. Eu tinha uma chave especial, feita por Andrew, o irmão serralheiro do Caça-feitiço. Embora ela abrisse a maioria das portas e eu imaginasse que a porta à minha frente não seria difícil de abrir, relutei em usá-la. Não parecia correto entrar na casa de alguém sem permissão, por isso resolvi esperar mais um pouco para ver se Arkwright aparecia, afinal. Em pouco tempo, porém, a umidade e o frio começaram a penetrar meus ossos e me fizeram mudar de ideia. Afinal, eu iria viver aqui durante seis meses, e ele estava à minha espera.

A chave girou facilmente na fechadura, mas a porta gemeu nas dobradiças, ao abrir-se lentamente. O moinho estava escuro do lado de dentro e o ar era úmido e bolorento, parecendo contaminado com um forte odor de vinho estragado. Dei apenas um passo para seu interior, permitindo que meus olhos se acostumassem e, em seguida, olhei a meu redor. Havia uma grande mesa na outra extremidade da sala e, no centro dela, via-se uma única vela num pequeno castiçal de latão. Baixei o bastão e usei minha bolsa para manter a porta aberta e deixar entrar um pouco de luz no aposento. Tirando o pequeno acendedor do bolso, logo acendi a vela. Em seguida, percebi uma folha de papel sobre a mesa, que era mantida no lugar pelo castiçal. Uma olhada e percebi que era um bilhete escrito para mim, por isso eu o peguei e comecei a ler.

Caro mestre Ward

Parece que o senhor usou sua iniciativa, caso contrário, passaria a noite do lado de fora da casa e no escuro, uma experiência que não seria nada agradável. Aqui o senhor descobrirá que as coisas são muito diferentes de Chipenden.

Embora eu siga o mesmo ofício que o sr. Gregory, trabalhamos de maneira diferente. A casa de seu mestre é um abrigo, purificada em seu interior; mas, aqui, os mortos atormentados caminham e é meu desejo que assim o façam. Eles não lhe farão mal; portanto, deixe-os em paz. Não faça nada.

Tem comida na despensa e lenha para o fogão junto da porta; coma o que quiser e durma bem. Seria aconselhável passar a noite na cozinha e aguardar o meu retorno. Não se arrisque a ir para a parte inferior da casa nem tente entrar no cômodo mais alto, que está trancado.

Respeite meus desejos para o seu bem e para o meu.

Bill Arkwright

CAPÍTULO 5

O GRITO

Achei muito estranhos os comentários de Arkwright sobre os mortos. Por que ele permitia que perturbassem a tranquilidade da casa? Não era sua obrigação dar-lhes paz, enviando-os para a luz? Isso é o que o Caça-feitiço teria feito. Mas meu mestre já me explicara que Arkwright fazia as coisas de modo diferente e que minha obrigação era me adaptar aos métodos dele.

Olhei a meu redor, agora que era capaz de ver o cômodo adequadamente pela primeira vez. Não era nem um pouco convidativo — e tampouco parecia uma sala de estar. As janelas estavam fechadas com tábuas de madeira e não havia dúvida de que ele parecia tão sombrio por essa razão. Com certeza, fora usado para guardar coisas, quando a construção funcionava como moinho. Não tinha lareira, e, além da mesa, as únicas peças de mobília eram duas cadeiras com encosto de madeira, em cantos opostos do cômodo. Mas havia diversos engradados de vinho empilhados contra a parede e uma longa fileira de garrafas vazias. Poeira e teias de aranha adornavam as paredes e o teto, e, embora a porta principal desse diretamente para o cômodo, Arkwright certamente só a usava para chegar às outras partes da casa.

Afastei a bolsa da porta, antes de fechá-la e trancá-la. Em seguida, peguei a vela da mesa e fui até a cozinha. A janela em cima da pia não estava tapada com tábuas de madeira, mas ainda havia muita neblina do lado de fora e a luz começava a diminuir. No peitoril da janela, encontrava-se uma das maiores facas que eu já tinha visto. Certamente, não era para preparar os alimentos! No entanto, a cozinha estava mais limpa do que eu imaginara: sem poeira e com pratos, xícaras e panelas empilhados em armários de parede, além de uma pequena mesa de refeições e três cadeiras de madeira. Encontrei a despensa cheia de queijo, presunto, bacon e metade de um pão.

Em vez de uma lareira, havia um grande fogão, mais largo que alto, com duas portas e uma chaminé de metal, que se contorcia sobre ele e terminava no teto. A porta que abria para a esquerda revelou uma frigideira; a porta da direita estava cheia de madeira e palha, prontas para serem acesas. Sem dúvida, esse era o único meio de se aquecer e cozinhar em uma imensa construção de madeira como aquela.

Sem perder tempo, usei meu acendedor para acender o fogão. Em pouco tempo, a cozinha se encheu de calor, e comecei a fritar três generosas fatias de bacon. O pão estava duro e envelhecido, mas eu ainda podia tostá-lo. Não havia manteiga, porém a comida caiu muito bem, e, em pouco tempo, eu me sentia melhor.

Comecei a ficar com sono e resolvi subir e olhar os quartos, na esperança de descobrir qual deles seria o meu. Levei a vela comigo, e essa foi uma decisão acertada. As escadas não podiam estar mais escuras. No primeiro andar, vi quatro portas. A primeira levava a um depósito, lotado de caixas vazias, lençóis sujos, cobertores e entulhos variados que emitiam um cheiro desagradável de mofo e decomposição. As paredes tinham manchas úmidas, e alguns dos lençóis empilhados estavam cobertos de fungo. As duas portas seguintes davam para quartos individuais. No primeiro, os lençóis amarrotados indicavam que o quarto tinha sido ocupado; o segundo tinha uma cama sem lençóis. Será que era o meu? Se era, senti vontade de voltar para Chipenden. Não havia outra mobília no quarto triste e pouco convidativo, e o ar era frio e úmido.

O quarto cômodo tinha uma grande cama de casal. Os cobertores se encontravam em uma pilha desarrumada aos pés da cama, e, mais uma vez, os lençóis estavam amarrotados. Havia alguma coisa errada naquele quarto, e os cabelos de minha nuca começaram a se eriçar. Estremeci, ergui a vela mais alto e me aproximei da cama. Na verdade, ela parecia úmida, e, quando a toquei levemente com os dedos, percebi que estava encharcada. Ela não estaria mais molhada mesmo se alguém tivesse esvaziado meia dúzia de baldes cheios de água em cima dela. Olhei para o teto, mas não vi buraco ou sinais de manchas por causa de vazamentos. Como tinha ficado tão molhada? Recuei rapidamente, passando pela porta, e a fechei firmemente atrás de mim.

Quanto mais pensava a respeito, menos eu gostava daquele andar. Havia ainda um andar superior, mas Arkwright me advertira que mantivesse distância dele, por isso decidi seguir seu conselho e dormir no chão da cozinha. Pelo menos não parecia úmido, e o calor do fogão me manteria aquecido até a manhã seguinte.

Pouco depois da meia-noite, alguma coisa me acordou. A cozinha estava quase totalmente escura, com apenas umas poucas brasas ardendo no fogão.

O que havia me perturbado? Será que Arkwright voltara para casa? Mas os cabelos da parte de trás de meu pescoço se eriçaram e estremeci novamente. Como um sétimo filho de um sétimo filho, vejo e ouço coisas que outras pessoas não podem ver e ouvir. Arkwright tinha dito que mortos atormentados encontravam-se na casa. Se era verdade, em pouco tempo, eu saberia.

Nesse momento, ouvi um barulho surdo e grave em alguma parte do andar de baixo, que vibrou através das paredes do moinho. O que era aquilo? Parecia estar ficando cada vez mais alto.

Intrigado, resolvi não me levantar. Arkwright me dissera para não fazer nada. Não era problema meu. Ainda assim, o barulho era assustador e desagradável, e eu não conseguia voltar a dormir, por mais que tentasse. Finalmente, descobri que som era aquele. A roda-d'água. A roda-d'água estava girando! Ou, pelo menos, era o que parecia.

Em seguida, ouvi um grito agudo, e o rumor parou tão rápido quanto começou. O grito era tão terrível e tão cheio de angústia que cobri os ouvidos. Claro, não adiantou. O som estava dentro da minha cabeça — os resquícios de algo que ocorrera muitos anos antes neste moinho. Eu ouvia alguém que padecia de uma dor terrível.

Finalmente, o grito cessou, e tudo voltou a ficar tranquilo e sossegado. O que eu acabara de ouvir deveria ter sido o suficiente para afastar a maior parte das pessoas daquela construção. Eu era um aprendiz de caça-feitiço, e tais coisas faziam parte do ofício, mas ainda assim sentia medo — todo o meu corpo estava tremendo. Arkwright dissera que nada aqui iria me machucar, mas algo muito estranho estava acontecendo. Algo mais que uma assombração rotineira.

Fui me acalmando lentamente e, pouco tempo depois, adormeci de novo.

Dormi bem, bem demais. Já amanhecera há muito tempo quando acordei e encontrei outra pessoa comigo na cozinha.

— Boa, garoto! — ressoou uma voz grave. — Você seria pego de surpresa com facilidade. Não compensa dormir profundamente nestas bandas. Não se está seguro em parte alguma!

Sentei-me rapidamente e, em seguida, tentei ficar de pé, meio sem jeito. Na minha frente estava um caça-feitiço segurando o bastão com a mão esquerda e uma bolsa com a direita. E que bolsa! Facilmente, a bolsa do meu mestre e a minha caberiam dentro dela. Em seguida, reparei na ponta do bastão. Meu bastão e o do meu mestre tinham lâminas retráteis, mas aquela faca de aparência perigosa ficava à vista e media, pelo menos, 30 centímetros, com seis pontas viradas para trás, sendo três de cada lado.

— Sr. Arkwright? — indaguei. — Sou Tom Ward...

— Sim, sou Bill Arkwright e imaginei quem você fosse. Prazer em conhecê-lo, Mestre Ward. Seu mestre fala muito bem de você.

Eu o encarei, tentando afastar o sono dos olhos. Ele não era tão alto quanto meu mestre, mas era mais robusto, de um modo vigoroso, que sugeria força. O rosto era descarnado e ele tinha grandes olhos verdes e uma careca impressionante, na qual não crescia um único fio solitário — era tão lisa quanto a careca de um monge. Na face esquerda, via-se uma cicatriz nítida, que parecia ser resultado de um ferimento infligido recentemente.

Também percebi que seus lábios estavam manchados de roxo. O Caça-feitiço não bebia, mas, certa vez, quando estivera muito doente, delirando com febre, bebera uma garrafa inteira de vinho tinto. Depois disso, seus lábios ficaram com a mesma cor roxa.

Arkwright apoiou o bastão contra a parede próxima à porta interna e, em seguida, tirou a bolsa do ombro. Ao encostá-la no chão, ouviu-se o tinido de vidro dentro dela. Ele estendeu a mão em minha direção e eu a apertei.

— O sr. Gregory também tem muita consideração pelo senhor — comentei, enfiando a mão no bolso e tirando o guinéu. — Ele enviou isso para ajudá-lo com meu sustento.

Arkwright pegou-o de mim, colocou-o na boca e mordeu com força. Examinou-o cuidadosamente, em seguida, sorriu e agradeceu. Ele havia examinado a moeda para ter certeza de que era um guinéu real de ouro, em vez de uma imitação. Aquilo me aborreceu. Ele achava que meu mestre iria tentar enganá-lo? Ou será que suspeitava de mim?

— Vamos confiar um no outro, por enquanto, Mestre Ward — disse ele —, e ver como nos sairemos. Vamos esperar tempo suficiente para termos a chance de avaliar um ao outro.

— Meu mestre disse que o senhor tem muito a me ensinar sobre a região ao norte de Caster — continuei, tentando não demonstrar minha irritação sobre o guinéu. — Sobre as criaturas que vêm da água...

— Sim, claro, vou lhe ensinar sobre isso também, mas, sobretudo, vou fortalecê-lo. O senhor é forte, Mestre Ward?

— Sou bem forte para a minha idade — respondi, um pouco em dúvida.

— Tem certeza disso? — perguntou Arkwright, olhando para mim de cima a baixo. — Acho que você vai precisar de um pouco mais de músculos, se quiser sobreviver neste ofício! Você é bom na queda de braço?

— Nunca tentei antes...

— Bem, pode tentar agora. Isso me dará uma ideia do que precisa ser feito. Venha até aqui e sente-se! — ordenou, enquanto abria caminho até a mesa.

Eu era o caçula com uma diferença de três anos e tinha perdido essas brincadeiras em família, mas me lembrava de meus irmãos, Jack e James, brincando de queda de braço na mesa da cozinha, lá na fazenda. Naquela época, Jack sempre ganhava porque era o mais velho, mais alto e mais forte. Eu teria a mesma desvantagem contra Arkwright.

Sentei-me na frente dele e aproximamos nossos braços esquerdos, apertando nossas mãos. Com o cotovelo sobre a mesa, meu braço era menor que o dele. Fiz o melhor que pude, mas ele exercia uma pressão forte e constante e, apesar de minhas tentativas de resistir, ele dobrou meu braço para trás até encostá-lo na mesa.

— Esse é o melhor que pode fazer? — perguntou. — E se nós lhe dermos uma ajudinha?

Dizendo isso, foi até a bolsa e voltou trazendo seu caderno.

— Tome, coloque isso debaixo de seu cotovelo...

Com o caderno levantando meu cotovelo acima do tampo da mesa, meu braço estava tão comprido quanto o dele. Assim, quando senti a primeira pressão firme de seu braço, reuni todas as minhas forças para suportar o máximo que pudesse. Para minha satisfação, consegui forçar seu braço um pouco para trás e percebi a surpresa em seus olhos. Mas então ele deu um contragolpe que fez com que meu braço encostasse na superfície da mesa em segundos. Com um grunhido, soltou minha mão e se levantou, enquanto eu esfregava os músculos doloridos.

— Essa foi melhor — disse ele —, mas você precisa endurecer esses músculos, se quiser sobreviver. Está com fome, Mestre Ward?

Assenti.

— Muito bem, prepararei o café da manhã e depois começaremos a nos conhecer melhor.

Ele abriu a bolsa e revelou duas garrafas de vinho vazias, além de algumas outras provisões: queijo, ovos, presunto, carne de porco e dois peixes grandes.

— Pesquei esses dois hoje de manhã! — exclamou. — Não poderiam estar mais frescos. Dividiremos um agora e comeremos o outro amanhã de amanhã. Já preparou um peixe?

Balancei a cabeça.

— Não, *você se dá* ao luxo de ter aquele ogro fazendo todas as suas tarefas por você — falou Arkwright, balançando a cabeça em desaprovação. — Bem, aqui nós mesmos temos que fazer as coisas. Por isso, é melhor você me observar enquanto cozinho este peixe, porque amanhã você irá preparar o outro. Não se importa de cozinhar, não é?

— Claro que não — respondi.

Minha única esperança era conseguir. O Caça-feitiço não achava que eu cozinhasse bem.

— Muito bem, então. Quando terminarmos o café da manhã, eu lhe mostrarei o moinho. Veremos se você é tão corajoso quanto diz seu mestre.

CAPÍTULO 6

A SABEDORIA DA ÁGUA

O peixe estava saboroso, e Arkwright parecia com vontade de conversar enquanto comíamos.

— A primeira coisa que se deve lembrar sobre o território sob minha proteção — disse ele — é que há muita água ao redor. A água é muito molhada, e isso pode ser um problema...

Pensei que ele estivesse fazendo uma brincadeira, por isso sorri, mas ele me fitou com raiva.

— Isso não é engraçado, Mestre Ward. Na verdade, não é nem um pouco engraçado. Quando digo "molhada", quero dizer que ela encharca tudo, penetra o solo, os corpos e todas as almas. Ela impregna toda esta área e é a chave para todas as dificuldades que enfrentamos. É um ambiente no interior do qual os habitantes das trevas florescem. Nós somos da terra, não da água. Por isso, é muito difícil lidar com tais criaturas.

Assenti.

— "Impregnar" significa a mesma coisa que "encharcar"?

— Significa, sim, Mestre Ward. A água penetra todos e tudo. E por aqui tem muita dela. Para começo de conversa, temos Morecambe Bay, que é como um grande pedaço do Condado tirado pelo mar. Canais perigosos como rios profundos atravessam as areias movediças da baía. As pessoas atravessam quando as ondas permitem, mas elas chegam rapidamente e, algumas vezes, vêm acompanhadas de uma névoa densa. A cada ano, o mar reclama carruagens, cavalos e passageiros naquela região, e eles desaparecem sem deixar rastro.

"Depois, temos os lagos ao norte. Enganosamente calmos durante alguns dias, mas muito profundos. E há criaturas perigosas que saem deles."

— O sr. Gregory me disse que o senhor amarrou o Estripa-reses de Coniston e que ele tinha matado mais de trinta pessoas antes de o senhor tornar seguras as margens do lago.

Arkwright certamente ficou vermelho quando eu disse isso.

— Sim, Mestre Ward. Primeiro, foi um mistério que confundiu os moradores locais — explicou. — Ele agarrava pescadores solitários e os puxava para o mar. As pessoas imaginavam que os homens desaparecidos tinham se afogado, mas, se fosse o caso, por que os corpos não apareciam na praia? Finalmente, quando havia muitas vítimas, fui chamado. Não foi uma tarefa fácil. Suspeitei de um estripa-reses, mas onde estava o covil dele? E, depois de terem o sangue drenado, o que acontecera aos corpos? Bem, Mestre Ward, você precisa de paciência e perseverança neste ofício, e, enfim, encontrei o rastro dele.

"O covil era uma caverna bem embaixo da margem do lago. Ele arrastava as vítimas para uma saliência rochosa e alimentava-se a seu bel-prazer. Por isso, escavei até a caverna a partir da margem acima dela. Era uma visão saída de um pesadelo. O covil estava cheio de ossos e de cadáveres — carne podre vomitando vermes, além de outros corpos mais recentes e sem uma gota de sangue. Nunca esquecerei aquele fedor. Durante três dias e três noites, esperei pelo estripa-reses, até que, finalmente, ele chegou com uma vítima fresca. Era muito tarde para salvar o pescador, mas acabei com ele usando sal e ferro."

— Quando o sr. Gilbert nos encontrou no canal, disse que o senhor fora para o norte lidar com um corpo encontrado na água, que tivera o sangue drenado como outros dois antes dele. Era a vítima de um estripa-reses? Tem outro estripa-reses por aí?

Arkwright olhou pela janela, como se refletisse profundamente, e demorou algum tempo, antes de responder.

— Não, era uma feiticeira da água. Nos últimos tempos, têm aparecido mais delas. Mas ela já tinha ido embora quando cheguei. Certamente, irá atacar de novo, e só podemos torcer para que traga a vítima para um pouco mais perto de casa e eu tenha tempo de caçá-la. Mas não são apenas os estripa-reses e as feiticeiras da água que temos de observar. Também temos de tomar cuidado com os suga-sangue... Já ouviu falar de um *suga-sangue?*

Balancei a cabeça.

— É muito raro e vive em fendas, submerso ou próximo à água. Em vez de ter uma língua flexível, um tubo ósseo oco e comprido projeta-se de sua boca. O tubo é afiado e tem uma ponta fina na extremidade para pcder sugar o sangue das vítimas.

— Isso parece horrível!

— Oh, é horrível — retrucou Arkwright. — Mas, algumas vezes, essa criatura asquerosa também é vítima. De vez em quando, ela é usada em rituais de feiticeiras da água. Depois de retirar o sangue da vítima — escolhida pelas feiticeiras —, drenando-a lentamente durante alguns dias até seu último suspiro, as feiticeiras desmembram o suga-sangue e o comem vivo. A magia lograda do sangue é o triplo da obtida pela feiticeira quando drena diretamente a vítima.

De repente, Arkwright levantou-se e caminhou até a pia para pegar a grande faca na prateleira da janela. Ele a trouxe até a mesa.

— Uma vez, matei um suga-sangue usando esta faca! — exclamou, colocando-a na minha frente. — A lâmina contém muita prata na liga, assim como a lâmina no meu bastão. Peguei o suga-sangue de surpresa e cortei fora os membros dele. Uma arma muito útil, na verdade. Há menos de cinco anos, peguei um jovem suga-sangue próximo ao canal. Dois suga-sangue em cinco anos indica que o número deles está aumentando.

Agora já tínhamos terminado o café da manhã, e Arkwright afastou a cadeira da mesa e passou a mão pela barriga.

— O senhor gostou do peixe, Mestre Ward?

Assenti.

— Sim, obrigado, estava muito bom.

— A perna de uma feiticeira da água seria melhor ainda. Você deveria experimentar uma antes de completar seus seis meses aqui.

Meu queixo caiu e olhei para ele assombrado. Ele comia feiticeiras?

Mas, então, Arkwright começou a gargalhar.

— É só um exemplo do meu senso de humor, Mestre Ward. Mesmo que estivesse bem-assada, eu não tocaria numa perna de feiticeira nem com a vara do batelão. Contudo, veja bem, meus cães não seriam tão exigentes, como um dia você vai descobrir!

Fiquei imaginando onde ele mantinha os cães. Não os vira nem os ouvira.

— O maior problema por estas bandas são as feiticeiras da água — prosseguiu ele. — Ao contrário das demais feiticeiras, elas podem atravessar a água, especialmente, água parada. Podem ficar sob a superfície durante horas sem respirar e se escondem na lama ou no pântano, esperando que a vítima inocente passe por ali. O senhor gostaria de ver uma, Mestre Ward?

No verão, o Caça-feitiço e eu tínhamos ido a Pendle para combater os três principais clãs de feiticeiras. Fora difícil, e tivéramos sorte por sobreviver, portanto, por ora eu já tivera a minha dose de feiticeiras. Devo ter demonstrado isso no rosto porque, quando aquiesci, Arkwright deu um sorrisinho.

— O senhor não parece muito entusiasmado, Mestre Ward. Não se preocupe. Ela não morderá. Eu a mantenho sã e salva, como o senhor verá em breve! Daremos uma volta pelo moinho e lhe mostrarei a feiticeira, mas, primeiro, vamos ajeitar as coisas para você poder dormir. Siga-me!

Ele saiu da cozinha e eu o segui pelas escadas até o quarto individual com o colchão sem lençol. Pensei que ele confirmaria que aquele era o meu quarto, mas, em vez disso, arrastou o colchão para fora da cama.

— Vamos levá-lo para baixo! — disse ele de forma brusca. Juntos, levamos o colchão para o andar de baixo, até a cozinha.

Depois disso, ele subiu novamente, voltando em seguida com uma trouxa de lençóis e cobertores.

— Eles estão um pouco úmidos — comentou —, mas, em breve, ficarão secos nesta cozinha, e então os levaremos de volta ao quarto. Bem, agora, tenho umas coisas para fazer no andar de cima, mas voltarei dentro de uma hora. Nesse meio-tempo, por que você não anota sua primeira lição sobre feiticeiras da água e suga-sangue? Você trouxe o caderno?

Assenti.

— Bem, vá pegá-lo, então! — ordenou.

Percebendo sua impaciência, remexi minha bolsa e levei o caderno para a mesa, junto com a caneta e um pequeno tinteiro, enquanto Arkwright ia até o andar de cima.

Anotei tudo o que consegui lembrar sobre a minha primeira lição e fiquei imaginando o que ele estaria fazendo no andar de cima durante tanto tempo. Em determinado momento, pensei tê-lo ouvido falar com alguém. Mas, menos de meia hora depois, ele desceu, e, quando passou por mim, senti cheiro de vinho em seu hálito. Em seguida, erguendo uma lanterna e segurando o bastão com a mão esquerda, caminhou até o cômodo no qual eu tinha entrado primeiro.

Exceto pela ausência do castiçal, que eu havia levado para a cozinha, tudo estava como antes: uma cadeira em cada canto, caixotes e garrafas de vinho vazias, a mesa solitária e três janelas tapadas com tábuas. Mas a luz mais clara da lanterna revelou algo que eu não percebera.

Do lado direito da porta externa havia um alçapão. Arkwright entregou-me o bastão, curvou-se e, com a mão livre, segurou a aldrava de ferro, puxando-a para que abrisse. Degraus de madeira conduziam à escuridão e ouvia-se o som do córrego atravessando o leito de seixos.

— Bem, Mestre Ward — disse Arkwright —, em geral, é bastante seguro, mas eu estive longe de casa durante seis dias, e algo pode ter acontecido nesse meio-tempo. Por segurança, fique perto de mim.

Depois de dizer essas palavras, ele começou a descer, e eu o segui até a escuridão mais profunda, que era muito mais densa do que as que eu estava acostumado. Um fedor de madeira úmida e apodrecida invadiu meu nariz e percebi que estava de pé não numa cela pavimentada, mas na lama no baixio do córrego. À direita, estava o imenso arco da roda-d'água que não se movia.

— Pensei ter ouvido a roda girar na noite passada — murmurei.

Eu tinha certeza de que ela não havia realmente girado e que tudo era parte da estranha assombração; algo que acontecera no passado. Mas eu estava curioso e com esperança de que Arkwright me dissesse o que estava acontecendo.

Em vez disso, ele me fitou, e eu pude ver a raiva escurecendo seu rosto.

— Ela parece capaz de se mover? — gritou ele.

Balancei a cabeça e dei um passo para trás. Arkwright praguejou baixinho, virou suas costas para mim e me levou até debaixo do moinho, curvando a cabeça ao caminhar.

Em pouco tempo, chegamos a uma cova quadrada, e Arkwright parou com a ponta das botas grandes para fora de sua beirada. Ele gesticulou para eu me aproximar, e parei a seu lado, mantendo a ponta da minha bota bem para trás. Era uma cova de feiticeira com treze barras de ferro. Portanto, não havia perigo de alguém cair dentro dela. Mas isso não significava que se estivesse totalmente seguro. Uma feiticeira podia estender os braços através das barras e agarrar seu tornozelo. Algumas eram rápidas e fortes e podiam se mover mais rápido que uma piscadela de olho. Eu não queria me arriscar.

— Uma feiticeira da água pode cavar, Mestre Ward, por isso temos que impedi-las de fazer isso. Embora você esteja vendo somente a fileira de barras de cima, essa jaula é, na verdade, em forma de cubo, com outras cinco camadas enterradas no solo.

Eu já estava familiarizado com esse tipo de coisa. O Caça-feitiço usava esse tipo de jaula para confinar feiticeiras lâmias, que também sabiam cavar.

Arkwright segurou a lanterna sobre a cova.

— Dê uma olhada e me diga o que está vendo...

Eu via a água refletindo a luz, mas, ao lado da cova, uma saliência estreita enlameada. Algo se encontrava sobre ela, mas eu não conseguia distinguir do que se tratava. Parecia estar com metade do corpo enterrada na lama.

— Não consigo ver direito — confessei.

Ele suspirou com impaciência e estendeu a mão para o bastão.

— Bem, é necessário um olho treinado. Com pouca luz, você poderia pisar numa criatura como essa sem perceber. Ela cravaria os dentes em você e o arrastaria para uma sepultura cheia de água em poucos segundos. Talvez, isso ajude...

Ele tirou o bastão de minha mão e lentamente o baixou com a lâmina na frente, entre as duas barras diretamente acima da saliência, antes de golpeá-la. Ouviu-se um guincho de dor, e vi de relance uma maçaroca de cabelos compridos e olhos cheios de ódio, como se algo se jogasse da saliência na água, causando um enorme esguicho.

— Ela ficará no fundo durante uma hora ou mais agora. Mas isso certamente a acordou, não é? — disse ele com um sorriso cruel.

Não gostei do modo como ele machucou a feiticeira apenas para que eu a visse melhor. Pareceu desnecessário — algo que meu mestre nunca faria.

— Veja, nem sempre ela é tão preguiçosa. Sabendo que ficaria fora de casa durante alguns dias, eu lhe dei uma dose extra de sal. Se você colocar muito na água, pode acabar com ela, por isso tem de fazer os cálculos corretamente. É assim que nós a mantemos dócil. Funciona do mesmo jeito com suga-sangue e com qualquer coisa que venha da água fresca. É por isso que tenho um fosso ao redor do jardim. Pode ser raso, mas tem uma concentração muito alta de sal, o que impede qualquer coisa de entrar ou sair. Essa feiticeira aqui morreria em segundos se tentasse escapar da cova e cruzar aquele fosso. E isso impede que as criaturas do pântano entrem no jardim.

"De qualquer modo, Mestre Ward, não tenho um coração tão mole quando o do sr. Gregory. Ele mantém as feiticeiras vivas nas covas porque não consegue acabar com elas, mas eu só as mantenho assim para castigá-las. Elas ficam presas durante um ano na cova em troca de cada vida que tiraram e dois anos em troca da vida de cada criança. Então, eu as tiro de lá e as mato. Agora, vejamos se podemos avistar o suga-sangue que capturei próximo ao canal..."

E abriu caminho até outra cova, que tinha aproximadamente o dobro do tamanho da primeira. Também estava coberta com barras de ferro, mas havia muito mais delas, e todas estavam mais distantes uma da outra. Nesta cova não havia saliência de lama, apenas uma extensão de água suja. Tive a impressão de que era muito profunda. Arkwright olhou para a água embaixo e balançou a cabeça.

— Parece que ele está espreitando próximo ao fundo. Ainda está dócil depois da grande dose de sal que despejei na água. Melhor deixar o suga-sangue repousar. Haverá muitas oportunidades para vê-lo, antes que seus seis meses acabem. Muito bem, vamos dar uma volta pelo jardim agora...

— Ela tem um nome? — perguntei, acenando com a cabeça para a cova da feiticeira, enquanto passávamos.

Arkwright parou, olhou para mim e balançou a cabeça. Diversas expressões perpassavam seu rosto e nenhuma delas parecia boa. Com certeza, ele achou que eu havia perguntado algo bem tolo.

— Ela é apenas uma feiticeira da água comum — respondeu, com um tom de severidade. — Não sei nem quero saber como se chama! E pare de fazer perguntas tolas!

Subitamente fiquei com raiva e senti meu rosto enrubescer.

— Pode ser útil saber o nome de uma feiticeira! — gritei. — O sr. Gregory mantém um registro de todas as feiticeiras sobre as quais ouviu falar ou que encontrou.

Arkwright aproximou seu rosto do meu para que eu pudesse sentir seu hálito acre.

— Você não está em Chipenden agora, garoto. Por enquanto, eu sou seu mestre e você fará as coisas do meu jeito. E, se voltar a falar comigo nesse tom de voz, vai apanhar até se arrepender. Fui claro?

Mordi o lábio para me impedir de responder e, em seguida, aquiesci e baixei os olhos para as minhas botas. Por que eu tinha falado daquela maneira inapropriada? Bem, em primeiro lugar, eu achava que ele estava errado. Depois, eu não havia gostado do tom que *ele* usara para falar *comigo*. Mas eu não devia ter demonstrado minha raiva. Afinal, meu mestre me dissera que Arkwright fazia as coisas de modo diferente e que eu deveria me adaptar às suas maneiras.

— Siga-me, Mestre Ward — disse Arkwright, num tom de voz mais ameno...

Em vez de retornar aos degraus da porta principal, Arkwright deu a volta até a roda-d'água. Primeiro, achei que ele iria passar através dela, mas, depois, notei uma porta estreita do lado esquerdo, que ele destrancou. Caminhamos até o jardim e percebi que a névoa se dissipara, mas ainda se estendia a distância, além das árvores. Demos uma volta completa pelo fosso, e, de vez em quando, Arkwright parava para indicar alguma coisa.

— Ali é o Pântano do Mosteiro — disse ele, apontando para o sudoeste. — E mais além é o Morro do Monge. Nunca tente atravessar o pântano sozinho, ou, pelo menos, não até você conhecer o caminho ou ter estudado um mapa. Além do pântano, a oeste existe um banco de areia que detém a maré da baía.

Olhei ao redor, anotando tudo o que ele dizia.

— Agora — continuou ele — quero que você conheça mais alguém...

Depois de dizer isso, pôs dois dedos na boca e deu um assobio longo e agudo. Repetiu-o, e, quase imediatamente, ouvi o barulho de algo correndo em nossa direção, vindo do pântano. Dois grandes cães saltaram à nossa vista, transpondo o fosso com facilidade. Eu estava acostumado com cães de fazenda, mas esses animais tinham uma aparência selvagem e pareciam estar correndo diretamente para mim. Eles se pareciam mais com lobos do que com cães, e, se eu estivesse sozinho, certamente teriam me derrubado no chão em segundos. O primeiro tinha uma coloração cinzenta com aparência suja e listras negras; seu companheiro era negro como carvão, a não ser por um risco cinzento na ponta do rabo. As bocas estavam bem abertas, e os dentes pareciam prontos para morder.

Mas, ao ouvirem o comando de Arkwright — "senta!" —, eles pararam imediatamente, apoiando-se nas patas traseiras e fitando o mestre, com as línguas para fora das bocas abertas.

— O cão negro é a fêmea — disse Arkwright. — O nome dela é *Patas*. Não dê as costas para ela, é perigoso. E este é *Caninos* — acrescentou ele, apontando para o cão cinzento. — Tem um temperamento melhor, mas os dois são cães de trabalho, e não de estimação. Eles me obedecem porque eu os alimento bem e eles sabem que não podem me contrariar. O único sentimento que têm é de um pelo outro. São um casal mesmo. Inseparáveis.

— Eu morei em uma fazenda. E tínhamos cães de trabalho — contei-lhe.

— Você ainda tem? Bem, então você tem uma ideia do que falei. Não há espaço para sentimentos com um cão de trabalho. Trate-os com gentileza, alimente-os bem, mas, em troca, eles têm que ganhar o sustento. Receio, no entanto, que haja pouco em comum entre cães de fazenda e estes dois. À noite, eles normalmente são mantidos acorrentados perto da casa e são treinados para latir, se alguma coisa se aproximar. Durante o dia, caçam coelhos e lebres à beira do pântano e continuam vigiando se algo ameaça a casa.

"Mas, quando saio para um serviço, eles vêm comigo. Ao farejar uma pista, não desistem. Caçam o que eu mandar. E, se necessário, também matam, se eu mandar. Como disse, trabalham duro e comem bem. Quando mato uma feiticeira, eles ganham uma coisa extra na dieta. Arranco o coração dela e dou para eles. Como seu mestre já deve ter lhe dito, isso impede que ela volte para este mundo em outro corpo e que use o corpo antigo para se arrastar até a superfície. Por isso, não guardo feiticeiras mortas. Poupa tempo e espaço."

Havia um limite cruel para Arkwright — certamente, ele não era um homem para se contrariar. Quando demos a volta e retornamos para casa, com os cães andando atrás de nós, ergui os olhos por acaso e vi algo que me surpreendeu. Duas colunas separadas de fumaça subiam fazendo curvas a partir do telhado do moinho. Uma devia ser do fogão da cozinha. Mas de onde vinha a segunda coluna? Fiquei imaginando se vinha do quarto trancado sobre o qual eu fora advertido. Haveria algo ou alguém lá em cima que Arkwright não queria que eu visse? Em seguida, lembrei-me dos mortos atormentados que ele permitia que percorressem a casa. Eu sabia que ele era um homem que se zangava com facilidade e eu tinha certeza de que ele não queria que eu o espreitasse, mas eu estava muito curioso.

— Sr. Arkwright — indaguei com educação —, posso lhe fazer uma pergunta?

— É por isso que você está aqui, Mestre Ward...

— É sobre o que o senhor escreveu no bilhete que deixou para mim. Por que o senhor permite que os mortos andem em sua casa?

Novamente, uma expressão de raiva atravessou seu rosto.

— Os mortos aqui são da família. Da *minha* família, Mestre Ward. Não é algo que eu queira discutir com você ou com qualquer outra pessoa. Por isso, você terá que controlar a sua curiosidade. Quando voltar para o sr. Gregory, pergunte a ele. Ele sabe parte da história e, com certeza, lhe contará. Mas não quero ouvir mais nem uma palavra sobre o assunto. Entendeu? É algo sobre o qual não gosto de falar.

Assenti e o segui de volta para casa. Eu até poderia estar lá para fazer perguntas, mas ter as respostas era outra história!

CAPÍTULO 7

A AULA DE NATAÇÃO

Assim que escureceu, fizemos uma refeição leve, e, em seguida, Arkwright me ajudou a levar o colchão e os lençóis de volta para o meu quarto. Os lençóis estavam bons, mas o colchão permanecia úmido, embora eu soubesse muito bem que não devia reclamar.

Cansado, ajeitei-me em meu quarto vazio, esperando ter uma boa noite de sono, mas, depois de uma hora, fui acordado pelos mesmos ruídos perturbadores que tinha ouvido na noite anterior — o ronco grave da roda-d'água e o grito terrível que fez os cabelos da minha nuca se eriçarem. Mas, dessa vez, quando o som finalmente desapareceu, ouvi dois tipos de passos subindo as escadas da cozinha.

Eu tinha certeza de que Arkwright ainda estava na cama, portanto, sabia que só podiam ser os fantasmas que assombravam o moinho. Os sons chegaram até o patamar e atravessaram a porta do meu quarto. Ouvi a porta do quarto seguinte ser aberta e, logo depois, fechada, e alguma coisa sentar-se na ampla cama de casal — a cama com os lençóis encharcados. As molas rangeram como se algo se virasse, tentando ficar confortável, e, depois, veio o silêncio absoluto.

Durante um longo tempo, a paz continuou, e eu estava começando a relaxar e a pegar no sono quando uma voz falou do outro lado da parede de meu quarto.

— *Não consigo ficar à vontade* — reclamou uma voz masculina. — *Oh, eu gostaria de poder dormir em uma cama seca mais uma vez!*

— *Oh, lamento, Abe. Lamento muito. Não queria lhe causar tal desconforto. É a água para a roda de azenha. A água na qual me afoguei. Nunca consigo sair dela, não importa o quanto tente. Meus ossos quebrados doem, mas a umidade é o que mais me incomoda. Por que você não vai embora e me deixa aqui? Se ficarmos juntos desse jeito, nada de bom acontecerá.*

— *Deixar você? Como posso lhe deixar, meu amor? O que é um pouco de desconforto quando temos um ao outro?*

Nesse momento, a mulher começou a chorar, enchendo toda a casa de tristeza e dor. Instantes depois, ouviram-se botas pesadas descendo as escadas do quarto no andar de cima. Mas esses passos não eram de fantasmas. Eu achava que Arkwright tinha ido para a cama, mas ele devia estar no andar de cima, no quarto mais alto.

Ele apareceu no patamar, e eu o ouvi parar diante da porta depois da minha e abri-la, antes de chamar:

— Por favor, subam comigo. Por que vocês não sobem as escadas até meu quarto, onde os dois estarão aquecidos e confortáveis? Vamos conversar. Contem-me histórias dos velhos tempos, quando todos nós éramos felizes.

Houve uma longa pausa e, então, eu o ouvi subir as escadas mais uma vez. Não ouvi os fantasmas atrás dele, mas, depois de algum tempo, pude ouvi-lo murmurar no andar de cima, como se estivesse conversando com mais alguém.

Eu não compreendia o que estava sendo dito, mas, em determinado momento, Arkwright riu com o que parecia ser uma jovialidade forçada. Depois de algum tempo, voltei a dormir, e, quando acordei, uma luz cinzenta enchia o quarto.

Levantei-me antes de meu novo mestre e tentei preparar o peixe de modo satisfatório. Comemos em silêncio. Eu não estava à vontade com ele e realmente sentia falta de morar com o Caça-feitiço e Alice. John Gregory podia ser um pouco severo, algumas vezes, mas eu gostava dele. Quando ocasionalmente eu falava de modo malcriado, ele me colocava em meu lugar com firmeza, mas certamente não ameaçava me bater.

Eu não estava muito ansioso por minhas lições, mas teria me sentido muito pior se soubesse o que estava por vir.

— Sabe nadar, Mestre Ward?— perguntou Arkwright ao se erguer da mesa.

Balancei a cabeça. Nunca havia precisado aprender. As únicas águas próximas à fazenda eram alguns poucos córregos rasos e lagoas, e o rio mais próximo tinha uma bela ponte sólida sobre ele. E meu mestre, John Gregory, nunca dissera que nadava. Ao que me consta, ele também não sabia nadar.

— Bem, precisamos resolver isso o quanto antes. Siga-me! E não precisa trazer o bastão. Só precisaremos do meu. Você também não irá precisar da jaqueta, nem da capa!

Segui Arkwright através do jardim e rio abaixo na direção do canal. Uma vez na margem do canal, ele parou e apontou para a água.

— Parece fria, não é?

Assenti. Estremeci apenas de olhar para ela.

— Bem, ainda estamos em outubro, e ficará muito mais frio no inverno, mas, algumas vezes, não temos escolha, senão mergulhar. Saber nadar pode salvar sua vida nesta parte do Condado. E que chance você teria contra uma feiticeira da água se não soubesse nadar? Por isso, pule, Mestre Ward, e vamos começar de uma vez. A primeira parte é a mais difícil, e, quanto mais rápido você superá-la, melhor!

Apenas olhei para as águas escuras do canal. Não podia acreditar que deveria pular naquilo. Quando hesitei e me virei para encará-lo, pronto para reclamar, Arkwright deu um suspiro e virou o bastão, apontando para mim a extremidade com o arpão e as pontas mortíferas. Em seguida, para meu espanto, inclinou-se para a frente e me empurrou com força no peito. Perdi o equilíbrio, caí para trás e atingi o canal produzindo um imenso esguicho. O choque da água fria me fez respirar com dificuldade, mas agora minha cabeça já estava debaixo d'água, e comecei a me afogar, enquanto entrava água pelo nariz e pela boca aberta.

Por um momento, eu não sabia onde estava. Ao perceber que era muito fundo, comecei a espernear. Por sorte, minha cabeça logo flutuou acima da superfície, e pude ver o céu. Ouvi Arkwright gritar alguma coisa, mas, em seguida, antes mesmo que pudesse respirar, afundei novamente. Eu me debatia, entrava em pânico, me afogava e movia braços e pernas em todas as direções, tentando me segurar em alguma coisa — qualquer coisa que pudesse me levar para um lugar seguro.

Por que Arkwright não me ajudava? Será que ele não percebia que eu estava me afogando? Mas, então, alguma coisa me espetou no peito, e eu estendi a mão e segurei firme. Agarrando-a como se minha vida dependesse disso, senti que estava sendo puxado através da água. No momento seguinte, alguém segurou firme os meus cabelos e me arrastou para a superfície.

Eu estava recostado na margem, olhando para o rosto risonho de Arkwright. Tentei falar; tentei repreendê-lo. Que tolice era aquela? Ele havia tentado me afogar! Mas eu ainda estava engasgando e arfando, e tudo o que saía de minha boca era água, e não palavras.

— Ouça, Mestre Ward, quando um mergulhador quer afundar, a maneira mais fácil é segurar uma pedra grande, de modo que o peso dela o leve rapidamente para baixo. Você não irá submergir até o fundo porque flutuar é mais fácil que afundar. Seu corpo faz isso naturalmente. Tudo o que você precisa fazer é manter a cabeça erguida para poder respirar e aprender a dar braçadas. Você já viu a pernada de um sapo?

Ergui os olhos para ele, perplexo. Somente então fui capaz de encher os pulmões de ar do modo correto. Era muito bom poder voltar a respirar.

— Irei puxá-lo com meu bastão, Mestre Ward. Pratique a pernada. Amanhã trabalharemos as braçadas...

Eu queria soltar o bastão e me arrastar até a margem, mas, antes que eu pudesse me mover ou protestar, Arkwright começou a caminhar para o sul ao longo da margem do canal, empurrando o bastão com a mão esquerda para que eu o seguisse.

— Pernada! — ordenou ele.

Fiz como ele mandou. O frio começava a penetrar meus ossos, e eu tinha que me mexer para continuar aquecido. Depois de algumas centenas de metros, ele mudou de direção.

— Pernada! Pernada! Pernada! Vamos, Mestre Ward, você pode fazer melhor que isso. Pernada mais forte! Imagine que uma feiticeira da água está atrás de você!

Cerca de quinze minutos depois, ele me tirou da água. Eu estava gelado e encharcado, e até as minhas botas estavam cheias de água suja. Arkwright olhou para elas e balançou a cabeça.

— Claro, é muito mais fácil nadar sem as botas pesadas, mas você pode não ter a chance de tirá-las. De qualquer modo, vamos voltar para o moinho para você se secar.

Passei o resto da manhã enrolado num cobertor, na frente do fogão, reaquecendo o corpo. Arkwright me deixou sozinho e passou muito tempo no andar de cima. Eu não estava nem um pouco satisfeito com os métodos que ele usara para me ensinar a nadar e certamente não estava nada ansioso pela próxima lição.

No fim da tarde, ele me levou até o jardim, dizendo-me para trazer o bastão. Parou numa clareira e se virou para me encarar.

Olhei para ele espantado. Ele segurava o bastão erguido num ângulo de quarenta e cinco graus, como se quisesse me bater ou se defender, mas o invertera novamente, para que a lâmina ficasse embaixo e a extremidade mais grossa em cima.

— Gire o bastão como eu fiz! — ordenou. — Melhor manter sua lâmina retraída, porque não queremos nenhum acidente, não é? Agora tente me bater! Vamos ver do que você é capaz!

Girei de modo indiferente na frente dele algumas vezes e ele aparou com facilidade cada um dos golpes.

— Isso é o melhor que pode fazer? Quero ver do que você é capaz, para saber como posso ajudá-lo a melhorar. Tente com mais força. Não se preocupe, você não irá me machucar. O sr. Gregory disse que você era bom em usar a lâmina. Vejamos o que pode fazer...

Eu tentei. Realmente tentei. Girei muito rápido até perder o fôlego, e então, por fim, tentei usar a lâmina — era o truque especial que meu mestre me ensinara. Você segurava o bastão com displicência com uma das mãos, antes de transferi-lo rapidamente para a outra. Era um truque que salvara minha vida quando precisei enfrentar a feiticeira assassina, Grimalkin. Eu tinha certeza de que passaria a guarda de Arkwright, mas, quando tentei, ele tirou meu bastão com facilidade.

Ele parecia satisfeito por ver que, finalmente, eu dera o meu melhor e começou a me mostrar como posicionar os pés de modo correto, ao dar cada estocada. Continuamos até quase escurecer, e ele pediu que parássemos.

— Bem, Mestre Ward, isto é apenas o começo. Tenha uma boa noite de sono, porque amanhã teremos um dia ainda mais duro. Começarei fazendo você trabalhar com os cães.

Depois, voltaremos para o canal para a segunda aula de natação e, em seguida, teremos mais treinamento de combate. Da próxima vez, tentarei acertar *você*! Vamos torcer para que você consiga se defender, ou arranjará um machucado para cada uma das habilidades defensivas em que falhar.

Em seguida, comemos o merecido jantar. Fora um dia difícil, para dizer o mínimo, mas uma coisa eu tinha que admitir: os métodos de Arkwright podiam ser severos, mas ele era um bom professor. Senti que já havia aprendido muito.

CAPÍTULO 8

A ESPOSA DO PESCADOR

A bem da verdade, não tive nenhum treinamento no dia seguinte. Mal termináramos nosso café da manhã, quando ouvimos o som de um sino distante, tocando três vezes.

— Parece que temos problema — observou Arkwright. — Traga seu bastão, Mestre Ward. Vamos ver o que aconteceu...

Dito isso, ele caminhou até o jardim, através do fosso de sal, na direção do canal. Um senhor idoso e alto o esperava embaixo do sino. Ele apertava um pedaço de papel contra o peito.

— Então o senhor decidiu... — disse Arkwright ao nos aproximarmos.

O homem aquiesceu. Era magro e alto e tinha tufos de cabelo grisalho ao redor das têmporas. Aparentemente, uma rajada de vento forte poderia derrubá-lo. Ele estendeu o papel para que Arkwright pudesse vê-lo. Havia dezenove nomes, de um lado, e três, do outro.

— Votamos ontem — disse, num tom queixoso. — Foi decidido por ampla maioria. Não a queremos por perto. Não é certo. De jeito nenhum...

— Eu lhe falei da última vez — retrucou Arkwright, parecendo irritado. — Nós nem temos certeza se *é* uma delas. Eles têm filhos?

O homem magro balançou a cabeça.

— Sem filhos, mas, se ela *for* uma delas, seus cães saberão, não é? Eles poderão dizer?

—Talvez, mas nem sempre é simples assim. De qualquer modo, resolverei isso, de um jeito ou de outro.

O homem assentiu e apertou o passo rumo ao norte, ao longo do canal.

Quando ele se foi, Arkwright suspirou.

— Este não é um de meus trabalhos favoritos. Um bando de *bons* cidadãos mais ao norte acredita que o pescador local mora com uma selkie — explicou, enfatizando a palavra "bons" de modo sarcástico. — Eles estão agitados há quase um ano, tentando se decidir. Agora querem que eu trate disso.

— Uma *selkie*? O que é isso?

— Uma selkie é uma transmorfa, o que se costuma chamar de "mulher-foca", Mestre Ward. A maioria passa a vida inteira no mar, mas ocasionalmente elas se afeiçoam a um homem, talvez o espiando quando ele está no barco em alto-mar ou remendando as redes. Quanto mais afeiçoadas se tornam, mais humanas parecem. A transformação leva, no máximo, pouco mais de um dia, elas atingem uma forma feminina perfeita, à semelhança de uma mulher muito atraente. Em geral, o pescador se apaixona cegamente no primeiro encontro e se casa com a selkie.

"Eles não podem ter filhos, mas, mesmo assim, é um casamento perfeitamente feliz. Não vejo perigo nisso, mas, se há uma denúncia, precisamos agir. É parte do trabalho. Temos que fazer as pessoas se sentirem seguras. E isso significa usar os cães. Algumas vezes, as selkies vivem entre as pessoas durante anos, antes que se tenha a mais leve suspeita. Em geral, as mulheres incitam os companheiros a denunciá-las. Elas ficam enciumadas. Veja, além de serem mais bonitas que o normal, as selkies dificilmente envelhecem."

— E quanto ao marinheiro? Se a esposa é uma selkie, é provável que ele saiba, não?

— Depois de algum tempo, alguns descobrem. Mas não costumam reclamar...

Com isso, Arkwright deu de ombros e soltou um assobio longo e agudo. Quase imediatamente, ele foi respondido pelo latido distante dos cães, saltando com as bocas abertas e os dentes ameaçadores. Em pouco tempo, ele estava nos conduzindo para o norte, caminhando ao longo da margem do canal com Caninos e Patas ofegando atrás dele e eu seguindo alguns passos atrás. Não tardou para passarmos pelo homem da aldeia; Arkwright nem mesmo acenou em sua direção.

Eu não estava gostando nem um pouco deste trabalho, e, embora parecesse durão, Arkwright também aparentava não estar satisfeito. De certo modo, as selkies me lembravam as lâmias — elas também podiam se transmutar lentamente na forma humana. Lembrei-me de Meg, a feiticeira lâmia que meu mestre amara. Como ele se sentiria se alguém fosse atrás dela com cães? Do mesmo modo que o pescador se sentiria se fôssemos atrás da esposa dele. Provavelmente, minha mãe também era uma lâmia, assim como suas irmãs, e eu sabia como meu pai se sentiria se ela fosse caçada desse jeito. Toda a situação fazia com que eu me sentisse mal. Se a esposa do pescador não fazia mal a ninguém, por que tínhamos de ir atrás dela?

Saímos do canal e nos dirigimos para o oeste, em direção à costa. Pouco depois, avistamos uma extensão de areia marrom-clara e plana. O dia estava frio — não se podia sentir o calor do sol, embora ele estivesse brilhando no mar distante. Mantendo uma distância razoável dos cachorros, apertei o passo para caminhar ao lado de Arkwright. Estava curioso e tinha algumas perguntas a fazer.

— As selkies têm algum poder? — perguntei. — Elas usam magia negra?

Ele balançou a cabeça sem olhar para mim.

— O único poder real é o de mudar de forma — respondeu ele, melancolicamente. — Uma vez na forma humana, elas podem reverter para a forma antiga em poucos minutos, se forem ameaçadas.

— As selkies pertencem às trevas?

— Não diretamente. Elas são como os humanos nesse sentido. Podem ir para ambos os lados.

Em pouco tempo, atravessamos uma pequena aldeia de mais ou menos sete casas, onde o vago fedor de peixe estragado empesteava o ar. Viam-se redes de pesca e alguns barcos pequenos, mas nem sinal dos moradores. Nem mesmo um movimento das cortinas de renda. Eles devem ter visto Arkwright chegando e sabiam que deviam ficar dentro de casa.

Depois de percorrermos a aldeia, vimos uma cabana solitária a distância e, sobre um pequeno outeiro, um homem remendando suas redes. À sua frente, na beira da areia, havia uma corda de varal esticada num gancho de metal na parede, que passava pela porta principal até um poste de madeira. As roupas agitavam-se em apenas metade da corda. Uma mulher saiu da cabana com os braços cheios de roupas molhadas e a mão cheia de pregadores e começou a pendurar as roupas.

— Bem, vamos ver quem é quem — resmungou Arkwright, assobiando baixinho. Imediatamente os cães saltaram para a frente. — Não se preocupe, Mestre Ward — continuou. — Eles são bem-treinados. Se ela for humana, não vão fazer mais que lambê-la!

Imediatamente ele começou a correr na direção da casa, e, nesse momento, o pescador ergueu os olhos e ficou de pé. Seu cabelo era branco, e ele parecia muito velho. Em seguida, vi que meu mestre não estava correndo na direção da mulher; seu alvo era o pescador. Mas os cães estavam atrás dela. A mulher ergueu os olhos, derrubou as roupas no chão, puxou a saia acima dos joelhos e começou a correr na direção do mar distante.

Sem pensar, comecei a correr também, seguindo os cães atrás da presa. Seria uma selkie? Se não fosse, por que estaria fugindo? Talvez os vizinhos fossem vingativos, e ela estivesse esperando problemas. Ou talvez ela simplesmente tivesse medo de cães — algumas pessoas têm. E Caninos e Patas assustariam qualquer um. Mas alguma coisa no modo como ela corria diretamente para o mar me desanimava.

Ela parecia jovem — muito mais jovem que o pescador; jovem o bastante para ser sua filha. Estávamos perto agora, apesar de ela correr rapidamente, com os longos cabelos ondeando e as pernas tomando impulso. Parecia que não conseguiria escapar de Caninos e Patas. Mas ainda faltava uma grande distância até o mar. E só então percebi o canal bem à nossa frente. Era como um rio que corria através da areia, e as ondas se moviam rapidamente, vindas do oeste. A água agitada parecia profunda. Patas estava agora bem atrás da mulher, com a boca aberta, mas, subitamente, ela tomou mais impulso, obrigando o cão a quase ficar de pé.

Então, ela começou a tirar a roupa, enquanto corria e mergulhava na água. Cheguei à margem do canal e olhei para baixo na direção da vala. Não havia sinal dela. Será que se afogara? Teria preferido morrer desse jeito a ser atacada pelos cães?

Os cachorros latiam enquanto corriam pelas margens, sem, no entanto, persegui-la. E foi então que o rosto e os ombros apareceram rapidamente na superfície da água. A mulher olhou em minha direção e percebi...

Não era mais um rosto humano. Os olhos eram bulbosos, a pele, lustrosa. Era uma selkie. E agora estava segura no lar aquático. Mas a atitude dos cães me surpreendeu. Por que eles não a perseguiram no mar?

Ela nadava com energia pelo canal contra a corrente, na direção do mar aberto. Eu a observei erguer a cabeça, por alguns instantes, e desaparecer da minha vista. Em seguida, girei e andei lentamente de volta para a cabana, com os cães caminhando desconsolados atrás de mim. A distância, eu podia ver Arkwright com os braços em volta do pescador, segurando-o com firmeza. Ele evitara que o homem ajudasse a esposa.

Quando me aproximei, Arkwright soltou o homem, que começou a agitar os braços freneticamente. De perto, ele parecia mais velho ainda.

— Que mal nós fizemos? Que mal? — lamentava-se o pescador, com lágrimas escorrendo em seu rosto. — Agora, a minha vida acabou. Ela era a razão da minha vida. Quase vinte anos juntos, e o senhor terminou tudo desse jeito. E por quê? Por causa de alguns vizinhos enciumados. Que tipo de homem é o senhor? Ela era gentil e amável e não faria mal a uma mosca!

Arkwright balançou a cabeça sem responder. Deu as costas para o pescador, e caminhamos de volta na direção da aldeia, além da qual nuvens de tempestade se formavam. Quando nos aproximamos, as portas começaram a se abrir, e as cortinas se moveram. Uma única pessoa, porém, foi até a rua — o homem magro, que tinha tocado o sino e nos convocado para a triste tarefa. Ele se aproximou e estendeu a mão cheia de moedas. Parecia que eles haviam feito uma coleta para pagar a meu mestre. O pagamento fora surpreendentemente rápido. Era muito raro John Gregory receber logo após o trabalho. Com frequência, tinha que esperar alguns meses e, às vezes, até a colheita.

Pensei por um momento que Arkwright não aceitaria o dinheiro. Mesmo estando em sua mão, parecia que ele iria jogá-lo no rosto do homem, em vez de guardá-lo no bolso. Mas ele o guardou e, sem dizer uma palavra, continuou a andar pela rua.

— Ela voltará quando formos embora? — perguntei, ao iniciarmos a caminhada de volta para o canal.

— Elas nunca voltam, Mestre Ward — Arkwright respondeu, com uma expressão severa. — Ninguém sabe o porquê, mas ela passará os próximos anos no mar. Talvez o resto de sua longa vida. A menos que aviste outro homem que a agrade. Talvez ela fique solitária por lá...

— Por que os cães não a seguiram na água?

Arkwright deu de ombros.

— Se eles a tivessem alcançado, ela estaria morta agora, não duvide. Mas ela é muito forte em seu elemento e saberia se defender. Sozinha, ela é inofensiva, por isso nunca exponho os cães a riscos desnecessários. É diferente com as feiticeiras da água, e espero que os animais ponham suas vidas em risco. Mas por que se aborrecer por causa de uma mulher-foca? Ela não é uma ameaça real para ninguém. Está longe agora, e os aldeões se sentirão seguros em suas camas hoje à noite. Nosso trabalho está feito.

Isso era cruel, e eu não estava nem um pouco satisfeito por ter participado de uma ação que parecia desnecessária. Eles viveram juntos durante quase vinte anos, e agora o pescador iria enfrentar uma velhice solitária e amarga. Jurei a mim mesmo, naquele momento, que, quando me tornasse um caça-feitiço, não faria certos trabalhos.

CAPÍTULO 9

PANCADAS E CALOMBOS!

Chegamos ao moinho no início da noite, bem na hora em que começou a chover. Eu tinha esperança de que fôssemos comer, mas Arkwright pediu-me para eu pegar meu caderno e me sentar à mesa da cozinha. Parecia que me daria uma lição.

Sentei-me à sua espera, durante algum tempo, e, finalmente, ele saiu do quarto principal segurando uma lanterna acesa e uma garrafa de vinho pela metade. Será que tinha bebido tudo aquilo? Ele estava com cara de poucos amigos e não parecia disposto a ensinar coisa alguma.

— Escreva o que lhe ensinei hoje de manhã — disse, colocando a lanterna no centro da mesa.

Olhei para ela surpreso: estava um pouco escuro na cozinha, mas ainda havia luz suficiente para escrever. Depois, ele tomou um grande gole da garrafa e olhou pela janela encardida da cozinha para a chuva torrencial que descia do telhado.

Enquanto eu escrevia sob a luz, Arkwright continuava a fitar a janela, de vez em quando, tomando um gole da garrafa. Quando terminei de escrever tudo o que havia aprendido sobre as selkies, ela estava quase vazia.

— Acabou, Mestre Ward? — perguntou ele quando baixei a caneta.

Assenti e sorri, mas ele não retribuiu o sorriso. Em vez disso, deu o último gole na garrafa de vinho e pôs-se lentamente de pé.

— Acho que já é hora de um pouco de pancadas e calombos! Pegue seu bastão e me acompanhe!

Abri a boca e olhei para ele espantado e nervoso. Eu não estava gostando do brilho cruel e severo em seus olhos. Ele pegou o bastão e a lanterna e partiu com pressa, balançando os ombros de modo agressivo. Então, peguei também meu bastão e apertei o passo atrás dele.

Ele me conduziu pela cozinha e através de um corredor até a porta na extremidade. Nela havia, antes, duas barras pesadas, mas ambas tinham sido retiradas.

— Você já esteve aqui dentro, Mestre Ward?

Balancei a cabeça. Arkwright abriu, então, a porta e desceu alguns degraus naquela escuridão. Eu o segui, e ele pendurou a lanterna num gancho no meio do teto. A primeira coisa que notei naquele cômodo foi a falta de janelas. Tinha, talvez, três metros quadrados e estava abaixo do nível do restante da casa, com lajes de pedra, em vez de piso de madeira.

— O que são "pancadas e calombos"? — perguntei nervoso.

— É como chamo, algumas vezes, os treinamentos. Você deve ter treinado lançar a corrente no jardim do sr. Gregory, usar o bastão contra o tronco da árvore morta. Ontem, demos um passo além quando você tentou me bater e fracassou. Mas agora é hora de passar para algo um pouco mais doloroso. Vou tentar atingi-lo, da melhor maneira, com o meu bastão. Sem dúvida, você ficará com alguns galos e machucados, mas aprenderá técnicas de combate úteis. Venha, Mestre Ward. Vejamos do que é capaz!

Depois de dizer isso, balançou o bastão em minha direção, apontando para a minha cabeça. Recuei bem a tempo, e a pesada extremidade de madeira passou a poucos centímetros do meu nariz. Ele se aproximou de mim novamente e fui forçado a retroceder.

Muitas vezes, o Caça-feitiço me fazia treinar habilidades físicas que usávamos para combater as trevas. Treinando e observando meu mestre, eu as tinha exercitado à exaustão. Mas, no fim, valera a pena. Em situações perigosas, elas tinham salvado a minha vida. Mas eu nunca lutara contra ele com o bastão. Além disso, Arkwright estivera bebendo de novo, o que parecia deixá-lo com mais raiva ainda.

Ele desferira rapidamente o segundo golpe, balançando o bastão com empenho. Bem a tempo, consegui bloqueá-lo com meu bastão, mas o contato fez meus braços e ombros vibrarem. Eu estava me movendo em sentido anti-horário, recuando com cautela e imaginando se ele realmente tinha intenção de me machucar, ou se apenas estava me forçando a exercitar minhas defesas.

A resposta veio imediatamente. Ele fintou para a direita; em seguida, balançou o bastão fazendo um arco acentuado e atingiu em cheio meu ombro esquerdo. O choque do contato foi violento, e imediatamente derrubei o bastão.

— Pegue seu bastão, Mestre Ward. Nós ainda nem começamos...

Minha mão esquerda tremia quando o agarrei. Meu ombro estava latejando, e meu braço inteiro formigava.

— Bem, já se meteu em problemas, Mestre Ward. Se tivesse treinado e se preparado para esta eventualidade, teria sido capaz de lutar com a mão direita!

Ergui o bastão em posição de defesa, agarrando-o com as duas mãos para equilibrá-lo. Três golpes desceram em cheio, três pancadas tremendas contra a madeira. Eu mal consegui bloquear; se fracassasse, os golpes teriam atingido minha cabeça ou meu corpo. Arkwright respirava de modo ofegante agora: seu rosto estava vermelho de raiva, e os olhos pareciam saltar das órbitas, enquanto as veias latejavam em suas têmporas. Ele parecia querer me matar: repetidas vezes, agitou ferozmente o bastão em minha direção, até que perdi a conta de quantos golpes eu havia aparado. Ainda assim, eu não o golpeara nem uma vez, e minha raiva crescia. Que tipo de homem era este? Será que esse era o modo de um caça-feitiço treinar o aprendiz?

Ele era mais forte. Era um homem, e eu, apenas um garoto. Mas, talvez, eu tivesse uma vantagem: a velocidade...

Tudo que precisava era me arriscar. Nem bem a ideia invadira minha mente, tive minha chance. Ele se moveu. Eu me abaixei. Ele se desequilibrou um pouco — provavelmente por causa do vinho que tinha bebido —, se esticou, e eu o acertei em cheio no ombro esquerdo, uma desforra pela dor que me infligira.

Mas Arkwright não largou o bastão. Ele apenas veio com mais força ainda na minha direção. Um golpe me atingiu no ombro direito, outro no mesmo braço, e foi o *meu* bastão que caiu na laje. Em seguida, ele balançou o bastão na direção da minha cabeça. Tentei dar um passo para trás, mas ele desferiu um golpe oblíquo na minha testa, e caí de joelhos.

— Levante-se — disse, olhando para mim. — Eu não o acertei tão forte assim. Foi somente uma pancadinha para lhe mostrar o que poderia ter acontecido numa luta real. O último golpe *poderia* significar que você não veria a luz do dia novamente. A vida é dura, Mestre Ward, e há muitos adversários lá fora que adorariam vê-lo a sete palmos abaixo da terra. Meu trabalho é treiná-lo bem. Meu trabalho é ter certeza de que você será capaz de impedi-los! E, se isso lhe custar uns poucos galos, melhor assim. O sacrifício vale a pena!

Senti um alívio quando, finalmente, ele anunciou que a lição terminara. A chuva tinha parado, e ele iria examinar o sul do canal, levando os cães. Disse-me para revisar os substantivos e verbos em latim enquanto ele estivesse fora. Parecia não me querer ali e ficaria satisfeito se eu voltasse para o Caça-feitiço.

Obedientemente, treinei os verbos durante algum tempo, mas achei difícil me concentrar. Foi então que ouvi um barulho vindo de alguma parte no andar de cima. Fora no primeiro andar ou no andar de cima...?

Escutei com atenção na base da escada. Depois de alguns momentos, o barulho recomeçou. Não eram sons de passos ou batidas e golpes — eu não podia localizar de onde vinha o barulho. Era como se estivessem esmagando algo. Será que havia alguém lá em cima? Ou era um dos fantasmas que eu ouvira na noite anterior? O fantasma de alguém da família de Arkwright?

Eu sabia que não era prudente ir até lá — certamente, meu novo mestre não teria gostado. Mas estava entediado, curioso e zangado com ele pelo golpe em minha cabeça. Ele o chamara de "pancadinha", mas tinha sido muito mais que isso. E também já estava farto dele e de seus segredos.

Ele havia saído, e o que os olhos não veem o coração não sente. Por isso, subi as escadas, um degrau de cada vez, tentando fazer o menor barulho possível. No patamar do primeiro andar, bem em frente ao quarto de casal, parei e escutei com atenção. Pensei ter ouvido um sussurro baixo vindo de seu interior. Abri a porta e entrei no quarto, mas ele estava vazio. Na cama de casal, as cobertas ainda não estavam arrumadas. Mais uma vez toquei levemente o lençol com meu dedo. O colchão parecia o mesmo. Encharcado de água. Mas havia algo um pouco diferente. As cobertas estavam um pouco mais bagunçadas.

Estremeci, saindo rapidamente do quarto, e examinei os outros três. Nada neles parecia estar diferente. De pé em meu próprio quarto, ouvi o barulho de novo. Ele vinha do andar de cima.

Por isso, por curiosidade, continuei subindo as escadas. No patamar seguinte, havia apenas uma porta. Girei a maçaneta, mas descobri que estava trancada. Eu deveria ter dado meia-volta e descido as escadas naquele momento. Afinal, Arkwright tinha me avisado para ficar longe deste cômodo. Mas eu não estava satisfeito com o modo como ele havia me tratado, além da recusa frequente em responder minhas perguntas. Então, num impulso e um pouco aborrecido, tirei minha chave do bolso e abri a porta.

Ao entrar, fiquei impressionado com o tamanho do quarto. À luz de duas velas imensas, vi que era grande. Muito grande. Sua superfície era a área inteira da casa. A segunda coisa que notei foi a temperatura. Estava quente e seco. Havia outro fogão, com o dobro do tamanho do fogão da cozinha, que irradiava calor. Perto dele, via-se uma grande bacia de carvão, da qual se projetavam um atiçador e um par de tenazes.

Estantes de livros cobriam duas paredes inteiras — então, Arkwright *tinha* uma biblioteca própria. O chão era feito de madeira polida muito escura, e havia um tapete de lã de ovelha colocado diante de três cadeiras posicionadas de frente para o fogão. Foi então que percebi algo no canto mais distante, na parte de trás do cômodo...

À primeira vista, pensei que as velas tivessem iluminado duas mesas baixas retangulares. Mas eu estava errado. Na verdade, eram dois caixões, um do lado do outro, sustentados por cavaletes. Caminhei até eles, sentindo os cabelos da nuca começarem a se eriçar. Lentamente, o quarto foi se tornando mais frio. Ou, pelo menos, assim parecia. Era um aviso de que os mortos atormentados estavam se aproximando.

Olhei para os caixões e li as placas de latão. A primeira era lustrosa e dizia:

Abraão Arkwright

Mas, ao contrário do primeiro caixão, que estava limpo e polido e parecia quase novo, a madeira do segundo esquife parecia podre e estava coberta por fungos; para meu espanto, eu podia ver, na verdade, o vapor subindo dele para o ar quente. A placa de latão estava manchada, e foi com grande dificuldade que consegui ler o que estava gravado nela...

Amelia Arkwright

Depois, avistei, bem abaixo da placa de latão, um fino anel de ouro pousado na madeira. Parecia um anel de casamento e deveria ter sido de Amelia.

Ouvi dois sons atrás de mim: o tinido de metais se tocando e, em seguida, a porta do fogão sendo aberta. Girei e vi a porta do fogão abrir e um atiçador ser empurrado no carvão em brasa. Enquanto eu observava, ele começou a se mover. Aquele era o som que eu tinha ouvido no andar de baixo. O barulho do carvão sendo esmagado e remexido e do fogo sendo atiçado!

Apavorado, virei-me para sair do quarto imediatamente e desci correndo as escadas. Que tipo de fantasma era aquele? Ogros podiam manipular a matéria, lançar pedras e seixos, quebrar pratos e jogar panelas pela cozinha. Mas fantasmas, não. Com certeza, não eram fantasmas. O poder deles, em geral, se limitava a assustar as pessoas e, muito raramente, levar pessoas de mente fraca à beira da loucura. Em geral, eles não tinham poder para causar mal físico a ninguém. Algumas vezes, puxavam os cabelos, e os fantasmas estranguladores colocavam as mãos ao redor do pescoço de alguém e apertavam. Mas este era um espírito diferente de tudo o que eu já aprendera ou encontrara. Ele havia erguido o pesado atiçador de metal da bacia de carvão, aberto a porta do fogão e começado a atiçar o fogo.

Isso já era muito ruim, mas o pior ainda estava por vir. No pé da escada, esperando no corredor, estava Arkwright, segurando outra garrafa de vinho pela metade, com uma expressão de raiva.

— Por alguns instantes escutei daqui e não pude acreditar. Você não ficou em seu próprio quarto, não é, Mestre Ward? Você esteve se intrometendo, metendo o nariz onde não foi chamado!

— Eu ouvi um barulho no andar de cima — respondi, parando no degrau inferior.

Ele estava bloqueando meu caminho.

— Há muitos ruídos no andar de cima, e, como você bem sabe, eles são causados por mortos atormentados. Pela minha família. E isso é problema *meu* — disse ele com a voz perigosamente sossegada agora —, e nada disso tem a ver com você. Espere aí!

Ainda segurando a garrafa, ele me empurrou rispidamente e subiu correndo os degraus de dois em dois. Eu o ouvi caminhando pelo patamar do primeiro andar e entrando em três quartos. Em seguida, subiu outro lance de escadas, e ouvi um grito de raiva. Eu havia me esquecido de trancar a porta. Sabia que ele ficaria furioso pelo fato de eu ter entrado em seu quarto particular. Ele não queria que eu visse os caixões...

Arkwright desceu saltando os degraus, e correu direto na minha direção. Por um momento, pensei que ele iria me bater com a garrafa, mas usou a mão direita para me dar um tapa na orelha esquerda. Tentando evitar o golpe, eu me desequilibrei, escorreguei e caí no chão da cozinha. Ergui os olhos, com um zumbido na cabeça e arfando. Eu estava atordoado e enjoado: a queda me fizera perder todo o fôlego. Arkwright ergueu a bota, e pensei que fosse me chutar, mas, em vez disso, se abaixou bem próximo da minha cabeça, encarando-me fixamente com olhos furiosos.

— Bem — disse ele, com o hálito azedo direto em meu rosto —, que isso lhe sirva de lição. Vou sair novamente com os cães para inspecionar o pântano. Nesse meio-tempo, volte para seus estudos. E, se algo tornar a acontecer, você não saberá o que o atingiu!

Depois que ele se foi, andei de um lado a outro da cozinha, agitado pela raiva e pela dor. Nenhum aprendiz deveria aturar o que eu estava passando.

Não demorou muito para eu decidir o que fazer. Minha estada com Arkwright havia terminado. Eu voltaria para

Chipenden. Com certeza, o Caça-feitiço não ficaria nem um pouco satisfeito em me ver voltar tão cedo. Eu precisava apenas torcer para ele acreditar em tudo o que acontecera comigo e ficar a meu favor.

Sem pensar em mais nada, peguei a bolsa e o bastão, atravessei o cômodo principal em direção à porta da varanda e saí para o jardim. Hesitei. E se os cães estivessem por perto e sentissem meu rastro?

Escutei com cuidado, mas tudo que podia ouvir era o lamento do vento através do capim. Momentos depois, eu estava atravessando o fosso salgado, feliz por ver Arkwright e o moinho velho e úmido pelas costas. Em breve, estaria de volta para Alice e o Caça-feitiço.

CAPÍTULO 10

A CARTA DO CAÇA-FEITIÇO

Ao chegar ao caminho de sirga, segui pelo sul do canal. Primeiro, andei rapidamente, pensando que Arkwright talvez tentasse me seguir e me arrastar de volta para o moinho. Mas, depois de algum tempo, meu receio diminuiu. Ele ficaria feliz em se livrar de mim. Com certeza, era isso que ele tentava fazer durante todo o tempo — me expulsar dali.

Caminhei durante mais ou menos uma hora, ainda agitado em meu íntimo, mas, finalmente, a raiva e a dor de cabeça desapareceram. O sol estava descendo na direção do horizonte, mas o ar era fresco e revigorante, o céu, límpido, e não havia o menor sinal de névoa. Meu coração começou a se animar. Em breve, eu veria Alice e voltaria a treinar com o Caça-feitiço. Tudo isso pareceria um sonho ruim.

Eu precisava de um lugar para dormir durante a noite — parecia que ia gear antes de amanhecer. Na estrada, o Caça-feitiço e eu normalmente passávamos a noite num celeiro ou estábulo, mas havia muitas pontes sobre o canal daqui até Caster, e resolvi me enrolar na capa e me instalar sob a próxima que aparecesse.

Quando eu a avistei, a luz estava diminuindo rapidamente. Mas um rosnado baixinho do meu lado direito me obrigou a parar imediatamente. Debaixo da cerca viva de espinheiro que circundava o caminho de sirga, estava abaixado um grande cão negro. Bastou um olhar para saber que era um dos cães de Arkwright — a feroz cadela que ele chamava de Patas. Será que ele a enviara para me caçar? O que eu deveria fazer? Recuar? Ou tentar passar por ela e continuar meu caminho?

Dei um passo para a frente com cuidado. Ela continuou parada, porém, me observava com atenção. Mais um passo me levou para perto dela e fez com que ela rosnasse novamente em tom de advertência. Olhando-a detidamente por cima do ombro direito, dei mais um passo e outro, em seguida. Momentos depois, tentei me afastar dela, mas pude ouvi-la saltar na direção do caminho de sirga e começar a andar atrás de mim. E me lembrei do que Arkwright dissera...

Não dê as costas para ela — ela é perigosa.

E agora Patas estava andando atrás de mim! Olhei para trás e vi que se mantinha a distância. Por que estava me seguindo? Concluí que não poderia dormir debaixo da ponte. Continuaria andando até chegar à próxima ponte. Até lá, o cão poderia ter se cansado e ido para casa. Quando alcancei o arco, para meu desânimo, outro cão de trabalho surgiu e moveu-se na minha direção com um rosnado baixo e ameaçador. Era Caninos.

Agora eu estava assustado. Um cão enorme na minha frente e outro atrás. De modo lento e cuidadoso, coloquei minha bolsa no chão e preparei meu bastão. Qualquer movimento súbito, e eles poderiam me atacar. Eu não achava que pudesse lidar com ambos. Mas que escolha eu tinha? Pressionei a reentrância no bastão e ouvi um clique, enquanto a lâmina emergia.

Foi então que alguém falou em meio à escuridão sob o arco da ponte:

— Eu não tentaria isso se fosse você, Mestre Ward! Os cães rasgariam a sua garganta antes que você pudesse se mover!

E Arkwright saiu da escuridão para me enfrentar. Mesmo com pouca luz, eu podia ver o escárnio em seu rosto.

— Voltando para Chipenden, não é, garoto? Você não durou nem três dias! Isso foi o mais rápido que *qualquer* garoto já fugiu. Pensei que você fosse mais corajoso que isso. Certamente não é o aprendiz que o sr. Gregory imaginava ser...

Não falei nada porque qualquer coisa que dissesse provavelmente despertaria sua ira. Talvez eu apanhasse de novo e ele até soltasse os cães em cima de mim. Por isso, empurrei a lâmina para dentro e esperei para ver o que ele faria. Será que tentaria me arrastar de volta para o moinho?

Ele assobiou, e os dois cães tomaram posição em seus calcanhares. Balançando a cabeça, caminhou na minha direção e, em seguida, enfiou a mão dentro da capa, retirando um envelope.

— É uma carta de seu mestre para mim — disse ele. — Leia-a e tome sua decisão. Você pode voltar para Chipenden ou continuar seu treinamento aqui!

Ao dizer isso, ele me entregou a carta e partiu rumo ao norte, ao longo do caminho de sirga. Observei-o até ele e os cães estarem fora do alcance da minha vista. Então, tirei a carta do envelope. Era realmente a letra do Caça-feitiço. Estava difícil de ler por causa da pouca claridade agora. Mesmo assim, eu a li duas vezes.

Para Bill Arkwright

Gostaria que você treinasse meu aprendiz, Tom Ward, começando assim que puder. A necessidade é urgente. Como você deve se lembrar de minha carta anterior, o Maligno foi libertado no mundo e a ameaça das trevas aumentou para todos nós. Embora eu não tenha dito nada ao garoto, meu medo é que, em breve, e mais uma vez, o Maligno tente destruí-lo.

Serei curto e grosso. Depois do modo cruel com que você tratou meu último aprendiz, nunca pensei em confiar outro garoto a seus cuidados. Mas isso deve ser feito. A ameaça para Tom Ward cresce diariamente. Mesmo que o Maligno não venha atrás dele diretamente, temo que envie outra criatura das trevas. De um modo ou de outro, o garoto precisa se fortalecer e aprender as técnicas de perseguição e combate com urgência. Se ele sobreviver, creio que será uma arma poderosa contra as trevas, talvez, a mais potente arma gerada em nosso mundo em muitas décadas.

Por isso, com esperança de não estar cometendo um grande erro, relutantemente eu o coloco em suas mãos por um período de seis meses. Faça o que tiver que ser feito. E quanto a você, Bill Arkwright, dou o mesmo conselho que lhe dei quando você era meu aprendiz. Combater as trevas é nosso dever. Mas vale a pena combater se o resultado for o enfraquecimento e a morte de nossa própria alma? Você tem muito a ensinar ao garoto. Ensine-o tão bem como eu lhe ensinei. Minha esperança, porém, é que, ao ensiná-lo, você também possa aprender. Largue a garrafa de uma vez por todas. Ponha a amargura de lado e se torne o homem que você deve ser.

John Gregory

Guardei novamente a carta no envelope e o enfiei no bolso da calça. Feito isso, caminhei até a escuridão debaixo da ponte e, embrulhando-me em minha capa, deitei no chão duro e frio. Passou-se muito tempo até que eu adormecesse. Eu tinha muito que pensar.

O Caça-feitiço tinha tentado esconder seus temores de mim — mas sem sucesso. Ele realmente acreditava que o Maligno voltaria para me destruir. Por isso, tentara me proteger e me enviara a Arkwright para que eu fosse treinado e me fortalecesse. Mas isso significava que eu precisava apanhar de um bêbado a torto e a direito? Mesmo o Caça-feitiço parecia ter reservas. Arkwright deve ter maltratado outro dos aprendizes dele. E, apesar disso, ele *ainda* tinha me enviado para este novo e cruel mestre. Significava que ele considerava isso importante. Foi então que me lembrei de algo que Alice me dissera uma vez, depois de enfrentarmos a Mãe Malkin, quando eu a impedira de queimar a bruxa.

Fortaleça-se ou você não vai sobreviver! Apenas fazer o que o velho Gregory diz não basta.Você irá morrer como os outros!

Muitos dos aprendizes de meu mestre foram mortos enquanto aprendiam o ofício. Era um trabalho muito perigoso, especialmente agora que o Diabo tinha entrado em nosso mundo. Mas me fortalecer significava que eu precisava ser cruel como Arkwright? Deixar minha própria alma definhar e morrer?

Os argumentos giraram em minha mente durante muito tempo, e, por fim, caí num sono profundo e sem sonhos e, apesar do frio, dormi pesadamente até os primeiros raios de luz cinzentos do amanhecer. Era outra manhã nebulosa, mas agora minha mente via de modo claro e nítido. Ao caminhar, percebi que chegara a uma decisão. Eu voltaria para Arkwright e continuaria meu treinamento.

Em primeiro lugar, eu confiava em meu mestre. Apesar da relutância, ele achava que era a coisa certa a se fazer. Em segundo lugar, meus instintos estavam de acordo. Eu sentia que havia algo importante aqui. Se eu voltasse para Chipenden, perderia o treinamento. E, se eu o perdesse, seria pior para mim. Ainda assim, seria difícil, e eu certamente não gostava da ideia de passar seis meses com Arkwright.

Quando voltei para o moinho, a porta principal estava destrancada, e eu podia sentir o cheiro da comida mesmo antes de chegar à cozinha. Arkwright estava fritando ovos e bacon.

— Está com fome, Mestre Ward? — perguntou ele, sem se dar ao trabalho de virar para mim.

— Sim, estou faminto!

— Com certeza, você está frio e úmido também. Mas é isso que se ganha ao passar a noite debaixo de uma ponte de canal escura e úmida. Mas não falaremos mais sobre isso. Você voltou, e é isso que importa.

Cinco minutos depois, estávamos sentados à mesa, comendo o que se mostrou um excelente café da manhã. Arkwright parecia muito mais falante que no dia anterior.

— Você dormiu profundamente — disse ele. — Muito profundamente. E isso me preocupa...

Olhei para ele, sentindo-me confuso. O que ele queria dizer?

— Ontem à noite, enviei a cadela para lhe proteger caso alguma criatura saísse da água. Você leu a carta de seu mestre. O Maligno poderia enviar alguém atrás de você a qualquer momento, por isso eu não podia me arriscar. Quando voltei, pouco antes do amanhecer, você ainda dormia profundamente. Nem percebeu que eu estava lá. E isso não é bom, Mestre Ward. Mesmo dormindo, você deve estar alerta ao perigo. Precisamos fazer alguma coisa em relação a isso...

Assim que terminamos o café, Arkwright se levantou.

— E, quanto à sua curiosidade, foi ela que matou o gato. Por isso, para evitar que o senhor meta novamente o nariz onde não foi chamado, eu lhe mostrarei o que é o quê e lhe explicarei a situação nesta casa. Depois disso, nunca mais vou querer que você mencione essa história novamente. Fui claro?

— Sim — respondi, empurrando a cadeira e pondo-me de pé.

— Certo, Mestre Ward, venha comigo então...

Arkwright foi diretamente até o quarto com a cama de casal — a cama encharcada de água.

— Dois fantasmas assombram este moinho — comentou tristemente. — São os espíritos de meu pai e de minha mãe. Abe e Amelia. Durante a maior parte das noites, eles dormem juntos nesta cama. Ela morreu na água. É por isso que a cama está tão encharcada.

"Veja, eles eram um casal apaixonado e mesmo agora, mortos, se recusam a se separar. Meu pai estava consertando o telhado quando sofreu um terrível acidente. Caiu e morreu. Minha mãe ficou tão perturbada ao perdê-lo que se matou. Ela simplesmente não podia viver sem ele, então se jogou debaixo da roda-d'água. Foi uma morte horrenda e dolorosa. A roda a arrastou para baixo e quebrou cada osso do seu corpo. Como ela tirou a própria vida, não pode atravessar para o outro lado, e meu pobre pai fica com ela. Ela é forte, apesar do sofrimento. Mais forte que qualquer fantasma que já encontrei. Ela mantém as brasas acesas, tentando aquecer os ossos frios e úmidos. Mas se sente melhor quando estou por perto. Ambos se sentem melhor assim."

Abri a boca para falar, mas não consegui. Era uma história terrível. Seria por isso que Arkwright era tão duro e cruel?

— Certo, Mestre Ward, temos mais coisas para ver. Acompanhe-me...

— Já vi o bastante, obrigado. Lamento muito sobre sua mãe e seu pai. O senhor está certo, isso não é da minha conta...

— Nós começamos e agora vamos até o final disso. Você verá tudo!

Ele abriu caminho até o próximo lance de escadas e seu quarto particular. Havia apenas brasas no fundo do fogão, mas o ar estava quente. O atiçador e as tenazes se encontravam no balde de carvão. Passamos pelas três cadeiras e fomos direto para os dois caixões no canto.

— Meus pais estão amarrados aos ossos — disse —, portanto, não podem se mover muito além dos limites do moinho. Eu escavei e os trouxe para cá, onde se sentiriam mais confortáveis. Melhor que assombrar o cemitério exposto ao vento na beira do pântano. Eles não querem fazer mal a ninguém. Algumas vezes, nós três sentamos juntos aqui e conversamos. É quando eles ficam mais felizes...

— Não há nada que se possa fazer?

Arkwright virou-se para mim com a face lívida de raiva.

— Você acha que eu não *tentei*? Foi por isso que me *tornei* um caça-feitiço! Pensei que meu treinamento me daria o conhecimento para libertá-los. Mas nada aconteceu. Finalmente, o sr. Gregory veio até aqui para ver se poderia ajudar. Ele fez o que pôde, mas foi inútil. E agora você sabe, não é?

Assenti e baixei os olhos, incapaz de encará-lo.

— Veja — disse ele, com a voz muito mais suave —, estou combatendo meu próprio demônio. O "Demônio do

Álcool" é seu nome. Ele me torna mais duro e cruel do que eu jamais seria, mas, no momento, não posso suportar tudo isso sem ele. Ele leva a dor embora e me permite esquecer o que perdi. Com certeza, exagerei um pouco, mas ainda tenho muito a lhe ensinar, Mestre Ward. Você leu a carta: é meu dever fortalecê-lo e prepará-lo para a ameaça crescente do Maligno. E há evidências aqui de que as trevas estão se erguendo mais rapidamente que antes. Desde que eu soube que você estava vindo, minha tarefa se tornou mais difícil. Nunca vi tanta atividade de feiticeiras da água. Ela pode muito bem estar dirigida a você. Por isso, você tem que estar preparado. Fui claro?

Assenti mais uma vez.

— Nós tivemos um mau começo. Eu treinei três aprendizes para o sr. Gregory, mas nenhum deles teve a coragem de subir até aqui. Agora que você conhece a história, espero que fique longe deste quarto. Tenho a sua palavra sobre isso, Mestre Ward?

— Sim, claro. Lamento de verdade.

— Ótimo. Bem, então está tudo resolvido. Agora podemos recomeçar. Durante o restante do dia, teremos lições dentro de casa para compensar as lições de ontem à tarde. Mas amanhã gastaremos algum tempo com o treinamento prático novamente.

Arkwright deve ter percebido a expressão de desânimo em meu rosto. Com certeza, eu não estava ansioso por outra luta com bastões. Ele balançou a cabeça e quase sorriu.

— Não se preocupe, Mestre Ward. Daremos alguns dias para os seus machucados desaparecerem antes de combatermos novamente.

A semana seguinte foi difícil, mas, por sorte, não combatemos de novo, e meus machucados começaram a desaparecer lentamente.

Passamos muito tempo trabalhando com os cães. Ficar perto deles me deixava nervoso, mas eles eram bem-treinados e obedientes, por isso eu me sentia seguro o bastante quando Arkwright estava ali. Havia florestas pantanosas a leste, e treinávamos os cães para desentocar as feiticeiras. A parte mais assustadora era quando eu tinha que desempenhar o papel de feiticeira, me escondendo na vegetação rasteira. Arkwright chamava isso de "Caça ao Aprendiz!". Os cães davam a volta por trás de mim e me levavam direto ao local onde ele esperava com o bastão com ponta. Isso me lembrava de como era reunir as ovelhas. Quando finalmente foi minha vez de caçá-lo, comecei a gostar daquilo.

Menos divertidas, porém, eram as aulas de natação. Antes de entrar na água novamente, fui obrigado a praticar as braçadas me equilibrando numa cadeira com o rosto virado para baixo e os braços e as pernas para fora, de cada lado. Arkwright me ensinou a respirar ao mesmo tempo que empurrava meus braços bem abertos para trás, com as mãos em concha, como se estivesse escavando. Em seguida, eu expirava e jogava os braços para a frente e dava a pernada de sapo mais forte que podia. Em pouco tempo, tornei-me um especialista, mas era muito mais difícil fazer a mesma coisa no canal.

No primeiro dia, engoli muita água suja e fiquei doente. Mas, depois, Arkwright se juntou a mim no canal. Com ele a meu lado, caso eu tivesse problemas, minha confiança aumentou cada vez mais, e, em pouco tempo, eu já conseguia dar as primeiras braçadas sem a sua ajuda. Em geral, as coisas estavam muito melhores, e Arkwright parecia se esforçar para não beber. Ele pegava a garrafa apenas depois do jantar, e essa era a minha deixa para me levantar e ir para a cama.

No fim da semana, eu conseguia nadar cinco vezes a largura do canal, girando rapidamente, a cada vez, ao tomar impulso na margem com os pés. Eu também podia fazer o "nado cachorrinho"; não era tão eficaz quando a outra braçada, mas me permitia flutuar no mesmo lugar sem afundar — e isso era bastante útil para alguém que ficava tão nervoso ao nadar quanto eu!

— Bem, Mestre Ward — observou Arkwright —, você está começando a progredir. Mas amanhã vamos voltar a caçar com os cães e, dessa vez, tentaremos alguma coisa diferente. Já é hora de você aprender a enfrentar o pântano.

CAPÍTULO 11

O DEDO DA FEITICEIRA

Depois do café da manhã, meu novo mestre me fez limpar a mesa e lavar a louça enquanto ficou no andar de cima durante uma hora. Quando desceu, trazia um pequeno mapa feito à mão, que pôs sobre a mesa.

— Vamos repetir o treinamento de caçada, mas, dessa vez, o terreno é muito mais difícil. As feiticeiras da água gostam das florestas pantanosas, e, às vezes, temos que entrar lá e desentocá-las!

— Aqui estão o canal e o moinho — disse ele, indicando com o dedo —, e aqui é o pântano a sudoeste. A região mais traiçoeira, que poderia engoli-lo num piscar de olhos, é o lago, portanto, fique longe dele. "Pequena Lagoa", é assim que o chamam. Não é uma lagoa grande, mas um charco perigoso se estende em parte, ao redor dela; em particular, no sul e no leste. No restante, pode ser difícil de entrar, mas provavelmente você sobreviverá.

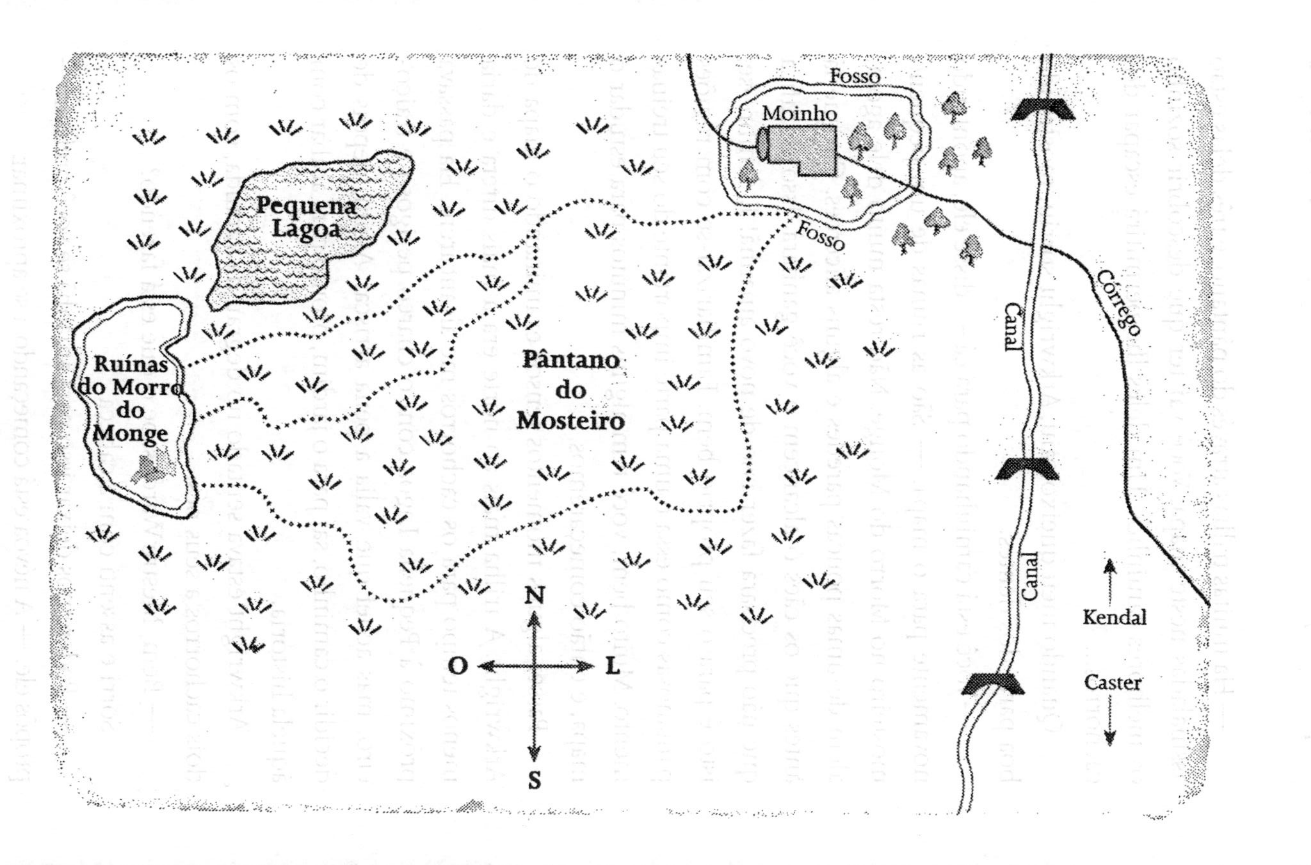
Fosso
Moinho
Fosso
Pequena Lagoa
Ruínas do Morro do Monge
Pântano do Mosteiro
Canal
Canal
Córrego
N
O
L
S
Kendal
Caster

— Há muitas trilhas através do pântano, e três delas estão assinaladas neste mapa. Você vai ter que descobrir sozinho os melhores caminhos. Um deles lhe permitirá escapar dos cachorros...

Quando meu queixo caiu, Arkwright sorriu, mostrando boa parte dos dentes.

— Você está caminhando para cá — disse ele, apontando novamente para o mapa. — São as ruínas de um pequeno mosteiro no Morro do Monge. Não resta muito dele agora, além de umas poucas paredes e alguns alicerces. Chegue lá antes que os cães o alcancem e você ganhará. Isso significa que não precisará fazer isso de novo amanhã! E, lembre-se, isto é para o seu próprio bem. Familiarizar-se com regiões pantanosas como essa é uma parte importante do seu treinamento. Muito bem, você tem alguns minutos para estudar o mapa, e então começaremos.

Passei alguns momentos tensos examinando o mapa de Arkwright. A trilha mais ao norte era a mais direta e daria menos tempo para os cachorros me alcançarem. Ela passava próximo à Pequena Lagoa com o charco perigoso e traiçoeiro, mas achei que valia a pena arriscar. Assim, depois de decidir o caminho, saí para o jardim, pronto para acabar com aquela história.

Arkwright estava sentado no degrau da varanda, com os dois cachorros a seus pés.

— Bem, Mestre Ward, sabe o que está fazendo?

Sorri e assenti com a cabeça.

— Poderemos deixar isso para amanhã se você preferir — propôs ele. — A névoa está começando a se aproximar.

Olhei além do jardim. A névoa estava se movendo lentamente, vindo do oeste, acumulando-se através do pântano em espirais e formando uma cortina cinzenta. Mas eu ainda estava confiante sobre a trilha que havia escolhido. Eu poderia muito bem resolver aquilo.

— Não, vou fazê-lo agora. Qual é a minha vantagem? — perguntei, com um sorriso. Acho que caçar e nadar me deixou bem mais em forma. — Seria bom vencer, e eu estava imaginando se conseguiria.

— Cinco minutos! — resmungou Arkwright. — E eu já comecei a contar...

Girei nos calcanhares e corri na direção do fosso salgado.

— Ei! — gritou Arkwright. — Você não precisará do bastão!

Sem olhar para trás, joguei-o para longe e atravessei o fosso. Iria mostrar a ele! Os cachorros eram rápidos e ferozes, mas, com uma desvantagem de cinco minutos, nunca me pegariam.

Momentos depois, eu estava correndo ao longo da trilha escolhida, enquanto a névoa se adensava a meu redor. Havia corrido durante alguns minutos quando ouvi os cachorros latindo. Arkwright não manteve a palavra! Ele já os soltara! Estava fazendo o possível para me dar o treinamento de que eu precisava, mas, apesar disso, sempre gostava de ganhar. Aborrecido, corri ainda mais rápido, e meus pés mal tocavam a trilha.

Mas a visibilidade rapidamente diminuiu para uns poucos passos adiante, e fui forçado a reduzir a velocidade de imediato. Fiando-se em seu faro, os cachorros não teriam a mesma desvantagem, e, lentamente, comecei a acreditar que não conseguiria superá-los, no fim das contas. Por que não aceitara a oferta e esperara até o dia seguinte? Conforme corria, meus pés começaram a chapinhar, e percebi que tinha chegado à parte mais difícil da minha jornada — o ponto mais próximo da lagoa.

Eu ainda podia ouvir os latidos abafados dos cachorros atrás de mim. A névoa distorcia o som e tornava difícil dizer se eles estavam próximos. Agora eu estava reduzido a um passo constante e muito lento.

Então ouvi um grito estranho, queixoso, vindo de alguma parte mais adiante. O que era aquilo? Algum tipo de pássaro? Se fosse, era algum que eu nunca tinha ouvido antes. Alguns instantes depois, ele se repetiu, e, por alguma razão, aquele som sinistro me enervou. Havia algo de sobrenatural nele. Continuei, porém, consciente de que os cães deviam estar se aproximando de mim.

Decorridos três ou quatro minutos, vi o contorno da trilha à minha frente. Lentamente parei, esquecendo-me dos cachorros por um instante.

O que era aquilo? Examinei a névoa e vi uma mulher caminhando à minha frente, com os cabelos brilhantes descendo pelos ombros. Ela vestia um xale verde e uma saia marrom comprida, que se arrastava no chão. Apertei o passo. Se eu a ultrapassasse, poderia recomeçar a correr. Melhor ainda, a presença dela poderia afastar os cachorros do meu rastro.

Eu não queria assustar a pobre mulher aproximando-me por trás dela e pegando-a desprevenida, por isso, quando estava a mais ou menos dez passos de distância, gritei com voz amigável:

— Olá! A senhora se importaria se eu passasse à sua frente? Sei que a trilha é muito estreita, mas, se a senhora parar, poderei passar pela...

Esperei que a mulher desse um passo para o lado ou olhasse ao redor para ver quem tinha falado, mas ela apenas parou na trilha de costas para mim. Os cachorros pareciam bem próximos agora. Eu *tinha* apenas que passar por ela ou eles me alcançariam e Arkwright levaria a melhor.

Nesse momento, senti um estranho calafrio, um aviso de que alguma criatura das trevas estava por perto. Mas ele veio tarde demais...

Quando estava a poucos passos dela, a mulher subitamente girou nos calcanhares para me encarar, e meu coração saltou à boca diante do pesadelo que me aguardava. Sua boca se abriu para revelar duas fileiras de dentes amarelo-esverdeados, mas, em vez de caninos normais, ela possuía quatro imensas presas. Tive vontade de vomitar, quando o hálito asqueroso chegou até mim. Seu olho esquerdo estava fechado, e o direito aberto — uma fenda vertical como o olho frio de uma cobra ou lagarto —, e o nariz era um bico de osso fino sem carne ou pele cobrindo-o. Suas mãos pareciam humanas, mas as unhas, por sua vez, eram garras afiadas e curvas.

O cabelo brilhava porque estava encharcado de água, e o que eu imaginara ser um xale era uma bata coberta de espuma verde. Na parte inferior do corpo, ela vestia uma saia esfarrapada, coberta com lodo marrom do pântano. Os pés, que agora se projetavam debaixo da bainha da saia, estavam descalços e sujos de lama, mas não eram humanos; os dedos eram palmados, e cada um terminava numa garra afiada.

Eu estava prestes a me virar, pronto para fugir pelo caminho de onde viera, quando ela levou dois dedos à pálpebra superior do olho esquerdo e subitamente o arregalou.

O olho era vermelho — e não falo apenas da íris! Todo o olho parecia estar completamente cheio de sangue. Eu estava petrificado nos dois sentidos do termo: estava cheio de terror e imóvel, como se tivesse me transformado em pedra. Comecei a transpirar de medo, enquanto o olho vermelho parecia ficar maior e mais brilhante.

Parecia que eu nem respirava: uma sensação de aperto e sufocamento comprimia minha garganta e meu peito. E também não podia desviar meus olhos da feiticeira. Se, ao menos, eu desviasse o olhar, quem sabe não exercesse mais seu poder sobre mim? Cada músculo de meu corpo se retesou, mas em vão. Simplesmente não podia me mover.

Como uma serpente, sua mão esquerda esticou-se em minha direção. E o dedo indicador com a garra foi direto até minha orelha, quando senti uma pontada de dor no momento em que ela a curvou e a perfurou.

A mulher se afastou da trilha na direção do pântano, arrastando-me atrás dela. Mais dois passos, e meus pés começaram a afundar no charco. Agitei meus braços em sua direção, mas estava em agonia por causa da garra que espetava minha orelha, e eu não podia fazer nada além de seguir em seu rastro, à medida que afundávamos mais e mais no pântano.

Como eu queria ter levado o bastão! Mas sabia que nem ele teria me ajudado porque eu estava impossibilitado de me mover e sob o feitiço do olho cheio de sangue. O que era ela? Algum tipo de feiticeira da água? Tentei pedir socorro, mas tudo o que saiu de meus lábios foi um gemido animal de medo e dor.

No momento seguinte, ouviu-se um rosnado na trilha atrás de nós, e uma criatura preta lançou-se sobre a minha captora. Vi, de relance, as presas expostas de Patas, e, em seguida, a garra da feiticeira foi arrancada da minha orelha, e eu caí para trás. Por um momento, o pântano cobriu minha cabeça. Instintivamente, fechei a boca e prendi a respiração; mesmo assim, o lodo escorreu para dentro do meu nariz, e senti que estava me afogando. Saber nadar fora de pouca ajuda. Eu estava me debatendo, tentando libertar minha cabeça, quando senti mãos me agarrando pelos ombros e começando a me arrastar para trás.

Poucos instantes depois, eu estava deitado de costas na trilha, e Arkwright, ajoelhado a meu lado, me fitava com uma expressão que parecia de preocupação. Em seguida, ele pôs os dedos na boca e deu um assobio agudo; os cachorros voltaram, fedendo como o pântano, com o vapor subindo de seus corpos. Patas gemia de dor, mas trazia alguma coisa na boca.

— Dê-me aqui! — ordenou Arkwright. — Solte! Solte agora!

Com um rosnado, Patas deixou algo cair da boca na mão aberta de Arkwright.

— Bom cão! Bom cão! Que garota maravilhosa você é! Finalmente, depois de todos esses anos! — Arkwright gritou, com a voz cheia de triunfo. — Nós a encontraremos agora! Ela não irá fugir dessa vez...

Olhei para o que ele segurava em sua mão e mal podia acreditar no que estava vendo.

Era um dedo. Um longo dedo indicador com uma coloração esverdeada na pele. Em vez de unha, via-se uma garra curva. Patas arrancara o dedo da feiticeira.

CAPÍTULO 12

MORWENA

Quando chegamos ao moinho, Arkwright saiu em busca do médico da aldeia para tratar de minha orelha ferida. Apesar da relutância em deixar um estranho entrar em sua casa, ele deve ter considerado a situação séria o bastante para abrir uma exceção. A verdade era que eu não achava que estivesse tão ruim. Certamente não doía muito. Se algo me preocupava, era a possibilidade de ser infectado.

Arkwright observava com atenção enquanto o médico fazia um curativo. Era um homem alto, de constituição atlética e aparência corada e saudável, mas estava tão nervoso quanto a maioria das pessoas na presença de um caça-feitiço e não fez nenhuma pergunta sobre como eu tinha me ferido.

— Limpei a ferida da melhor maneira possível, mas ainda há risco de infecção — advertiu, olhando ansiosamente na direção dos cachorros que rosnavam, de modo ameaçador, para ele. — Mas você é jovem, e os jovens têm poder de recuperação. No entanto, ficará com uma pequena cicatriz.

Depois de me examinar, o médico começou a tratar da cadela ferida, que gania de dor, enquanto Arkwright a mantinha parada. Os ferimentos dela não eram fatais, mas havia marcas profundas causadas pelas garras no seu peito e nas costas. O médico limpou as marcas e, em seguida, esfregou uma quantidade generosa de unguento.

Ao pegar a bolsa para sair, meneou a cabeça na direção de Arkwright.

— Voltarei depois de amanhã para ver como estão os pacientes.

— Eu não perderia seu tempo, doutor — resmungou Arkwright, entregando-lhe uma moeda pelo incômodo. — O garoto é forte, e tenho certeza de que ficará bem. Quanto à cadela, ela estará perfeitamente bem tão certo como o sol nasce em alguns dias. Mas, se for necessário, eu o chamarei.

Com essas palavras, Arkwright dispensou o médico, escoltando-o através do fosso.

— Patas salvou a sua vida — disse ao voltar —, mas não foi por amor a você. Você precisará dar duro com esses cães. Veremos se eles deixarão você alimentá-los, mas agora temos que conversar. Como isso tudo aconteceu? Como a feiticeira conseguiu se aproximar tanto de você?

— Ela estava caminhando na trilha à minha frente. Eu estava correndo, tentando me manter à frente dos cachorros e queria apenas ultrapassá-la. Quando ela se virou, já era tarde demais. Ela espetou a garra na minha orelha, antes que eu pudesse me mover...

— Não foram muitos os que sobreviveram ao serem fisgados, Mestre Ward, por isso você deve se considerar com sorte. Com muita sorte, na verdade. O método de agarrar a presa é praticado por todas as feiticeiras da água. Algumas vezes, elas enfiam o dedo na boca e lanceiam o interior da bochecha — disse ele, apontando para a cicatriz em sua própria bochecha esquerda.

— Sim, essa é a marca dela em mim. Tive muita sorte de conseguir fugir. A mesma bruxa fez isso! Aconteceu há cerca de sete semanas. Depois disso, o veneno se instalou, fiquei de cama durante duas semanas e quase morri. De vez em quando, ela apunhala a vítima na mão; em geral, a esquerda. Algumas vezes, ela fisga a mandíbula de baixo para cima e enrola o dedo ao redor dos dentes. Depois de fazer isso, tem melhores condições de agarrar a vítima. Dadas as circunstâncias, ela não podia puxar com muita força, ou sua orelha teria sido rasgada. Mas, se ela tivesse agarrado sua mandíbula, ela o teria arrastado para o pântano muito antes de Patas morder o dedo dela.

— Quem é ela?

Arkwright parecia saber muita coisa a respeito daquela feiticeira.

— É uma velha inimiga minha, Mestre Ward. Eu a caço há muito tempo, a mais velha e perigosa de todas as feiticeiras da água.

— De onde ela veio?

— Ela é muito velha — começou ele. — Alguns dizem que tem mil anos ou mais. Eu mesmo não concordo com isso, mas ela tem perambulado por esta região há muito tempo, neste e em outros condados. As histórias sobre ela datam de séculos. Os pântanos e brejos são seus antros favoritos, mas ela também gosta de lagos e canais. Não costumo engrandecer feiticeiras da água com um nome porque elas não são feiticeiras da terra. A maioria perdeu a capacidade de falar e são pouco melhores que os animais. Mas esta é especial: ela tem dois nomes. Morwena é o nome verdadeiro, mas Olho de Sangue é o nome por que algumas pessoas a chamam no Condado. Ela é astuta. Muito astuta. Frequentemente vai atrás de presas fáceis como crianças pequenas, mas pode arrastar com facilidade para a água um homem adulto, drenando todo o seu sangue, enquanto o afoga lentamente. No entanto, como você sabe por experiência própria, seu olho esquerdo é a arma mais potente. Um simples relance daquele olho de sangue pode paralisar a presa.

— Como conseguiremos nos aproximar dela? Uma olhadela e ficaremos presos no mesmo lugar.

Arkwright balançou a cabeça.

— Não é tão ruim quanto parece, Mestre Ward. Algumas pessoas, como você, estiveram bem próximas e sobreviveram para contar a história. Veja bem, ela deve conservar seu poder para quando for mais necessário. Muitas vezes, aquele olho esquerdo fica fechado, e as pálpebras coladas com um pedaço afiado de osso. Além disso, ela tem uma limitação: pode amarrar apenas uma pessoa por vez.

— O senhor parece saber um bocado de coisas sobre ela.

— Eu a estou caçando há dez anos, mas ela nunca tinha vindo até aqui, tão perto de minha casa. Nunca antes ela se arriscou nas trilhas do Pântano do Mosteiro. Então, o que a trouxe até aqui? Essa é a pergunta que devemos fazer. Ela estava esperando por você na trilha do pântano, por isso acredito que o aviso do sr. Gregory deva estar correto.

— O senhor acha que...

— Sim, garoto, pode muito bem ser que o Maligno a tenha enviado atrás de você. E isso vai lhe custar caro. Agora eu tenho o dedo dela, e poderemos usá-lo para rastreá-la até o covil. Depois de todos esses anos infrutíferos, finalmente eu a pegarei!

— Os cachorros podem seguir um rastro na água? — perguntei, espantado.

Arkwright balançou a cabeça e deu um de seus raros sorrisos.

— Eles são bons, mas não são *tão* hábeis assim, Mestre Ward! Se alguma criatura sair da água e pisar em terra firme, eles poderão rastreá-la mesmo através do lodo profundo. Mas não na água. Não, encontraremos o covil de Morwena usando outro método. Mas apenas quando estivermos recuperados. Esperaremos alguns dias até que os ferimentos de Patas e os seus estejam curados.

Assenti com a cabeça, porque minha orelha estava começando a latejar.

— Enquanto isso — continuou Arkwright —, tenho um livro para você. Sugiro que se sente perto do fogão e o leia para saber exatamente o que estamos enfrentando.

Dito isso, subiu as escadas e desceu alguns momentos depois trazendo um livro com capa de couro, que me entregou. Na lombada, o título:

Morwena

Ele me deixou sozinho e saiu com os cachorros, então, comecei a examinar o livro. De imediato, percebi que a caligrafia era de Arkwright. Ele era o autor! Comecei a ler.

Há muitas lendas e relatos que descrevem a origem de Morwena. Alguns a consideram a prole de outra feiticeira. Outros acreditam que, de algum modo, ela nasceu na terra úmida, gerada no pântano e no lodo e concebida nas profundezas da Mãe Terra, cujos abismos constituíam seu útero. O primeiro relato parece mais provável, mas, nesse caso, quem foi sua mãe? Em nenhuma lenda, narrativa oral, nem nas duvidosas histórias que pesquisei, ela foi mencionada.

Entretanto, todas têm uma coisa em comum: a identidade do pai de Morwena. Seu genitor era o Maligno, também conhecido como "Diabo", "Velho Nick", o "Pai da Mentira" ou o "Senhor das Trevas".

Parei, nesse ponto, chocado por essas palavras. O Maligno enviara a própria filha para me matar! Percebi a sorte que tivera por sobreviver àquele encontro com ela no pântano. Se não fosse por Patas, eu estaria morto. Continuei a ler, dessa vez, começando a pular passagens difíceis ou, de algum modo, obscuras. Em pouco tempo, ficou claro que, embora Arkwright tivesse me ensinado algumas coisas sobre Morwena, havia muito mais a aprender.

Morwena é, sem dúvida, a mais conhecida de todas as feiticeiras da água, suas matanças são muito numerosas para serem registradas. Ela se alimenta de sangue, que constitui a fonte do seu poder mágico das trevas.

Historicamente, sacrifícios humanos costumavam ser oferecidos a ela durante a lua cheia, quando o sangue poderia aumentar sua força. Bebês recém-nascidos eram o melhor alimento para suas necessidades cruéis, mas, quando não havia crianças, adultos de todas as idades eram bem-vindos. Os jovens eram lançados na Poça de Sangue; oferendas mais velhas eram acorrentadas em uma câmara subterrânea até o momento oportuno.

Quando estava particularmente sedenta, Morwena bebia, algumas vezes, o sangue de animais grandes, como gado e cavalos. Quando estava desesperada, contentava-se com pequenos animais: patos, galinhas, ratos e até camundongos eram drenados.

Raramente, Morwena deixa a água, e costuma-se contar que ela não sobrevive por mais de uma hora na terra árida, onde também fica mais fraca.

Portanto, isso era mais uma coisa a ser lembrada. Mas como atraí-la para fora de seu hábitat? Se nós dois a atacássemos ao mesmo tempo, um de nós estaria livre do feitiço do olho de sangue. Essa poderia ser a chave para derrotá-la.

Na manhã seguinte, minha orelha doía menos, e, enquanto eu preparava o café da manhã, Arkwright levou os dois cachorros até as trilhas do pântano. Ele ficou fora de casa durante mais de uma hora.

— Não há sinal da feiticeira lá fora! — disse, ao regressar. — Bem, após o café, continuaremos com as lições, mas, durante a tarde, você pode descer até o canal. Estou esperando uma encomenda de sal. Cinco barris. Não são grandes, mas são pesados, e você terá que carregar cada um deles e mantê-los longe da umidade. Vamos usar um pouco dele para cozinhar e para conservas; portanto, não quero que estrague.

Por volta de uma da tarde, fui até a margem do canal para esperar o sr. Gilbert. E não estava sozinho. Arkwright enviou Patas comigo, caso Morwena estivesse emboscada nas águas paradas.

Eu estava no moinho havia mais de uma semana, e essa era a minha chance de contar a Alice e ao Caça-feitiço como iam as coisas. Assim, peguei a caneta, tinta, envelope e o papel e, enquanto esperava pelo barqueiro, escrevi duas breves cartas. A primeira era para Alice:

Cara Alice

Sinto muito a sua falta e a de nossa vida em Chipenden.

Não é fácil ser o aprendiz de Arkwright. Ele é um homem duro e, algumas vezes, cruel, mas conhece muito bem o seu ofício e tem muito a me ensinar sobre as criaturas da água. Recentemente, tivemos um encontro com uma feiticeira da água que ele chama de "Morwena". Em breve, encontraremos seu covil e a caçaremos de uma vez por todas.

Espero vê-la em breve.

Amor,

Tom

Em seguida, comecei a escrever minha carta para o Caça-feitiço.

Caro sr. Gregory

Espero que o senhor esteja bem. Devo confessar que não tive um bom começo com o sr. Arkwright, mas a situação está resolvida agora. Ele tem um bom conhecimento das criaturas que saem da água e espero aprender bastante.

Recentemente, numa trilha do pântano próxima ao moinho, fui atacado por uma feiticeira da água chamada "Morwena". Parece que ela é uma velha inimiga de Arkwright, porém, até agora, nunca tinha se arriscado a ficar tão próxima da casa dele. Talvez o senhor já tenha ouvido falar dela. Arkwright diz que é a própria filha do inimigo e acredita que tenha sido enviada atrás de mim pelo pai.

Em breve, iremos caçá-la. Estou ansioso para trabalhar novamente com o senhor na primavera.

Seu aprendiz,
Tom Ward

Depois de escrever as duas cartas, fechei-as num envelope que endereceí:

Ao sr. Gregory, de Chipenden

Feito isso, sentei-me à margem do canal à espera de Matthew Gilbert. Patas sentou-se à minha esquerda, com os olhos se movendo constantemente entre mim e a água. Era um dia claro e fresco, e o canal parecia tudo, menos ameaçador; ainda assim, era tranquilizador tê-la ali para me proteger.

Mais ou menos uma hora depois, avistei o batelão vindo do sul. Depois de atracá-lo, o sr. Gilbert desatrelou os cavalos e os amarrou para que pudessem pastar.

— Bem, isso me poupa de tocar o sino! — disse bem alto e alegremente quando me viu.

Ajudei-o a erguer os barris de sal do porão de carga na direção da margem.

— Terei um intervalo de cinco minutos antes de partir novamente — continuou ele, sentando-se na popa do barco com os pés apoiados no caminho de sirga. — Como está sendo trabalhar para Bill Arkwright? Parece que você já arrumou um machucado. — E apontou na direção da orelha.

Sorri e sentei-me perto dele.

— Sim, foi um começo difícil, como o senhor previu. Tão ruim que eu quase voltei para o sr. Gregory. Mas agora estamos nos dando melhor. Estou me acostumando com os cachorros também — respondi, acenando com a cabeça na direção de Patas.

— Cães como esses precisam de um pouco de tempo para se acostumar, não tenha dúvida — disse Gilbert. — Assim como seu mestre. Mais de um garoto voltou para Chipenden com o rabo entre as pernas; você não seria o primeiro. Caso um dia resolva ir embora, eu passo por aqui toda quarta-feira no meu caminho rumo ao sul. É uma carga de sal que eventualmente me leva até o fim do canal em Priestown. Não chega a ser mais rápido que andar, mas pouparia suas pernas e o levaria através de Caster pela rota mais direta. E pode ter companhia para você também. Tenho um filho e uma filha da sua idade, mais ou menos. De vez em quando, eles se revezam me ajudando no batelão.

Agradeci-lhe a oferta; em seguida, entreguei-lhe o envelope com uma moeda para pagar o carro do correio. Ele prometeu deixá-la em Priestown. Enquanto colocava os arreios nos cavalos, ergui um dos barris. Apesar de relativamente pequeno, era pesado. Tentei colocá-lo debaixo do braço.

— No ombro! É a melhor maneira! — gritou o sr. Gilbert animado.

Seu conselho mostrou-se válido. Depois de colocá-lo nessa posição, foi fácil carregar o barril. Então, com Patas seguindo atrás de mim, fiz as cinco viagens até a casa em menos de meia-hora.

Depois disso, Arkwright me deu outra lição teórica.

— Abra seu caderno, Mestre Ward...

Eu o abri imediatamente e levantei os olhos, aguardando o que ele iria dizer.

— O cabeçalho é "Morwena" — começou. — Quero que você escreva tudo que eu lhe disse e que você leu até agora. Esse conhecimento lhe será útil. Em breve, será hora de caçá-la. Nós temos o dedo dela e lhe daremos um uso muito bom.

— Como o usaremos?

— Em breve, você descobrirá; portanto, controle sua impaciência. Parece que as feridas do cão não estão infectadas, e até agora sua orelha não caiu. Se não houver mudança até amanhã, partiremos pelas areias para Cartmel. Se descobrirmos o que temos que saber, talvez não voltemos para cá por um bom tempo. Não até lidarmos com Morwena de uma vez por todas!

CAPÍTULO 13

O EREMITA DE CARTMEL

Partimos na direção de Cartmel pouco depois do amanhecer do dia seguinte, com os cães atrás de nós. O caminho mais rápido era através das areias de Morecambe Bay. Era outro dia claro, e eu estava feliz por sair do moinho durante algum tempo. Estava ansioso para ver o Condado ao norte da baía com suas montanhas e lagos pitorescos.

Se eu estivesse com o Caça-feitiço, levaria as duas bolsas, mas parecia que Arkwright sempre levava a própria. Não andamos muito até chegarmos ao Hest Bank, o ponto de partida para a nossa jornada através das areias. Lá encontramos duas carroças e três cavaleiros, além de algumas pessoas a pé. As areias pareciam nos convidar a atravessá-la, e o mar se encontrava a uma grande distância. Fiquei imaginando o que todos estavam esperando e perguntei a Arkwright.

— Pode parecer seguro agora, mas as areias da baía são traiçoeiras — respondeu. — Um guia da areia irá na carroça da frente, é o homem que conhece as marés e o terreno como a palma da própria mão. Temos que atravessar dois canais fluviais, e o segundo, em particular, o Kent, pode ser perigoso depois de muita chuva. Ele pode se transformar em areia movediça. Agora estamos aguardando a maré baixar até alcançar o ponto que dará às carroças tempo de atravessar com segurança.

"Nunca tente atravessar a baía sem um guia, Mestre Ward. Passei aqui a maior parte da minha vida e não me arriscaria a tentar. Você pode ter aprendido a nadar, mas mesmo um homem adulto com anos de experiência não sobreviveria. A água penetra os canais tão rapidamente que, em pouco tempo, você pode se afogar e morrer!"

Um homem alto, usando um chapéu de aba larga, se aproximou; ele andava descalço e trazia um bastão.

— Este é o sr. Jennings, o guia da areia — disse Arkwright. — Ele observa essas areias há quase vinte anos.

— Hoje é um grande dia! — gritou o sr. Jennings. — Quem é este que você trouxe consigo, Bill?

— Bom-dia, Sam. Este é Tom Ward, meu aprendiz pelos próximos seis meses.

O rosto queimado de sol e enrugado do guia de areia abriu-se num sorriso, enquanto ele apertava minha mão. O sr. Jennings aparentava ser um homem que gostava do trabalho.

— Com certeza, Bill, você o avisou dos perigos destas areias.

— Eu o avisei, sim. Vamos torcer para que ele tenha ouvido.

— Sim, vamos torcer. Nem todos ouvem. Devemos partir em aproximadamente meia hora.

Dito isso, ele se afastou para conversar com os outros. Finalmente, partimos com Sam Jennings, caminhando à frente das carroças, e o restante, que ia a pé, no fim da fila. As areias planas ainda estavam úmidas e marcadas por um intricado padrão de sulcos feitos pelas ondas. Quase não ventara antes, mas uma brisa constante, vinda do noroeste, soprava em nossos rostos, enquanto, a distância, o sol ofuscava o mar.

As carroças viajavam lentamente e nós as alcançamos quando elas chegaram ao primeiro leito fluvial. Sam desceu no canal para inspecioná-lo, entrou na água até a altura dos joelhos e chapinhou cerca de duzentos passos a leste, antes de assobiar e agitar o bastão para indicar o ponto onde deveríamos atravessar. Em seguida, ele caminhou até a primeira carroça.

— Aqui pegamos uma carona! — exclamou Arkwright.

Imediatamente, ele se adiantou e pulou na parte de trás da última carroça. Seguindo seu exemplo, em pouco tempo entendi o porquê. Ao cruzarmos o canal, a água alcançou o ventre dos cavalos. Assim, evitamos ficar encharcados. Os cães não pareciam se importar em ficarem molhados e nadaram com força, alcançando a margem mais distante bem antes dos cavalos.

Descemos e caminhamos durante algum tempo até alcançarmos o canal do rio Kent, que tinha mais ou menos a mesma profundidade.

— Eu não gostaria de estar aqui na maré cheia! — observei.

— Nem poderia, Mestre Ward. Na maré da primavera, a água teria profundidade suficiente para cobri-lo três vezes ou mais. Está vendo ali adiante? — indagou Arkwright, apontando na direção da terra firme.

Eu podia ver declives arborizados com serras púrpuras erguendo-se mais acima.

— Aquelas serras atrás de Cartmel. É para lá que vamos. Em breve, estaremos lá.

A travessia tinha cerca de catorze quilômetros, mas Arkwright me disse que nem sempre era assim. O curso do rio Kent mudava constantemente, por isso a distância até locais rasos e seguros costumava variar. Era mesmo um lugar perigoso. No entanto, era uma rota muito mais curta que seguir a curva da baía.

Chegamos a um local chamado Margem de Kent, onde, depois de pagar e agradecer ao guia, deixamos as areias planas e começamos a subir até Cartmel, o que nos tomou quase meia hora. Passamos por um imenso convento, algumas tabernas e cerca de trinta casas. O local me lembrou Chipenden, com crianças famintas olhando nas entradas das casas e os campos ao redor sem animais. Os efeitos da guerra se disseminaram, e não havia dúvida de que, em pouco tempo, se agravariam. Pensei que fôssemos parar e ficar em Cartmel durante a noite, mas parecia que nossos negócios encontravam-se mais adiante.

— Vamos visitar Judd Atkins, um eremita que vive lá em cima, naquelas serras — disse Arkwright sem nem mesmo lançar um olhar para mim.

Seus olhos estavam fixos no declive íngreme mais adiante.

Eu sabia que um eremita costumava ser um homem santo que gostava de viver sozinho, longe das pessoas, por isso não esperava que ele ficasse satisfeito em nos ver. Mas seria ele o homem que poderia usar o dedo arrancado, de algum modo, para localizar Morwena?

Estava prestes a perguntar, quando passamos pela última cabana e uma mulher idosa emergiu da escuridão do aposento principal e arrastou os pés em nossa direção pela trilha enlameada.

— Sr. Arkwright! Sr. Arkwright! Graças a Deus o senhor finalmente veio — exclamou ela, agarrando-lhe a manga e segurando-a com firmeza.

— Deixe-me em paz, boa senhora! — vociferou Arkwright com voz irritada. — A senhora não percebe que estou com pressa? Tenho negócios urgentes a resolver!

Por um momento, pensei que ele iria empurrá-la e continuar a andar, mas ele a encarou, e as veias começaram a inchar em suas têmporas.

— Mas todos estamos mortos de medo — disse a idosa. — Ninguém está seguro. Eles levam o que querem, dia e noite. Em breve, morreremos de fome, se algo não for feito. Ajude-nos, por favor, sr. Arkwright...

— Sobre o que a senhora está balbuciando? Quem está levando o que quer?

— Uma gangue de recrutamento, embora eles mais pareçam ladrões comuns. Não satisfeitos em arrastar os garotos para o mar, roubam tudo o que temos. O covil deles fica em Saltcombe Farm. A aldeia inteira está apavorada...

Seria a mesma gangue de recrutamento que me capturara? Eles tinham falado sobre ir para o norte e fugiram quando Alice os assustara. Parecia provável. Com certeza, eu não queria encontrá-los de novo.

— Isso é trabalho para os guardas, não para mim — retrucou Arkwright com um olhar zangado.

— Há três semanas, eles bateram tanto no guarda que quase o mataram. Ele acabou de levantar da cama e não irá fazer nada agora. Sabe o que é bom para ele. Por isso, ajude-nos, por favor. Há pouca comida, de qualquer modo, mas, se eles continuarem assim, quando o inverno chegar, certamente morreremos. Eles levam embora tudo em que podem pôr as mãos...

Arkwright balançou a cabeça e puxou com força a manga para livrar-se das mãos da mulher.

— Quando eu voltar por esse caminho, talvez veja o que posso fazer. Mas agora estou muito ocupado. Tenho negócios importantes a tratar, que não podem esperar!

Com isso, ele continuou subindo o declive, com os cães correndo mais à frente, e a mulher idosa arrastou-se novamente para dentro da cabana. Lamentei por ela e pela aldeia, mas achei estranho que ela pedisse a ajuda de Arkwright. Afinal, isso não era tarefa para o caça-feitiço. Será que ela realmente pensava que meu mestre enfrentaria uma gangue armada? Alguém deveria enviar uma mensagem ao Alto Magistrado em Caster — sem dúvida, ele enviaria outro guarda. E quanto aos homens da aldeia? Não poderiam se reunir e fazer alguma coisa? Fiquei pensando em tudo aquilo.

Depois de uma subida de uma hora até as serras, vimos fumaça à nossa frente. Parecia vir de um buraco no chão, e percebi que a margem rochosa que estávamos atravessando era o telhado do abrigo do eremita. Depois de descer alguns degraus de pedras muito gastos, chegamos à entrada de uma caverna de bom tamanho.

Arkwright fez os cães sentarem e aguardarem a alguma distância e, em seguida, abriu caminho em meio à escuridão. Havia um forte odor de fumaça de madeira no interior da caverna, e meus olhos lacrimejaram, mas pude distinguir a forma de alguém agachado diante de uma fogueira, com a cabeça nas mãos.

— Como está o senhor, velho? — gritou Arkwright. — Ainda fazendo penitência por seus pecados?

O eremita não respondeu, mas, intrépido, Arkwright sentou-se a seu lado.

— Veja, sei que o senhor gosta de ficar só, portanto, vamos acabar logo com isso, e o deixaremos em paz. Dê uma olhada nisso e diga-me onde podemos encontrá-la...

Ele abriu a bolsa, retirou um trapo amarrotado e desdobrou-o sobre o chão de terra entre o eremita e o fogo.

À medida que meus olhos se ajustavam à claridade reduzida, pude ver que Judd Atkins tinha uma barba branca e um punhado de cabelos grisalhos desgrenhados. Durante quase um minuto, ele não se moveu. Na verdade, mal parecia respirar. No entanto, finalmente estendeu a mão e pegou o dedo da feiticeira. Segurando-o muito próximo, girou-o algumas vezes, aparentemente absorto.

— O senhor pode fazer isso? — perguntou Arkwright.

— Os cordeiros nascem na primavera? — indagou o eremita, com a voz que mais parecia um coaxo. — Os cães ladram para a lua? Eu fui rabdomante durante muitos anos e, quando me decidia, nada podia me deter. Por que seria diferente?

— Bom homem! — gritou Arkwright com a voz cheia de animação.

— Sim, farei isso para você, William — concluiu o eremita. — Mas você deverá pagar um preço.

— Um preço? Que preço? — perguntou Arkwright em tom de espanto. — O senhor tem poucas necessidades, velho. Essa foi a vida que escolheu. Então, o que o senhor pode querer de mim?

— Não peço nada para mim — respondeu o eremita com a voz mais forte a cada palavra. — Mas há outras pessoas que precisam de sua ajuda. Lá embaixo, na aldeia, pessoas famintas vivem com medo. Liberte-as disso e você terá o que deseja...

Arkwright cuspiu na fogueira, e eu o vi cerrar os dentes.

— O senhor quer dizer o bando em Saltcombe Farm? A gangue de recrutamento? O senhor espera que *eu* dê cabo deles?

— São tempos sem lei. Quando as coisas se desagregam, alguém tem que uni-las novamente. Algumas vezes, um ferreiro tem de consertar uma porta ou um carpinteiro tem de ferrar um cavalo. Quem mais está lá, William? Quem mais, além de você?

— Quantos são? — perguntou Arkwright, finalmente. — E o que o senhor sabe sobre eles?

— São cinco ao todo. Um sargento, um cabo e três soldados. Eles levam o que querem da aldeia sem pagar.

— Uma gangue de recrutamento estava levando pessoas próximo a Chipenden — comentei, franzindo o cenho. — Eles me capturaram e eu tive sorte de fugir. Eram cinco também, e parece que é o mesmo bando. Não quero encontrá-los novamente. Um deles é apenas um garoto pouco mais velho que eu, mas o sargento é um sujeito desagradável. Estão armados com porretes e espadas. Não creio que o senhor consiga dar conta deles, sr. Arkwright.

Arkwright fitou-me e assentiu, em seguida.

— As chances estão contra mim — reclamou ele, virando-se novamente para o eremita. — Somos apenas três e meio — eu, dois cães e um garoto despreparado. Eu já tenho um ofício. Não sou um guarda...

— Você já foi soldado, William. E todos sabem que ainda gosta de golpear umas cabeças, especialmente, depois de uns goles. Tenho certeza de que se divertirá com a experiência.

Arkwright se levantou e encarou o eremita com o rosto cheio de raiva.

— Cuide-se para que eu não golpeie a sua cabeça, velho. Voltarei antes de escurecer. Nesse meio-tempo, continue com isso. Já perdi muito tempo! O senhor tem um mapa da região dos lagos?

Judd Atkins balançou a cabeça, então Arkwright revolveu a bolsa e retirou dela um mapa dobrado. Colocando-o na frente do homem idoso, vociferou:

— Tente esse! O covil estará por aí — tenho certeza. Em alguma parte próxima a um dos lagos mais ao sul.

Dito isso, ele deixou a caverna e marchou para leste com um passo raivoso.

CAPÍTULO 14

UM HOMEM MORTO

Ainda não nos afastáramos muito da caverna do eremita quando Arkwright parou, sentou-se numa pequena elevação coberta de grama e abriu a bolsa. Retirou uma garrafa de vinho tinto dela, arrancou a rolha com os dentes e começou a beber em goles demorados.

Durante algum tempo, fiquei parado ali, preocupado e imaginando se essa era a melhor preparação para lidar com assassinos perigosos, mas o eremita tinha dito uma coisa certa: Arkwright sempre ficava agressivo depois de beber. Ele deve ter visto a expressão em meu rosto porque franziu a testa e fez um gesto zangado para que eu me sentasse.

— Alivie o peso das pernas, Mestre Ward. E aproveite para tirar essa tristeza do rosto! — exclamou ele.

Percebendo que seu humor estava piorando, obedeci imediatamente. O sol descia no horizonte, e imaginei se ele pretendia esperar até depois de anoitecer, antes de enfrentar a gangue de recrutamento. Isso parecia a coisa mais ajuizada a fazer. Ou era isso, ou ir até lá nas primeiras luzes enquanto eles ainda estavam grogues de sono. Mas Arkwright era um homem impaciente que, provavelmente por opção, sempre fazia as coisas do modo mais difícil.

Eu estava certo. Em pouco tempo, ele tomou todo o vinho, e nos pusemos a caminho novamente. Depois de cerca de dez minutos, aproximei-me dele. Eu estava curioso e queria saber se ele tinha algum tipo de plano.

— Sr. Arkwright... — falei hesitante.

— Cale a boca! — respondeu ele, rispidamente. — Fale quando falarem com você, e não antes disso!

Sendo assim, dei uns passos para trás. Estava aborrecido e um pouco magoado. Sentia que começava a me entender com Arkwright, mas parecia que as coisas não tinham mudado muito. Algumas vezes, o Caça-feitiço me mandava calar a boca, dizendo que as perguntas podiam ser feitas depois, mas ele nunca fizera isso de modo tão agressivo e rude. Sem dúvida, a culpa dos modos de meu novo mestre era o vinho.

Em muito pouco tempo, nós chegamos a uma cordilheira, e Arkwright parou, cobrindo os olhos contra o sol poente. Pude ver uma casa lá embaixo, com a fumaça marrom movendo-se quase verticalmente em sua chaminé. Ela ficava no topo de um vale estreito. Com certeza, antigamente fora uma fazenda na montanha para a criação de ovelhas, mas agora não se viam animais por lá.

— Bem, chegamos! — exclamou ele. — Saltcombe Farm. Vamos descer e acabar logo com isso...

Ele desceu o declive a passos largos, sem se esforçar para ficar longe do alcance da vista. Ao chegar ao vale, caminhou direto para a porta principal, que eu imaginava que fosse se abrir violentamente a qualquer instante, quando a gangue corresse para nos atacar. Quando ele estava a menos de vinte passos de distância, parou e virou o rosto em minha direção, acenando com a cabeça para os dois cães.

— Segure as coleiras firmemente e não os solte — ordenou. — Quando eu disser "Agora!", pode soltá-los. Mas não antes. Entendeu?

Assenti hesitante e agarrei as coleiras dos cães, que faziam força para se soltar. Se eles quisessem ir, eu não teria como detê-los.

— E se algo sair errado? — indaguei.

Havia cinco soldados dentro da casa — provavelmente, ainda armados com espadas e porretes. Lembrei-me do que a mulher idosa tinha dito sobre o guarda da paróquia — eles bateram nele até quase matá-lo.

— Mestre Ward — retrucou ele com desdém —, se há uma coisa que não posso tolerar é um pessimista. Se você acreditar que pode fazer alguma coisa, metade da batalha estará vencida antes mesmo de começar. Vamos resolver esta parte, e então trataremos do verdadeiro negócio. Tome, cuide disso para mim — e deixou a grande bolsa cair a meus pés. Em seguida, inverteu o bastão de modo que a lança mortífera ficasse com a ponta para baixo. Parecia que ele não queria causar danos permanentes aos soldados.

Com isso, caminhou rapidamente em direção à porta principal e, com um chute da pesada bota esquerda, derrubou-a. Caminhou em linha reta, balançando o bastão, e pude ouvir xingamentos e, depois, gritos de dor e raiva vindos do interior.

Em seguida, um homem grande, num uniforme esfarrapado e com sangue descendo pela testa, saiu correndo pela porta, na minha direção, cuspindo os dentes quebrados. Os dois cães rosnaram ao mesmo tempo, e ele parou e olhou diretamente para mim, por um momento. Era o sargento com as cicatrizes no rosto. Percebi que ele me reconhecera, e a raiva brilhava em seus olhos. Por um instante, pensei que ele me atacaria, apesar dos cães. No entanto, ele se virou para a direita e subiu correndo o declive.

Ouvi o grito de Arkwright "Agora!", e, antes que pudesse reagir, os cães se soltaram e correram na direção da porta aberta, latindo furiosamente.

Nem bem Caninos e Patas entraram na casa, os quatro desertores remanescentes abandonaram-na. Três voaram pela porta e seguiram o sargento montanha acima, mas o quarto pulou pela janela principal e veio correndo na minha direção, brandindo uma faca. Era o cabo. Os cães não podiam me ajudar agora, então ergui meu bastão e o segurei diagonalmente, em posição de defesa.

Conforme ele se aproximava, um sorriso melancólico vincava seu rosto. Ele parou, encarando-me enquanto se preparava para o ataque e segurava a faca na mão direita.

— Você cometeu um grande erro ao desertar, garoto. Vou abrir sua barriga e acabar com você!

Dizendo isso, correu na minha direção com a faca apontada para o meu corpo. Eu me movi o mais rapidamente que podia pensar; os treinos com Arkwright estavam dando resultado. Meu primeiro golpe foi no pulso, fazendo com que a faca caísse de sua mão. Ele grunhiu de dor quando o acertei pela segunda vez — um golpe na cabeça que o deixou de joelhos. Ele não estava mais rindo. Havia medo em seus olhos. Lentamente, ficou de pé. Eu poderia tê-lo atingido novamente, mas o deixei em paz. Ele se virou e, praguejando, correu atrás dos companheiros. Todos subiam o declive correndo, como se o próprio Diabo estivesse atrás deles.

Caminhei até a casa, pensando que tivesse acabado, mas então observei, boquiaberto, da entrada, Arkwright, berrando com raiva, começar a quebrar em pedacinhos tudo na casa: mobília, louças e cada uma das janelas restantes. Quando acabou, assobiou para que Caninos e Patas viessem atrás de nós e ateou fogo à casa. Quando subimos o vale, uma densa coluna de fumaça negra obscurecia o sol poente.

— Não resta mais nada para eles voltarem agora! — observou Arkwright com um sorriso.

Então, do alto da colina, alguém gritou:

— Você é um homem morto, Caça-feitiço! Um homem morto! Descobriremos onde você vive. Vocês estão mortos, você e o garoto! Os dois vão se ver conosco agora. Nós servimos ao rei. Vocês serão enforcados, com certeza!

— Não fique tão preocupado, Mestre Ward — falou Arkwright com um sorriso estranho. — Ele é um falastrão. Se tivessem estômago para isso, estariam lá embaixo lutando, em vez de se esconderem com medo naquela montanha.

— Mas eles não vão informar o que aconteceu e mandar mais soldados atrás de nós? O senhor bateu num dos soldados do rei, e nós destruímos suas posses.

— Com a guerra indo de mal a pior, duvido muito que eles tenham soldados de sobra para virem atrás de gente como nós. Além disso, tenho quase certeza de que são desertores. São eles que devem temer a forca. Com certeza, não se comportam como uma verdadeira gangue de recrutamento. Bater no guarda da paróquia não era parte do trabalho quando eu estava no exército!

Dizendo isso, Arkwright girou nos calcanhares e partiu para a caverna.

— O senhor foi soldado? — indaguei.

— Há muito tempo. Após completar meu tempo com o sr. Gregory, voltei para o moinho e tentei libertar meu pai e minha mãe. Como não pude fazê-lo, fiquei tão amargurado que deixei o ofício por algum tempo. O exército me treinou como artilheiro, mas a região estava em paz e não havia mais ninguém em quem atirar, por isso comprei minha liberdade e voltei a ser um caça-feitiço. Engraçado como tudo aconteceu. Mas vou lhe dizer uma coisa: nunca teria fugido de um combate, não como aquele bando de covardes lá atrás.

— O senhor era artilheiro? O senhor detonou um daqueles grandes canhões?

— Um de dezoito libras, isso sim, Mestre Ward. O maior canhão do Condado. E eu era mestre canhoneiro e sargento também. Pau para toda obra, essa era a minha arma!

— Eu já vi um desses. No verão, os soldados trouxeram um de Colne e o usaram para derrubar a Torre Malkin.

— Quanto tempo levaram para derrubá-la? — perguntou Arkwright.

— Eles ficaram do meio-dia até o pôr do sol, depois terminaram o trabalho em menos de uma hora, na manhã seguinte.

— Levaram todo esse tempo? Não espanta que a guerra esteja indo tão mal mais ao sul. Já vi aquela torre e calculei que podia derrubar seus muros em menos de duas horas. É tudo questão de técnica e treinamento, Mestre Ward! — disse ele com um sorriso.

Era estranho como subitamente ele se tornara alegre e falante. Parecia orgulhoso. Era como se a luta com os desertores o tivesse animado.

No entanto, de volta ao eremitério, a raiva de Arkwright surgiu mais uma vez quando ele descobriu que o eremita não fora capaz de descobrir o paradeiro do covil de Morwena.

— Eu cumpri a minha parte do acordo, agora cumpra a sua! — gritou enfurecido.

— Tenha paciência, William — disse Judd calmamente. — As colheitas crescem no inverno? Claro que não, porque tudo tem seu tempo. Eu disse que ainda não tinha descoberto. Não que eu não seja capaz de fazê-lo eventualmente. E eu já cheguei perto o bastante para saber que você está certo. O covil dela está na região dos lagos ao sul. Mas é difícil encontrar uma feiticeira. Sem dúvida, ela usou os poderes para encobrir seu paradeiro. Ela é uma feiticeira particularmente forte?

Arkwright balançou a cabeça.

— Elas não são muito fortes. Seu nome verdadeiro é Morwena, mas alguns a chamam de Olho de Sangue. Com certeza, você já ouviu esse nome.

— Já ouvi ambos os nomes. E quem não ouviu? Todas as mães do Condado tremem ao ouvi-los. Um grande número de crianças desapareceu nos últimos vinte anos. Farei o que puder para ajudá-lo, mas estou cansado agora. Não se pode apressar essas coisas. Tentarei novamente amanhã, quando as coisas estiverem mais propícias. Como está o tempo?

— Mais fresco e começando a garoar — murmurou Arkwright, ainda longe de estar satisfeito.

— Vocês não vão querer viajar nessas condições, não é? Por que não se acomodam para passar a noite? Já comeram?

— Não desde o café da manhã. Eu posso aguentar, mas Mestre Ward aqui está sempre com fome.

— Então vou esquentar um pouco de sopa para vocês.

Antes do jantar, porém, Arkwright levou-me para o declive escuro da montanha, e novamente treinamos combate com os bastões. Ele parecia determinado a continuar com o meu treinamento onde e quando pudesse. Uma chuva fina escorria em nossos rostos enquanto tentávamos manter o equilíbrio na grama escorregadia. Dessa vez, ele não deu nenhum golpe no corpo, mas parecia satisfeito em me fazer recuar e pôr à prova minhas habilidades defensivas.

— Bem, Mestre Ward, é o suficiente por agora — disse, finalmente. — Acredito que estamos começando a ter um vislumbre de melhora. Vi como você lidou com o cabo mais cedo. Você foi bem, garoto. Deve ficar orgulhoso de si mesmo.

Continue assim, e, em seis meses, será capaz de se cuidar sozinho.

Suas palavras me alegraram, e, quando voltamos para a caverna, comecei a ansiar pelo meu jantar. Mas fiquei desapontado. A sopa estava amarga, e, na primeira colherada, fiz uma careta. Fiquei imaginando o que havia nela.

Arkwright apenas sorriu ao ver meu desgosto.

— Coma tudo, Mestre Ward! É a melhor sopa de ervas que você provará ao norte de Caster. Judd aqui é vegetariano. Os cães comerão melhor que nós hoje.

O eremita não deu sinal de estar aborrecido com os comentários de Arkwright, mas, por respeito, esvaziei minha tigela de sopa e, em seguida, agradeci-lhe. Não sei o que havia naquela sopa, mas tive a melhor noite de sono desde que deixara Chipenden.

CAPÍTULO 15

O DEDO DANÇARINO

Não tomamos o café da manhã. Pouco depois do amanhecer, Judd Atkins abriu o mapa dos lagos e colocou-o no chão próximo às brasas da fogueira.

— Certo! — disse, finalmente, enquanto observava o mapa. — Tive uma boa noite de sono e estou me sentindo muito melhor. Devo conseguir encontrá-la agora...

Dizendo isso, tirou dois itens do bolso da calça. Um era um pedaço pequeno e fino de corda; o outro, o dedo arrancado da feiticeira. Em seguida, amarrou uma ponta da corda no dedo.

O eremita me viu observando e sorriu.

— Antes de me retirar deste mundo vil, eu era um rabdomante, Thomas. Costumava usar uma vara de vidoeiro para encontrar água. Muitos poços do norte do Condado foram encontrados por mim. De vez em quando, também encontrava pessoas desaparecidas. Podia suspender um retalho de roupa ou um cacho de cabelo sobre um mapa até minha mão começar a tremer. Infelizmente, muitos dos que localizei já estavam mortos, mas as famílias ainda ficavam gratas por terem um corpo para enterrar no campo santo. Agora, vejamos se posso encontrar sozinho uma feiticeira da água chamada Morwena...

Arkwright aproximou-se, e ambos observamos o eremita iniciar uma busca sistemática. Enquanto movia lentamente o dedo suspenso da esquerda para a direita e da direita para a esquerda, ele o balançava constantemente através da largura do mapa, movimentando-o um pouco mais para o norte, a cada vez. Depois de pouco menos de um minuto, sua mão subitamente se contraiu. Ele fez uma pausa, respirou fundo, moveu a mão para a direita e aproximou-a novamente de modo suave e firme. Mais uma vez, ela se contraiu e, dessa vez, sacudiu-se tanto para cima que o dedo da feiticeira parecia dançar na ponta do cordão.

— Marque aqui, William! — exclamou ele, e Arkwright aproximou-se, ajoelhando-se e fazendo uma pequena cruz.

Feito isso, o eremita continuou a percorrer o mapa. Pouco tempo depois, sua mão se contraiu novamente. Em poucos instantes, o dedo arrancado dançava mais uma vez no cordão, enquanto ele identificava um terceiro local. A cada vez, Arkwright assinalou com muito cuidado. O eremita continuou, mas não encontrou mais nada para informar.

As três cruzes estavam a oeste de Coniston Water. A primeira ficava no litoral noroeste; a segunda marca era um pequeno lago chamado Goat's Water; a terceira, bem mais ao norte, era chamada Leven's Water.

— Então, velho, são todos os três lugares ou o senhor não tem certeza? — indagou Arkwright com impaciência crescente na voz.

— Estar certo é estar correto? Sempre devemos abrir espaço para a dúvida, William. Podiam muito bem ser todos os três. Tenho certeza de que ela passa um pouco de tempo em cada local — foi a resposta que ouvimos. — Poderia até haver outros mais ao norte, além dos que você me pediu para investigar. A reação mais forte veio do litoral de Coniston, mas também senti que ela perambula por toda a região a oeste do lago. Você conhece bem o local?

— Já fui obrigado a ir até lá mais de uma vez, mas não conheço a extremidade norte do lago, na fronteira do Condado. Eles são um bando de grosseirões lá para cima de Coniston, têm seus próprios modos e não são simpáticos com forasteiros. Preferem sofrer em silêncio a chamar um caça-feitiço do sul.

Sabiamente, mantive meus pensamentos para mim mesmo, mas pensei que aquilo era um exagero vindo de alguém tão rude quanto Arkwright, que mal podia tolerar um aprendiz em sua casa.

Quando estávamos prestes a sair, o tempo fechou, e o vento oeste trouxe muita chuva contra o declive, tamborilando no telhado da caverna, invadindo sua entrada e, algumas vezes, sibilando até a beira da fogueira.

— Velho maluco — xingou Arkwright. — Por que, diabos, escolher uma caverna com uma entrada virada para as correntes de vento?

— O frio e a umidade são bons para a alma. Por que você vive numa casa à beira de um pântano, quando poderia morar num local mais saudável, com uma atmosfera revigorante? — retrucou Judd Atkins.

A raiva percorreu a testa de Arkwright, mas ele não respondeu nada. Ele vivia ali porque a casa pertencera aos pais dele e, agora que o espírito da mãe estava preso ali, não podia abandoná-la. Era provável que o eremita não soubesse disso, caso contrário, certamente não teria falado de modo tão cruel.

Por causa do tempo severo, Arkwright decidiu ficar por mais uma noite e então seguir para Coniston às primeiras luzes. Enquanto Judd fazia a fogueira, o Caça-feitiço me levou para pescar na chuva torrencial. Pensei que fosse usar uma vara ou rede, mas ele tinha um método que chamava de "fazer cócegas".

— Se souber fazer isso, você nunca passará fome! — disse ele.

O método consistia em deitar de barriga para baixo na margem úmida do rio com os braços mergulhados na água. A ideia era fazer cócegas na barriga da truta para que ela se movesse para trás em sua mão e, nesse momento, você a jogava para a grama. Ele me mostrou a técnica, mas era preciso muita paciência, e nenhuma truta jamais chegou perto de minhas mãos. Arkwright, porém, pegou duas, que rapidamente preparamos à perfeição. O eremita simplesmente sorveu mais da sua sopa, o que significou que Arkwright e eu comemos um peixe inteiro cada um. Eles estavam deliciosos, e, em pouco tempo, eu me sentia muito melhor.

Depois tivemos mais combate com bastões. Não foi tão ruim assim, e terminei com um único machucado no braço, mas Arkwright e eu empatamos, e eu estava exausto. Por isso, dormi bem na caverna. Ela certamente era mais tranquila que o moinho.

Ao amanhecer, a chuva havia cessado e partimos sem demora na direção dos lagos ao norte.

O Caça-feitiço, sem dúvida, tinha razão quanto ao cenário desta parte do Condado. Quando chegamos a Coniston Water e percorremos o litoral oeste ladeado por árvores, tudo o que vimos era de tirar o fôlego. Os declives a leste tinham árvores decíduas e coníferas, e estas últimas produziam folhagem para animar o fim sombrio de um dia de outono. As nuvens estavam altas e ofereciam uma visão espetacular das montanhas ao norte, e a chuva que certamente tinha caído por ali, assim como a neve, fazia com que os picos das montanhas reluzissem de branco contra o céu cinzento.

Arkwright parecia um pouco mais animado, por isso, cansado do longo silêncio — ele não dissera nem uma palavra, desde que tínhamos deixado a caverna do eremita —, arrisquei uma pergunta.

— Aquela montanha à frente é a do Velho Homem de Coniston?

— Exatamente, Mestre Ward, como você deveria saber. Já deveria estar familiarizado com ela, depois de estudar o mapa ontem. Que vista, não é? Muito mais alta que os outeiros atrás da casa do sr. Gregory. É uma bela visão, mas, algumas vezes, lugares de igual importância não chamam tanto a atenção. Está vendo aquela barragem ali? — perguntou ele, apontando para o litoral leste do lago.

Assenti.

— Foi lá que matei o Estripa-reses de Coniston. Bem embaixo daquela barragem. Provavelmente foi a melhor coisa que já fiz depois de completar meu aprendizado com o sr. Gregory. Mas, se eu pudesse prender ou matar Morwena, com certeza, seria a melhor.

Algo próximo a um sorriso enrugou o rosto de Arkwright, e ele começou a assobiar baixinho e desafinado enquanto os cães nos cercavam, abocanhando o ar em sua animação.

Entramos na aldeia de Coniston pelo sul. Havia poucas pessoas por lá, e as que vimos pareciam pouco amigáveis; algumas até preferiram atravessar para o outro lado da rua, em vez de passar por nós. Era mais que esperado. A maioria das pessoas ficava nervosa por estar próxima a um caça-feitiço, mesmo em Chipenden, onde o sr. Gregory tinha vivido durante muitos anos. Meu mestre gostava de manter distância e evitava andar pelo Centro e, quando eu recolhia as provisões, nem todos eram tão amigáveis quanto os donos das lojas, que apreciavam nossas compras regulares.

Ao chegar a um córrego — assinalado no mapa como "Arroio da Igreja" —, começamos a subir uma trilha íngreme a oeste, deixando para trás o amontoado de casas com chaminés fumegantes. Acima de nós, assomavam as enormes alturas do "Velho Homem", mas, justamente quando minhas pernas começaram a doer, Arkwright nos conduziu para fora da trilha até um pequeno jardim de frente para uma taberna. A placa dizia:

ESTALAGEM BECK

Dois homens idosos estavam de pé na entrada, cada um segurando uma caneca de cerveja. Eles abriram caminho bruscamente para nos deixar passar, com o sinal de alerta estampado em seus rostos, o qual, provavelmente, não era causado apenas pela visão dos dois temíveis cães de trabalho. Os homens podiam adivinhar nosso ofício pelas roupas e pelos bastões.

A taberna estava vazia, mas os tampos das mesas estavam limpos e uma fogueira convidativa ardia na lareira. Arkwright caminhou até o bar e bateu com força no balcão de madeira. Ouvimos alguém subir os degraus, e um homem jovem e obeso, usando um avental limpo, atravessou a entrada aberta do lado direito.

Eu o vi lançar um olhar aos cães e assentir rapidamente, mas então o sorriso alarmado inicial deu lugar à saudação prática de um anfitrião experiente.

— Bom-dia, meus senhores — disse ele. — O que posso lhes oferecer? Acomodação, uma refeição ou apenas duas canecas da minha melhor cerveja?

— Ficaremos com dois quartos, estalajadeiro, e uma refeição à tarde, um cozido, se você tiver. Nesse meio-tempo, sentaremos naquele canto, próximo ao fogo, e começaremos com uma gemada.

O estalajadeiro fez uma mesura e desapareceu. Sentei-me de frente para Arkwright, imaginando o que estaria acontecendo. Nas poucas ocasiões em que eu e o sr. Gregory passamos a noite numa taberna, dividimos um quarto. Ele dormiu na cama, e eu, no chão. Arkwright tinha pedido um quarto para cada um.

— O que é uma gemada? — indaguei.

— É uma coisa para alegrar você numa noite fria e úmida de fim de outono. É uma mistura quente de vinho e mingau. Isso vai aguçar nosso apetite para o cozido.

Fiquei um pouco preocupado ao ouvi-lo dizer a palavra vinho. A luta com os soldados demonstrara novamente que Arkwright podia se tornar violento e zangado quando tomava vinho, e eu o temia quando ele ficava assim.

Eu tinha esperanças de que ele tivesse começado a moderar a bebida ultimamente, mas, talvez, o episódio com a gangue de recrutamento lhe tivesse devolvido o gosto por ela.

Entretanto, tentei pensar positivamente sobre a situação, e certamente dormir na taberna era melhor que passar a noite em algum canto ou num celeiro com correntes de ar — embora eu soubesse que, muitas vezes, havia boas razões para as coisas que John Gregory fazia. Em primeiro lugar, ele teria esperado que jejuássemos antes de enfrentar as trevas. Além disso, não gostava que as pessoas soubessem o que íamos fazer. Ele teria se aproximado de um dos possíveis covis de Morwena sem passar antes pela aldeia. Num lugar pequeno como aquele, a fofoca se espalhava rapidamente. Agora havíamos reservado quartos para a noite, e, em breve, todos em Coniston saberiam que um caça-feitiço e seu aprendiz estavam lá. Mas, algumas vezes, as feiticeiras tinham aliados na comunidade — aprendera isso em Pendle, e mesmo uma feiticeira malevolente da água, como Morwena, poderia ter informantes.

Durante algum tempo, debati-me, dividido entre duas opções: não dizer nada para Arkwright e sofrer as consequências ou contar-lhe meus temores e me arriscar a apanhar ou, pelo menos, ouvir uma censura. Finalmente, venceu meu senso de dever.

— Sr. Arkwright — comecei, mantendo a voz baixa caso o estalajadeiro voltasse e nos ouvisse —, o senhor acha sensato ficarmos sentados aqui em público? Morwena pode ter ajudantes nesta região.

Arkwright sorriu severamente.

— Pare de me paparicar, Mestre Ward. Você está vendo algum espião por aqui? Lembre-se: quando estiver comigo, faremos as coisas do meu jeito, e preciso de descanso e de uma refeição se vou enfrentar Morwena. Considere-se com sorte por encher a barriga e ter uma cama macia hoje à noite. O sr. Gregory nunca trata seus aprendizes tão bem assim.

Talvez Arkwright estivesse certo. Não havia ninguém por perto, e merecíamos uma boa refeição e descanso depois de duas noites acampados na caverna do eremita. Eu tinha certeza de que o sr. Gregory teria insistido para que jejuássemos antes de enfrentar Morwena, mas decidi não discutir mais com Arkwright — especialmente se, em breve, ele ia tomar um pouco de vinho. Recostei-me na cadeira, parei de me preocupar e saboreei a minha gemada.

Em pouco tempo, porém, a taberna começou a ficar cheia, e, quando nossos cozidos fumegantes chegaram, um grupo de fazendeiros bebia rapidamente as canecas de cerveja e a maioria das mesas estava ocupada com pessoas alegres e animadas, brincando, rindo e enchendo suas barrigas. Recebemos alguns olhares suspeitos, e percebi que algumas pessoas falavam de nós. Alguns poucos fregueses viraram as costas na entrada, ao nos avistarem. Talvez estivessem apenas nervosos com a nossa presença ou talvez houvesse um motivo mais sinistro.

Então, as coisas começaram a dar errado. Arkwright pediu uma caneca da cerveja mais forte do estalajadeiro. Ele a tomou em segundos e, depois, pediu outra e mais outra. A cada vez que bebia, sua voz ficava mais alta, e as palavras mais indistintas. Quando foi até o bar para a sétima caneca, tropeçou contra a mesa de alguém, entornando as bebidas e atraindo para si olhares raivosos. Sentei-me tentando não chamar a atenção, mas Arkwright parecia ter outras ideias. No bar, ele contava a história de como derrotara o Estripareses de Coniston para quem quisesse ouvir.

Depois de algum tempo, cambaleou de volta à nossa mesa, trazendo a oitava caneca. Bebeu-a rapidamente e, em seguida, arrotou alto, atraindo mais olhares.

— Sr. Arkwright — disse-lhe eu —, o senhor não acha que deveríamos ir dormir agora? Teremos um dia cheio amanhã, e está ficando tarde.

— Lá vem ele de novo — respondeu Arkwright num tom de voz alto, atraindo, em pouco tempo, o público que queria. — Quando o meu aprendiz vai entender que eu dou as ordens, e não o inverso? Vou dormir quando estiver pronto, Mestre Ward, nem um minuto antes! — gritou ele.

Humilhado, abaixei a cabeça. O que mais podia dizer? Pensei que meu novo mestre estava cometendo um grande erro bebendo tanto, quando tínhamos que enfrentar Morwena pela manhã, mas, como ele dissera, eu era apenas o aprendiz e tinha que obedecer ordens.

— Mas o garoto está certo — disse o estalajadeiro, aproximando-se para limpar nossa mesa. — Não gostaria de expulsar clientes que pagam bem, mas você já passou da conta, Bill, e amanhã precisará estar em seu juízo perfeito, se realmente vai caçar Morwena.

Eu estava em choque. Não tinha percebido que meu mestre dissera ao estalajadeiro o que estávamos planejando. A quem mais ele teria dito enquanto estava no bar?

Arkwright bateu o punho com força na mesa.

— Você está me dizendo que não posso tomar a minha cerveja? — gritou.

De repente, a sala ficou em silêncio, e todos se viraram para nos olhar.

— Não, Bill — respondeu o estalajadeiro amigavelmente, sem dúvida, com bastante experiência em lidar com bêbados. — Que tal você voltar amanhã à noite depois de acabar com Morwena e beber até quando quiser por conta da casa?

À menção do nome de Morwena, um sussurro baixo começou entre os outros fregueses.

— Está bem, foi você que fez o acordo — respondeu Arkwright para meu alívio. — Mestre Ward, vamos dormir cedo hoje.

Abri caminho até os quartos, junto com os cães, enquanto ele cambaleava atrás de nós subindo as escadas. No entanto, quando entrei em meu quarto, ele também entrou e fechou a porta, deixando os cães do lado de fora.

— O que você acha do seu quarto? — perguntou, enrolando a língua.

Olhei a meu redor. A cama parecia convidativa, e tudo, até as cortinas, parecia limpo e bem-cuidado. A vela ao lado da cama era de cera de abelha em vez do fedorento sebo.

— Parece confortável — respondi. E, então, percebi o grande espelho sobre a penteadeira à minha esquerda. — Devo cobri-lo com um lençol? — indaguei.

— Não é necessário. Não estamos lidando com suas feiticeiras de Pendle agora — disse Arkwright, balançando a cabeça. — Não, não e não — soluçou ele —, isso aqui é algo diferente. Muito diferente; guarde minhas palavras. Uma feiticeira da água não pode usar um espelho para espionar as pessoas. Nem mesmo Morwena pode fazer isso. De qualquer modo, Mestre Ward, pode me agradecer. O sr. Gregory nunca reservou um quarto tão confortável como esse para mim nos cinco anos em que fui seu aprendiz. Mas não fique muito à vontade agora. Vamos descansar algumas horas, mas, quando o relógio da igreja bater a meia-noite, vamos caçar. Vamos caçar! Saia do quarto, vá para a esquerda e desça os degraus na parte de trás da estalagem. Eu o encontrarei na porta externa. Mas vá quietinho, bem quietinho!

Depois de dizer essas palavras, Arkwright cambaleou para fora do quarto, fechando a porta atrás de si, mas eu ainda podia ouvi-lo cantando "*Vamos caçar*", enquanto se esforçava para abrir a porta do próprio quarto com as mãos trêmulas. Depois, deitei-me na cama sem me despir. Posso até ser um dorminhoco, mas sou bom em saber as horas e, mesmo se estivesse dormindo, se quisesse, poderia levantar pouco antes de os sinos começarem a badalar.

CAPÍTULO 16

O RASTRO DE SANGUE

Eu estava cansado depois de nossa longa caminhada até Coniston e dormi profundamente por duas horas, mas acordei de repente, pouco antes de o sino da igreja começar a badalar. Instintivamente sabia que era meia-noite, mas contei as badaladas apenas para ter certeza.

Entretanto, quando alcancei a porta externa, Arkwright não estava lá. Verifiquei o lado de fora e, em seguida, voltei até o quarto dele. Parei à frente da porta e escutei: podia ouvir o som de roncos. Bati levemente na porta, mas, como não obtive resposta, eu a abri lentamente. Patas e Caninos rosnaram baixinho ao mesmo tempo quando entrei no quarto, mas, em seguida, começaram a balançar as caudas.

Arkwright se encontrava deitado na cama, completamente vestido. A boca estava aberta, e ele roncava muito alto.

— Sr. Arkwright — disse próximo ao seu ouvido. — Sr. Arkwright, está na hora de levantar...

Chamei seu nome diversas vezes, mas sem resultado. Finalmente, eu o sacudi pelos ombros e ele se sentou de imediato, com os olhos arregalados e o rosto contorcido pela raiva. Primeiro, achei que fosse me bater, por isso falei bem rápido.

— O senhor me pediu para encontrá-lo lá fora à meia-noite, mas já passou bastante tempo...

Vi que ele estava começando a entender; jogou as pernas para fora da beirada da cama e tentou se levantar.

Havia duas lanternas na mesinha de cabeceira, e ele acendeu as duas, estendendo uma para mim. Em seguida, cambaleou para fora do quarto e desceu as escadas, pondo a mão na cabeça, enquanto resmungava baixinho. Abriu caminho através do terreno nos fundos da casa na direção do declive que a lua iluminava. Ergui os olhos para os fundos da taberna; todas as janelas do andar de cima estavam escuras, mas as do andar de baixo ainda lançavam feixes de luz sobre o solo. Do interior, eu podia ouvir vozes roucas e alguém cantando desafinadamente.

As nuvens se dissiparam, e o ar estava fresco e límpido. Os dois cães seguiam em nossos calcanhares, e seus olhos brilhavam de animação. Era uma subida constante até os declives ao sul do Velho Homem, até que a neve fosse esmagada sob nossos pés. Não era muito profunda, e a superfície estava começando a congelar.

Ao chegarmos às margens de Goat's Water, Arkwright parou. O pequeno lago tinha recebido um nome adequado: um cabrito montanhês se sentiria muito mais à vontade em suas margens íngremes e penhascos salientes que um ser humano. A margem mais próxima estava salpicada de seixos grandes, dificultando o acesso. Mas Arkwright não parou para apreciar a vista. Fiquei surpreso ao vê-lo, de repente, se inclinar para a frente e vomitar intensamente, lançando cerveja e cozido no chão. Dei as costas para ele e me afastei, sentindo meu estômago revirar. Durante algum tempo, ele pareceu não estar bem, mas, em seguida, o vômito cessou, e eu o ouvi aspirando grandes lufadas de ar noturno.

— Você está se sentindo bem, Mestre Ward? — perguntou ele, cambaleando na minha direção.

Assenti. Ele ainda estava ofegante, e sua sobrancelha coberta de suor.

— O cozido devia estar estragado. Vou ter uma conversinha com aquele estalajadeiro de manhã; pode estar certo disso!

Arkwright respirou fundo novamente, enxugando a testa e a boca com as costas da mão.

— Não estou me sentindo muito bem. Acho que preciso descansar um pouco — disse ele.

Encontramos uma pedra nas proximidades para que ele pudesse se recostar e sentamos em silêncio, a não ser por ocasionais gemidos e o estranho lamento dos cães.

Depois de dez minutos, perguntei se ele se sentia um pouco melhor. Ele meneou a cabeça e tentou ficar de pé, mas suas pernas pareciam dobrar-se, por isso, sentou-se pesadamente de novo.

— Não é melhor que eu vá sozinho, sr. Arkwright? — sugeri. — Não acho que o senhor esteja bem para dar uma volta por aí, muito menos, para caminhar até Coniston Water.

— Não, garoto, você não pode ir sozinho. O que o sr. Gregory diria, com Morwena perto de nós? Mais cinco minutos e estarei novo em folha.

Cinco minutos depois, porém, ele ainda estava vomitando o restante da cerveja e do cozido, e parecia claro que não estava pronto para ir atrás de Morwena naquela noite.

— Sr. Arkwright, acho melhor deixá-lo aqui e dar uma olhada sozinho por aí, ou poderíamos voltar para a estalagem e procurar Morwena amanhã à noite.

— Temos que fazer isso hoje à noite — disse ele. — Quero voltar para o moinho o mais rápido possível. Estou longe de casa há muito tempo.

— Bem, deixe-me, pelo menos, dar uma olhada em Coniston Water — retruquei. — Levarei um dos cães comigo. Vou ficar bem.

Com relutância, ele concordou:

— Muito bem. Você venceu. Não estou bem o suficiente para ir até Coniston Water hoje à noite. Você deve voltar pelo caminho por que viemos, a noroeste do lago, e procurar por lá. Mantenha sua lanterna coberta, pois, assim, não chamará atenção indesejada. Se vir Morwena, ou alguém mais que pareça suspeito, não se arrisque. Apenas a siga a distância. Cuidado com o olho de sangue e apenas tente descobrir onde eles se escondem. Fora isso, não faça nada. Apenas observe e volte para me contar o que viu.

"Caso me sinta melhor, darei uma olhada por aí; depois, poderemos examinar Lever's Water juntos. E leve a cadela com você — ordenou. — Ela vai ajudá-lo, se você se meter em encrenca. Acha que pode encontrar o caminho de volta para Coniston Water a partir daqui?

Fiz que sim com a cabeça. O mapa estava gravado em minha mente.

— Muito bem. Boa sorte, e nos veremos quando você voltar.

Sem esperar por uma resposta, ele se inclinou e sussurrou algo no ouvido de Patas; em seguida, deu três tapinhas nela. Depois de puxar os obturadores de madeira, caminhei na direção de Coniston Water, com Patas andando obedientemente a meu lado. Eu tinha dado uns poucos passos quando ouvi Arkwright vomitar e gemer novamente. Eu estava certo de que não havia nada de errado com o cozido. A cerveja devia ter sido muito forte, e ele a bebera muito rapidamente.

Então, com Patas a meu lado, dirigi-me a Coniston Water, ao mesmo tempo que a lua se erguia lentamente acima das árvores.

Enquanto descia o morro, refazendo meus passos na direção da aldeia, um grito macabro veio diretamente da minha frente. Esperei, tenso e alerta, sentindo o perigo. Havia algo familiar naquele som. Poderia muito bem ser um grito ou um sinal de aviso. Mas, então, ouvi o estranho grito de novo, quase diretamente acima da minha cabeça, e, de repente, me lembrei de quando o ouvira — no pântano, apenas alguns minutos antes de encontrar Morwena e ela me arrastar para o lodo. No mesmo instante, vislumbrei alguma coisa voando na direção de Goat's Water.

Sem dúvida, era algum tipo de pássaro, e resolvi perguntar a Arkwright sobre isso assim que tivesse a chance.

Poderia ter alguma ligação com a feiticeira da água. Algumas feiticeiras usavam a magia de sangue e ossos, mas outras usavam fâmulos — criaturas que se tornavam seus olhos e ouvidos e obedeciam suas ordens. Seria possível que a estranha ave pertencesse a Morwena?

Por fim, cheguei à aldeia e atravessei rapidamente as ruas desertas, com Patas seguindo em meus calcanhares. Umas poucas luzes brilhavam nas janelas da parte de cima das casas. Depois de passar pela última casa, caminhei na direção da margem norte do lago, onde me instalei ao abrigo de algumas árvores e com uma visão nítida do local, enquanto o lago mais adiante brilhava prateado sob a luz da lua.

O tempo passava lentamente, e, embora Patas e eu tivéssemos procurado em toda parte, não vi nem ouvi nada digno de nota. Comecei a pensar em Alice, imaginando o que ela estaria fazendo e se ela sentia tanto a minha falta quanto eu sentia dela. Pensei também em meu mestre, John Gregory. Será que ele estava enfiado em segurança na sua cama em Chipenden ou estaria, como eu, ao ar livre na escuridão em alguma atividade de caça-feitiço?

Finalmente, decidi voltar para Goat's Water e para o sr. Arkwright, pois não havia sinal de Morwena por ali.

A subida parecia mais difícil àquela hora, e, embora a trilha gradualmente se uniformizasse, eu ainda estava a alguma distância do Velho Homem. Em pouco tempo, estava pisando de novo na neve, seguindo nossas pegadas na direção do lago. Finalmente, comecei a vislumbrar o lugar onde havia deixado Arkwright. Eu me movia do modo mais silencioso possível para não chamar a atenção de alguém ou de alguma criatura que pudesse estar à espreita nos morros, mas, subitamente, para meu espanto, Patas começou a uivar e, em seguida, saltou na minha frente.

Levei algum tempo até alcançá-la e precisei do bastão para me ajudar a firmar os pés na superfície escorregadia. Ao me aproximar, abri os obturadores da lanterna para que pudesse ver melhor.

No mesmo instante, meu coração congelou. Parecia que Arkwright e Caninos tinham encontrado Morwena. Ou melhor, que ela os encontrara. Caninos estava morto, e o corpo jazia na neve manchada de sangue. Sua garganta fora dilacerada. Havia pegadas a seu redor — uma criatura com garras e pés palmípedes; uma criatura que alçara voo. Havia outra grande trilha de sangue que conduzia até a margem do lago. Enquanto Patas gemia de tristeza pelo companheiro morto, segurei o bastão com força, entorpecido pelo choque, e segui o rastro até a beira da água.

A lanterna iluminou o bastão de Arkwright à margem do lago; uma das botas estava metade para dentro e metade para fora d'água. O couro fora rasgado, e ela parecia ter sido arrancada de seu pé.

Imediatamente, tive certeza do que havia acontecido: Morwena matara Caninos e, em seguida, espetara Arkwright e o arrastara para dentro d'água. Em seguida, percebi outras pegadas palmípedes um pouco mais atrás. Muitas delas. Mais de uma feiticeira da água estivera ali. Se Arkwright havia encontrado Morwena, ela não estava sozinha. Será que o atacara na água, enquanto as outras se aproximavam dele por trás, sem lhe dar chance de escapar?

Meu coração congelou de medo. Ela poderia estar submersa no lago, me observando. Poderia haver muitas outras feiticeiras, apenas esperando por uma chance de me atacar. A qualquer momento, elas poderiam emergir da calma superfície do lago, e eu teria o mesmo destino que Arkwright.

Patas começou a uivar, e o som atormentado ecoava no alto rochedo mais acima. Em pânico, corri o mais rápido que pude. A cada passo que me conduzia à segurança, os uivos do cão se tornavam mais fracos. Em determinado momento, temi que ela pudesse ter o mesmo destino que o companheiro. Por isso, parei e assobiei para ela. Tentei três vezes, sem obter resposta, então continuei correndo na direção da taberna.

De ressaca como estava, Arkwright teria pouca chance de se defender. Ele tinha sido um caça-feitiço experiente e bem-sucedido, mas cometera um grande erro ao beber tanto. Um erro que lhe custara a vida.

Cheguei em segurança à taberna e imediatamente me tranquei no quarto, sem saber ao certo o que fazer. Assim que clareasse, pretendia voltar a Chipenden e dizer ao Caça-feitiço o que havia acontecido. Eu não podia dizer com sinceridade que gostava de Arkwright, mas estava confuso e agitado pelo modo como ele morrera. Ele tinha sido um bom caça-feitiço e teria me ensinado muitas coisas úteis — vitais, talvez. Apesar do jeito grosseiro e da bebedeira, ele fora um inimigo poderoso das trevas, e o Condado ficaria pior com a sua morte.

Mas será que eu estava em perigo imediato agora? As portas poderiam ser derrubadas. Se o estalajadeiro desempenhara algum papel naquilo, as feiticeiras da água saberiam quem eu era e onde estava. Morwena poderia vir atrás de mim ou enviar outras feiticeiras da água para me arrastar de volta ao lago.

Lembrei-me do que Alice dissera sobre usarmos espelhos para nos comunicar. O Caça-feitiço não iria gostar, mas eu estava desesperado. Eu precisava lhes dizer o que havia acontecido. Talvez o Caça-feitiço pudesse vir até o norte para me encontrar? Talvez ele me encontrasse no meio do caminho?

Sentado na beirada da cama, inclinei-me para a frente, encostei as duas mãos contra o vidro do espelho e comecei a pensar em Alice, como ela me ensinara. Tentei imaginar seu rosto e pensei nas conversas que tínhamos, nos momentos felizes passados na casa do Caça-feitiço, em Chipenden. Eu estava muito concentrado, mas nada aconteceu.

Depois de algum tempo, recostei-me na cama e fechei os olhos, mas continuei vendo o horror do corpo de Caninos, o sangue sobre a neve e a bota de Arkwright na água. Sentei-me e segurei a cabeça entre as mãos. De alguma forma, Alice seria capaz de me pressentir e usar o que a tia, Lizzie Ossuda, lhe ensinara? Mesmo agora, estaria Alice entoando cânticos para o espelho na casa do Caça-feitiço em Chipenden?

Como isso poderia funcionar, se uma enorme distância a separava de mim? E se meu mestre a visse? Será que entenderia que era necessário? Talvez ele a expulsasse — talvez fosse a desculpa que estava procurando.

Cerca de dez minutos depois, coloquei as mãos novamente contra o espelho. Agora, pensava na época em que levara Alice para ficar com a tia em Staumin. Lembrei-me de comer os deliciosos coelhos que ela pegara e preparara e como, depois, ela havia estendido a mão para segurar a minha. Sua mão esquerda segurara a minha e eu me sentira um pouco culpado por saber que o Caça-feitiço não aprovaria, mas estava verdadeiramente feliz.

Imediatamente o espelho começou a brilhar, o vidro se aqueceu sob a minha mão e subitamente vi o rosto de Alice. Tirei as mãos e olhei em seus olhos.

Sua boca se abriu e ela começou a falar, mas o espelho permanecia em silêncio. Eu sabia que feiticeiras usavam espelhos para espiar outras feiticeiras e suas vítimas pretendidas, mas elas realmente se comunicavam lendo seus lábios? Eu não entendia o que ela estava dizendo e balancei a cabeça. Nesse momento, ela se inclinou para a frente e o espelho começou a ficar embaçado. Rapidamente, escreveu no vidro:

Sopre e escreva!

O que isso queria dizer? Por um momento, fiquei confuso, mas, em seguida, decifrei a mensagem. O espelho tinha invertido as palavras. Era uma instrução. *Sopre e escreva!* Ela estava me dizendo como falar com ela.

Portanto, inclinei-me para a frente, embacei o vidro com o meu sopro e escrevi rapidamente.

Morwena, feiticeira da água,
matou Arkwright. AJUDE-ME!

Os olhos de Alice se arregalaram, ela soprou no espelho e escreveu mais uma vez:

Onde você está?

Dessa vez, foi mais fácil de ler. *Onde você está?* Em seguida, esfreguei o vidro com a palma da mão e soprei antes de escrever:

Coniston. Voltando. Diga ao Caça-feitiço.
Encontrem-me no moinho de Arkwright.

Depois de alguns segundos, esfreguei novamente o espelho para poder ver o rosto de Alice. Ela meneou a cabeça e deu um sorriso pálido, mas parecia muito preocupada. Enquanto eu a observava, seu rosto desapareceu, até eu estar novamente olhando para o meu reflexo.

Depois, recostei-me na cama e esperei até o amanhecer. Quanto antes eu saísse daquele lugar, melhor.

CAPÍTULO 17

A PERSECUÇÃO

Ao sinal das primeiras luzes, preparei-me para partir. A conta tinha sido paga antecipadamente para três dias, cobrindo os quartos e o café da manhã. No entanto, não queria me arriscar a mostrar a cara no andar de baixo. Alguém poderia perguntar sobre o sumiço de meu mestre, e, talvez, o estalajadeiro ou os fregueses estivessem confabulados com Morwena. Não podia me arriscar. Assim, levando a bolsa e o bastão, saí de fininho pela porta dos fundos e, em pouco tempo, estava caminhando para o sul.

O percurso mais fácil e direto era descer o litoral oeste de Coniston Water. No entanto, mantive distância dele, caso Morwena ou outra feiticeira da água estivesse me seguindo. Entretanto, somente no fim da tarde, quando já havia percorrido boa parte da extremidade sul do lago, comecei a suspeitar que, de fato, estava sendo seguido.

Ouvi ruídos fracos, porém perturbadores, atrás de mim: um rumor ocasional na vegetação rasteira e, uma só vez, o estalido distante de um graveto que se partia. Num primeiro momento, foi difícil ter certeza porque, quando parei, tudo voltou a ficar em silêncio. Assim que tornei a andar, os sons continuaram e, gradualmente, durante os poucos quilômetros seguintes, pareceram se aproximar de mim. Eu tinha certeza de que alguém estava em meu encalço. A luz começava a diminuir, e eu não gostava da ideia de ser perseguido na escuridão, por isso, com o coração disparado, coloquei a bolsa no chão, liberei a lâmina no topo do meu bastão e me virei para encarar meu perseguidor. Esperei tenso, com o corpo rígido, todos os sentidos alertas, mas não foi uma bruxa que emergiu da touceira atrás de mim. Era apenas Patas.

Ganindo, deitou-se a meus pés, com a cabeça quase apoiada em meu pé esquerdo. Suspirei aliviado e me abaixei para dar um tapinha em sua cabeça. Eu estava realmente feliz em vê-la. Muita coisa acontecera desde quando eu tivera medo de dar as costas para ela. Se estava sendo seguido por feiticeiras, tinha agora uma excelente aliada.

— Boa garota! — disse baixinho e, em seguida, me virei e continuei meu caminho o mais rápido que podia, com Patas bem perto de mim.

Meus instintos me diziam que eu ainda estava em perigo. Quanto mais cedo voltasse para o moinho, melhor, porém, precisava tomar uma decisão. Eu podia seguir pelo longo caminho a leste, contornando a ampla curva da baía, mas isso permitiria que meus perseguidores me ultrapassassem ou mesmo me abordassem. Ou, então, podia atravessar as perigosas areias. Isso significaria esperar pela maré e pelo guia e perder um tempo precioso, permitindo talvez que Morwena me alcançasse de qualquer modo. Era uma escolha difícil, mas, por fim, decidi atravessar a areia.

Estava exausto, mas fiz um esforço para continuar durante a noite. Caminhando pelas terras baixas, passei para o lado oeste dos morros, onde tínhamos ficado com o eremita, mas, em pouco tempo, fui obrigado a subir novamente. Por fim, comecei a descer na direção da baía. O mar distante cintilava à luz da lua. A maré parecia muito distante, mas seria seguro atravessar?

Precisaria esperar até o amanhecer e então tentar encontrar o guia. Eu não sabia onde ele morava, mas tinha que torcer para ele estar deste lado da baía, e não na outra margem. Finalmente, parei à beira de um penhasco baixo, olhando para as areias planas que se estendiam a distância. A leste, via-se uma suave luz violeta no horizonte que se insinuava junto com o nascer do sol, mas ainda faltava mais de uma hora até o amanhecer.

Patas esticou-se na grama fria a meu lado, mas parecia inquieta. Estava com as orelhas em pé e continuava rosnando baixinho. Finalmente, se ajeitou e ficou em silêncio. Minha cabeça continuava a balançar, mas eu sempre me mexia de modo abrupto, alerta para o perigo. A longa caminhada havia me exaurido e, sem perceber, por fim, caí num cochilo escuro e sem sonhos.

Provavelmente, eu adormecera durante menos de trinta minutos, quando Patas rosnou baixinho e, puxando minha calça com os dentes, me acordou. O céu estava muito mais claro, e uma brisa constante soprava da baía. Eu podia sentir o cheiro da chuva que se aproximava. Pelo canto do olho, pensei ter visto algo se mover. Ergui os olhos na direção do morro. Primeiro, não consegui ver nada, mas os pelos de minha nuca se eriçaram e, de repente, senti o perigo. Depois de me manter firme por um minuto ou mais, distingui uma figura descendo o declive na minha direção, mantendo-se ao abrigo das árvores. Patas rosnou mais uma vez. Seria Morwena?

Ergui-me, segurando meu bastão. Passados alguns instantes, tive certeza de estar observando a aproximação de uma feiticeira da água. Havia algo no modo como ela andava e que se assemelhava a um estranho balanço do corpo, causado, talvez, pelas garras e dedos palmados. Ela era uma criatura mais adaptada à água e ao pântano que à superfície firme de um declive coberto de grama. Mas seria Morwena, ou outra feiticeira menos perigosa? Ela se aproximava, mas ainda era impossível dizer.

Deveria enfrentá-la? Eu estava com o bastão e a corrente de prata. Em teoria, era o suficiente para lidar com uma feiticeira da água comum. Mas, na verdade, elas podiam se mover muito rapidamente. Se eu deixasse ela se aproximar, seria fisgado com o dedo. Eu era bom com a minha corrente de prata, mas o poste de treinamento, no jardim do Caça-feitiço, não era páreo para a criatura real. Eu enfrentara Grimalkin, a feiticeira assassina, e errara — provavelmente por causa do medo, dos nervos e da fadiga. Mas eu estava muito cansado agora, e o medo começava a tomar conta de mim.

Se falhasse com a corrente, precisaria mantê-la a distância com meu bastão, mas seria apenas uma chance. Se errasse, ela estaria sob a minha guarda. Será que Patas tentaria me ajudar? O cão certamente era bastante corajoso e leal. Lembrei-me do que acontecera ao companheiro dela, Caninos.

Se deixasse uma feiticeira livre, não estaria cumprindo com o meu dever. E se ela capturasse alguém por causa da minha falha? Uma criança, talvez? Não. Eu tinha que enfrentá-la.

A feiticeira se aproximara para uma distância de cinquenta passos, quando mudei novamente de ideia. Seu rosto não estava mais nas sombras, e pude ver que o olho esquerdo se mantinha fechado. Também vi a lasca de osso afiada que deixava as duas pálpebras juntas. Era Morwena! Se ela abrisse o olho de sangue, eu ficaria paralisado, petrificado e impotente.

Patas rosnou em advertência, mas era tarde demais. A feiticeira tentou alcançar o olho esquerdo e retirou a lasca. O olho cheio de sangue arregalou-se e olhou diretamente para mim. Eu estava quase perdido. Sentia as forças deixando meu corpo; a vontade de me mover abandonando minha mente. Tudo o que eu podia ver era aquele olho vermelho ficando cada vez maior e mais brilhante.

De repente, ouvi um rosnado e senti um golpe forte em minhas costas, que me derrubou no chão. Caí com o rosto voltado para o chão, batendo a testa. Por um momento, fiquei aturdido, mas, em seguida, senti uma respiração quente, e Patas começou a lamber meu rosto. Ergui as mãos e dei um tapinha nela com a mão direita, percebendo que podia me mover novamente. De repente, entendi. O cão não ficara sob o poder da feiticeira. O olho de sangue de Morwena podia paralisar apenas uma pessoa ou animal de cada vez. Patas tinha pulado sobre mim, atirando-me no chão e quebrando o feitiço do olho vermelho.

Rapidamente me pus de joelhos, mas mantive os olhos voltados para o chão. Eu podia ouvir os pés da feiticeira tocando o solo à medida que ela descia a toda velocidade na minha direção. Não olhe para a feiticeira!, dizia para mim mesmo, mantendo os olhos colados no chão. Olhe para qualquer lugar, menos para o olho cheio de sangue!

Em pouco tempo, eu estava de pé, fugindo dela na direção da praia, com Patas atrás de mim. Minha mão esquerda ainda segurava a corrente de prata, mas como eu podia ter esperança de usá-la se lançar um olhar à inimiga me manteria preso no mesmo lugar? Minhas pernas tremiam enquanto eu corria — certamente não era rápido o bastante para fugir dela. Eu queria olhar por cima do ombro e ver se ela estava próxima, mas não ousava, por medo do olho paralisante. A qualquer momento, eu esperava sentir as garras da feiticeira furando meu pescoço ou golpeando minha garganta.

— Patas! — gritei, ao pular para a areia.

Com o cão ofegando a meu lado, eu me sentia mais confiante a cada passo. Por enquanto, estávamos protegidos da feiticeira. Eu sabia que Morwena não podia suportar o sal depositado na areia pela maré. Pés palmados descalços não poderiam caminhar por ela. Mas quanto tempo permaneceríamos aqui? Ela ficaria vigiando e esperando até tentarmos deixar as areias novamente. E o que eu faria quando a maré subisse?

Mesmo que a evitasse e conseguisse sair da areia, sabia que Morwena me seguiria durante todo o caminho de volta ao moinho. Eu já estava exausto e tinha certeza de que uma feiticeira forte como Morwena jamais se cansaria. Seguir a margem da baía com ela atrás de mim e, provavelmente, outras feiticeiras de tocaia em algum ponto do caminho, sem dúvida, seria um erro.

Se, pelo menos, o guia da areia estivesse lá para me atravessar. Mas eu não o via em parte alguma. O mar parecia muito distante, mas eu não tinha como julgar se era seguro atravessar naquele momento. Arkwright me dissera como eram perigosas as ondas que se aproximavam. Viajantes se afogavam; carroças, passageiros e cavalos eram arrastados e nunca mais vistos.

Se não fosse por Patas, eu teria hesitado ali durante horas, mas, subitamente, ela começou a correr e a se afastar de mim na direção do mar. Em seguida, virou-se e começou a latir. Olhei para ela sem saber o que fazer; ela voltou para o meu lado e novamente correu na mesma direção, como se quisesse que eu a seguisse. Eu ainda hesitava, mas, na terceira vez em que voltou, ela agarrou minha calça e me puxou de modo violento, quase me derrubando. Em seguida, rosnou e afastou-se novamente.

Dessa vez, resolvi segui-la. E dizia para mim mesmo que aquilo fazia sentido. Ela devia ter feito muitas vezes a travessia com seu mestre e conhecia o caminho. Eu deveria confiar em seus instintos e segui-la. Talvez, se o guia da areia tivesse partido recentemente, ela me levasse até onde ele estava esperando.

Apertei o passo rumo a sudeste. O céu clareava rapidamente. Se eu atravessasse as areias e chegasse ao moinho em segurança, o fosso de sal manteria bem longe Morwena e seus aliados. Não apenas isso. Ela ainda teria que percorrer o caminho mais longo para alcançar o moinho de Arkwright, e com isso perderia, pelo menos, um dia. Até lá, com um pouco de sorte, Alice e o Caça-feitiço teriam chegado. Meu mestre saberia a melhor maneira de derrotá-la.

Quando Patas e eu chegamos ao canal do rio Kent, começara a chover, e uma densa névoa estava baixando. Parecia ter muita água na vala, mas era impossível dizer a profundidade sem testar com o meu bastão. No entanto, Patas parecia saber o que estava fazendo, e caminhamos para o norte paralelamente à margem. Seguimos o canal até que ele fez uma curva, e, nesse ponto, Patas começou a latir, mergulhando pelo declive e nadando em linha reta. Estávamos apenas a quinze ou dezesseis passos do outro lado. Erguendo minha bolsa, testei a profundidade da água com meu bastão, antes de dar cada passo cauteloso. Estava frio, mas a parte mais profunda chegou apenas à altura de minhas coxas, e atravessei rapidamente.

Sentindo-me mais confiante, comecei a marchar atrás de Patas. O vento aumentava e a chuva começava a ficar mais forte à minha esquerda. O mar estava em algum lugar à minha direita. A distância eu podia ouvir as ondas quebrando, mas a visibilidade piorava a cada minuto, e eu não podia ver mais que alguns metros à frente.

Continuei caminhando, mas, à medida que o nevoeiro marítimo se adensava, eu me sentia cada vez mais isolado. Quantos metros faltavam para o segundo canal fluvial? Consolei-me com a ideia de que, depois de percorrê-lo, não faltaria mais que meia hora até Hest Bank e a segurança. Continuamos caminhando, e comecei a perder toda a noção de tempo. O vento que vinha do meu lado esquerdo parecia ter mudado de direção, e a chuva caía com força nas minhas costas. Ou será que tínhamos mudado de direção? Não sabia dizer. Para onde quer que olhasse, tudo o que podia ver era uma parede de névoa cinzenta, mas eu tinha certeza de que o barulho das ondas estava ficando mais alto. E se estivéssemos indo na direção do mar?

E se estivéssemos perdidos? Eu tinha medo da feiticeira, mas, no desespero de fugir, será que confiara demais em Patas? Mesmo que ela pudesse nos guiar para a outra margem, por que eu acreditara em seu conhecimento sobre as marés? Parecia que a maré já tinha virado, mas era tarde para voltar. O mar invadiria rapidamente os dois canais e me cobriria — a água estaria muito funda para atravessar, e a corrente certamente me arrastaria.

Ao começar a perder as esperanças, olhei para a areia a meus pés e vi algo que trouxe de volta minha confiança em Patas. Havia rastros ali: cascos de cavalos e duas linhas paralelas feitas recentemente pelas rodas de uma carroça. Eu não a vira partir, mas parecia que a alcançáramos. Estávamos atrás do guia da areia! Patas, afinal, me levava na direção correta.

No entanto, quando alcançamos o canal seguinte, mais uma vez perdi as esperanças. A água do canal parecia funda, a corrente estava forte, e a água movia-se da direita para a esquerda. A maré estava subindo rápido.

Novamente, Patas seguiu a margem à procura de um caminho, mas, dessa vez, para a direita, o que me deixou preocupado, pois eu sabia que isso poderia nos levar para mais perto do mar. Pouco depois, ela mergulhou e começou a nadar. Desci a margem como antes e entrei na água. Dessa vez, a distância que precisávamos percorrer era menor — apenas dez passos, talvez —, mas, três passos depois, a água já estava na altura de minha cintura. Mais dois passos e ela quase atingia meu peito, ao mesmo tempo que a corrente violenta começava a me empurrar. Fiz um esforço, enquanto meus pés afundavam na areia macia do fundo do canal e eu tentava manter minha bolsa longe da água.

Quando a água chegou ao meu pescoço e acreditei que ela fosse me levar, descobri um local mais elevado. Mais alguns passos me levaram para fora da água, e alcancei a margem em segurança. Mas meu suplício ainda não terminara. A maré agora se aproximava das areias planas. A névoa se dissipara e eu podia ver a outra margem, mas ela parecia muito distante. A primeira onda alcançou minhas botas; a segunda ultrapassou meus tornozelos. Em pouco tempo, Patas estava nadando, e a água quase chegando a meu peito novamente. Se nadasse, perderia meu bastão e a bolsa com a corrente de prata.

Tentei caminhar o mais rápido que pude e, finalmente, como por milagre, alcancei a margem da baía, caindo mais acima, ao mesmo tempo que me esforçava para respirar e meus membros tremiam de cansaço e medo.

Ouvi o latido de advertência de Patas, ergui os olhos e vi um homem com um bastão de pé a meu lado. Por um segundo, pensei que fosse um caça-feitiço, mas, em seguida, percebi que era Sam Jennings, o guia da areia.

— Você é um tolo, garoto! — resmungou. — Que diabos o levou a atravessar tão tarde e sem um guia? Trouxe uma carroça bem antes das primeiras luzes. Um dos cavalos começou a mancar, e mal pudemos atravessar a tempo.

— Sinto muito! — retruquei, tentando ficar de pe. — Mas eu estava sendo perseguido. Não tive escolha.

— Sente muito? Não perca seu tempo me pedindo desculpas. Você deveria pensar em sua família, que sofreria muito, e em sua pobre mãe, que perderia um filho. Quem estava perseguindo você?

Não respondi. Já dissera o bastante.

Ele me olhou de cima a baixo, lançando um olhar cauteloso à minha bolsa e ao bastão, e disse:

— Mesmo que o próprio Diabo estivesse em seus calcanhares, teria sido uma atitude temerária, garoto. Bill me disse que o prevenira sobre os perigos daqui. E ele atravessou essas areias comigo mais vezes do que posso me lembrar. Por que não deu ouvidos a ele?

Não falei nada.

— De qualquer modo, vamos torcer para que você tenha aprendido a lição — continuou. — Veja, minha cabana não fica muito longe daqui. Venha para se secar um pouco. Com certeza minha mulher lhe dará um pouco de comida quente para aquecer seus ossos.

— Obrigado pelo oferecimento, mas preciso voltar para o moinho.

— Pode ir então, garoto. Mas pense nisso. Lembre-se do que eu lhe disse. Gente demais já se afogou por aqui. Não seja mais um!

Parti, tremendo sob as roupas frias e úmidas. Pelo menos, estava um dia à frente da feiticeira e, com um pouco de sorte, Alice e o Caça-feitiço, em breve, se juntariam a mim. Eu não dissera ao guia que Arkwright estava morto porque isso envolvia muitos negócios dos caça-feitiços. Parecia que sentiriam falta de Arkwright. Apesar de todos os seus defeitos, ele tinha feito um bom trabalho protegendo os habitantes do norte do Condado, e as pessoas o conheciam e respeitavam quase como se ele fizesse parte da comunidade.

Eu havia acabado de ter um encontro perigoso com o mar, mas as regiões úmidas do norte do Condado ainda não tinham me derrubado. Para poupar tempo, em vez de seguir para o canal e descê-lo até o moinho, tentei um caminho mais direto pelo norte. Ladeei a Pequena Lagoa, caminhando em linha reta para a trilha onde vira Morwena pela primeira vez. Pensei que tivesse me livrado do pântano, mas eu estava errado. Num instante, eu chapinhava bastante satisfeito; no outro, minha bota direita começou a afundar no chão macio.

Quanto mais eu lutava, pior ficava, e a lama macia rapidamente subiu até metade de minha perna. Comecei a entrar em pânico, mas então respirei fundo para me acalmar. Meu outro pé não afundara muito e devia estar num terreno mais firme. Assim, apoiei todo o meu peso no bastão e, lentamente, tentei soltar minha perna direita. A bota se liberou com um barulho alto de sucção, e quase perdi o equilíbrio.

Depois disso, passei a tomar mais cuidado com o lugar em que punha os pés. Isso me fizera perceber como o pântano podia ser perigoso. Finalmente, cheguei à trilha e avancei depressa em direção ao Moinho.

CAPÍTULO 18

DUAS MENSAGENS

Somente quando me aproximei do moinho me lembrei da gangue de recrutamento e de que um deles ameaçara nos matar. Arkwright rira na hora, mas eu não estava tão confiante.

Seria bastante fácil saber onde vivia o caça-feitiço. E se eles já tivessem descoberto o local do moinho? Poderiam armar uma emboscada no jardim ou no interior da construção.

No entanto, depois de atravessar o fosso com cuidado e examinar meticulosamente o interior do moinho, incluindo o quarto com os caixões, percebi que meus medos eram infundados. Não havia gangues de recrutamento nem feiticeiras. Depois, apesar do cansaço, levei os cinco barris de sal para o jardim e despejei-os no fosso, tendo certeza de que a maior parte fosse para o lado aberto que dava para o pântano. Eu precisava manter a concentração da solução para afastar

Morwena. Patas me seguia enquanto eu fazia isso, mas depois latiu duas vezes, deu a volta a meu redor três vezes e saltou para longe — sem dúvida, para caçar coelhos.

Eu também estava preocupado com as covas de água sob o moinho. E tinha que pensar no suga-sangue e na feiticeira. Será que eles precisavam de sal para mantê-los dóceis? Se eu colocasse sal demais, poderia matá-los, por isso decidi arriscar e deixá-los em paz por ora.

De volta à cozinha, acendi o fogão e sequei as roupas molhadas; em seguida, dormi um sono merecido antes de preparar uma refeição quente. Feito isso, decidi subir para o quarto no sótão e procurei, na biblioteca de Arkwright, o livro sobre Morwena. Eu não o tinha lido até o fim e precisava descobrir tudo o que pudesse a respeito dela. Isso poderia ser a diferença entre a morte e a sobrevivência. Estava nervoso com fantasmas fortes o bastante para mover objetos, mas ainda era dia claro, e, afinal, eles eram o pai e a mãe de Arkwright, mais tristes e presos do que malevolentes.

Os caixões encontravam-se um ao lado do outro, e três poltronas estavam próximas ao fogão. Olhei para as cinzas frias na grade e tremi com o ar gélido e úmido, balançando tristemente a cabeça. Os dois fantasmas não teriam mais a companhia do filho.

Voltei minha atenção para os livros de Arkwright. Sua biblioteca era uma pequena fração da biblioteca do Caça-feitiço, em Chipenden, mas isso já era de se esperar. Meu mestre não apenas tinha vivido muito, tendo, portanto, mais tempo para adquirir e escrever livros; ele também os herdara de gerações de caça-feitiços que viveram ali antes dele.

As prateleiras de Arkwright tinham muitos títulos de interesse local, como: *A flora e a fauna do norte do condado, A arte de trançar cestos* e *Trilhas e atalhos da região dos lagos*. Depois, havia seus cadernos, datados desde a época do aprendizado até quase o presente. Eles eram encadernados em couro e, sem dúvida, ofereciam uma análise detalhada do conhecimento e das habilidades que Arkwright adquirira enquanto exercia seu ofício. Também havia um Bestiário, com menos de um quarto do tamanho do Bestiário do sr. Gregory, mas, provavelmente, tão interessante quanto o dele. E, a seu lado, estava o livro sobre Morwena.

Decidi descer e lê-lo ao calor do fogão. Nem bem dei um único passo na direção da porta, quando senti uma súbita sensação de frio; um aviso de que mortos atormentados estavam se aproximando.

Um contorno cilíndrico e luminoso começou a se formar entre mim e a entrada. Eu estava surpreso. A maior parte dos fantasmas não aparecia durante o dia. Seria a mãe, o pai ou o próprio fantasma de Arkwright? Espíritos que rondam costumavam ficar amarrados aos ossos ou à cena de sua morte, mas, de vez em quando, um fantasma era forçado a vagar. Eu apenas esperava que não fosse Arkwright. Alguns espíritos são possessivos após a morte e ressentem-se, em particular, com intrusos em seus lares. Eles ainda querem viver ali. Alguns nem sequer estão plenamente conscientes de que morreram. Eu não podia deixar de pensar que ele ficaria zangado por me encontrar em seu quarto, lendo um de seus livros. Por uma intrusão como esta, eu sofreria cortes e machucados. E agora?

Mas não era Arkwright. Uma voz feminina se dirigiu a mim. Era o fantasma de Amelia, sua mãe.

— *Meu filho, meu William, ainda vive. Ajude-o, por favor, antes que seja tarde demais.*

— Sinto muito, sra. Arkwright. Muito mesmo. Eu gostaria de poder ajudar, mas não posso. A senhora tem de acreditar em mim, seu filho está realmente morto — disse, tentando manter a voz o mais afável e calma possível, assim como o Caça-feitiço me aconselhara, quando estivesse diante de mortos atormentados.

— *Não! Isso não é verdade. Ouça-me! Ele está preso nas entranhas da terra, esperando para morrer.*

— Como a senhora pode saber disso — perguntei gentilmente —, se é apenas um espírito prisioneiro deste lugar?

Ela começou a chorar baixinho, e a luminosidade diminuiu. Quando pensei que ela havia desaparecido completamente, ardeu com um novo brilho e gritou numa voz alta e trêmula:

— *Eu ouvi isso no uivo de um cão moribundo; eu li isso nos murmúrios dos juncos do pântano e cheirei isso na água que pinga da roda quebrada. Eles falaram comigo, e agora eu falo com você. Salve-o antes que seja tarde demais. Somente você poderá fazer isso. Somente você poderá enfrentar o poder do Maligno!*

E então, num instante, a coluna de luz transformou-se na imagem de uma mulher. Ela estava usando um vestido de verão azul e levava uma cesta cheia de flores primaveris. Sorriu para mim, e o perfume das flores subitamente encheu o quarto. Era um sorriso cálido, mas seus olhos brilhavam com as lágrimas.

De repente, ela desapareceu. Tremi e voltei para a cozinha, pensando em tudo o que ela dissera. Será que o fantasma da mãe de Arkwright estaria certo? Será que ele ainda estava vivo? Parecia improvável. O rastro de sangue levava direto à margem do lago, e ele perdera o bastão e a bota. As feiticeiras o tinham arrastado para a água e, certamente, elas aproveitaram a chance de matá-lo ali mesmo, não é? Afinal, havia muito tempo, ele era seu inimigo e matara muitas daquela espécie.

Quanto ao pobre fantasma, provavelmente, ela estava apenas confusa. Isso acontece, algumas vezes, com espíritos amarrados à terra. A razão os abandona. As lembranças confundem-se e se tornam confusas e desordenadas.

Com medo, pensei sobre o que me aguardava. Eu não acreditava que, por ora, Morwena e as outras feiticeiras chegariam. Quando elas viessem, eu tinha esperança de que o fosso as manteria a distância — mas por quanto tempo? Até lá, com um pouco de sorte, Alice e o Caça-feitiço teriam chegado. Juntos, poderíamos acabar com Morwena para sempre. Certamente eu não me sentia capaz de fazer isso sozinho. Então poderíamos voltar para Chipenden e deixar para trás este lugar terrível com seus córregos, lagos e brejos. Eu tinha esperança de que o Caça-feitiço não ficasse muito zangado com Alice por ela ter usado o espelho. Será que ele entenderia que havia uma justificativa?

Eu acabara de pegar o livro e estava começando a lê-lo quando ouvi o som distante de um sino. Escutei com atenção: depois de alguns momentos, o som se repetiu.

Quando tocou pela quinta e última vez, eu sabia que era o sr. Gilbert descendo o canal com uma encomenda.

Ele deve ter tocado o sino muitas vezes quando Arkwright estava longe, fazendo seus negócios. Se eu simplesmente ficasse no moinho, era provável que ele descesse pelo canal, pensando em chamar na próxima vez em que passasse. Mas o sr. Gilbert ainda não sabia que Arkwright estava morto e, como ele parecia realmente gostar do homem, senti que era meu dever ir até lá e lhe dar a triste notícia. Afinal, a ocasião parecia bastante segura. Morwena ainda deveria estar a quilômetros de distância, e eu precisava ver um rosto amigo.

Portanto, levando apenas meu bastão, parti para o canal. Era uma tarde luminosa, e o sol estava brilhando. O sr. Gilbert ia rumar para o sul, e o batelão estava na margem mais afastada do canal. Ele parecia muito baixo na água, sugerindo que levava uma carga pesada. Alguém estava cuidando dos cavalos. Era uma garota com a minha idade, mais ou menos, e cabelos dourados brilhando ao sol — sem dúvida, era a filha do sr. Gilbert. Ele acenou para mim do caminho de sirga e apontou na direção da ponta mais próxima, cerca de cem metros para o norte. Atravessei para o outro lado e me aproximei do batelão.

Ao chegar mais perto, vi que o barqueiro estava segurando um envelope e ergueu as sobrancelhas.

— Qual é o problema? — perguntou. — Você parece tristonho, Tom. Bill não está lhe dando trabalho, não é?

Não havia maneira fácil de explicar o que tinha acontecido, por isso, simplesmente disse:

— Tenho más notícias para o senhor. O sr. Arkwright está morto. As feiticeiras da água o mataram ao norte da baía, e elas podem estar atrás de mim agora, por isso o senhor deve tomar cuidado na água. Quem sabe onde ou quando elas poderão aparecer?

O sr. Gilbert parecia atordoado.

— Quem diria! — exclamou ele. — É uma notícia terrível. Sentiremos falta de Bill, e temo pelo Condado, agora que ele se foi.

Assenti. Ele estava certo. Não haveria ninguém para substituí-lo. Faltavam homens competentes para exercer nosso ofício. A área ao norte de Caster se tornaria muito mais perigosa agora. Era uma vitória significativa para as trevas.

Com um suspiro cheio de pesar, ele me entregou o envelope.

— É do sr. Gregory — disse, calmamente. — Ele o deu a mim esta manhã, em Caster.

O envelope estava endereçado a mim na letra do meu mestre. Para chegar a Caster tão rápido, o Caça-feitiço e Alice devem ter partido para as serras quase imediatamente e caminhado durante a noite, tal como eu fizera. Eu estava aliviado pela ideia. Mas por que o Caça-feitiço não havia seguido até o moinho? Ele poderia ter conseguido uma carona no batelão — embora a embarcação estivesse agora do lado oposto do canal, como se tivesse vindo do norte, em vez de Caster. Então percebi que o barqueiro devia ter usado a ponta que eu acabara de atravessar para levar os cavalos para o outro lado e agora podia rumar de volta para o sul. Abri o envelope e comecei a ler:

Peça ao sr. Arkwright para liberá-lo de seus estudos por alguns dias. O sr. Gilbert irá trazê-lo em segurança até Caster, onde estarei esperando. É um assunto de extrema urgência. Bem no centro da cidade, próximo ao canal, encontrei uma coisa de imensa valia em nossa luta contra as trevas Isso diz respeito diretamente a você.

Seu mestre,

John Gregory

O Caça-feitiço parecia não saber nada sobre a morte de Bill; ou Alice não tinha dito a ele, ou, por alguma razão, ele fingia não saber. E, como não viera diretamente ao moinho para lidar com Morwena, eu sabia que o achado em Caster devia ser algo muito especial.

— Suba a bordo — disse o sr. Gilbert —, mas, primeiro, tem alguém que quero que você conheça. Meu filho tinha algumas tarefas atrasadas em casa, mas minha filha está comigo. Venha até aqui, filha, conhecer o jovem Tom! — gritou.

A garota desviou os olhos dos cuidados com os cavalos e, sem se preocupar em se virar, ergueu o braço para acenar, mas não fez nenhum esforço para obedecer ao pai.

— É uma garota muito tímida — observou o sr. Gilbert — Mas vamos andando. Com certeza, ela vai criar coragem para falar com você depois.

Hesitei. Não haveria problema em deixar Patas no moinho — ela podia se arranjar sozinha agora —, e eu não me importava em deixar a bolsa, mas não a coisa mais valiosa que ela continha — minha corrente de prata. Quem sabia o que poderíamos enfrentar em Caster? Tratava-se de uma arma potente contra as trevas — feiticeiras, em particular — e eu não queria ir sem ela.

— Tenho que voltar ao moinho para pegar uma coisa — disse ao sr. Gilbert.

Ele franziu o cenho e balançou a cabeça.

— Não temos tempo. Seu mestre está esperando, e precisamos chegar a Caster antes de escurecer.

— Por que o senhor não começa a viagem e eu corro e alcanço vocês?

Percebi que ele não tinha gostado da ideia, mas o que sugeri era perfeitamente razoável. Ao puxar um batelão pesado, os cavalos normalmente cavalgavam lentamente, por isso eu conseguiria alcançá-los e pegar carona e descansar o restante da viagem.

Sorri educadamente para ele, em seguida, parti com pressa. Em pouco tempo, eu tinha atravessado a ponte e estava correndo pelas margens do rio na direção da casa.

Quando cheguei à cozinha, tive uma surpresa. Alice estava sentada na cadeira próxima do fogão, e Patas estava perto dela, com o focinho apoiado confortavelmente nos sapatos de bico fino.

Ela sorriu para mim e deu um tapinha na cabeça da cadela.

— Ela está esperando filhotinhos — disse Alice. — Dois, eu acho.

Retribuí o sorriso, aliviado e feliz por vê-la.

— Se isso é verdade, o pai deles está morto — disse a ela enquanto o sorriso desaparecia. — Morwena o matou, assim como ao mestre dele. Foi terrível, Alice. Terrível. Você não imagina como estou feliz por vê-la. Mas por que não está em Caster com o Caça-feitiço?

— Caster? Não sei nada sobre isso. O velho Gregory partiu para Pendle há mais de uma semana. Estava a caminho da Torre Malkin, disse ele. Ia procurar alguma informação sobre o Maligno nos baús de sua mãe. Quando falei com você no espelho, ele ainda não tinha voltado, por isso escrevi um bilhete e vim sozinha. Eu sabia que você precisava de ajuda urgentemente.

Confuso, entreguei a Alice a carta do Caça-feitiço. Ela leu rapidamente e ergueu os olhos, meneando a cabeça.

— Faz sentido. Provavelmente o velho Gregory encontrou algo importante e viajou diretamente de Pendle para Caster. Ele não sabe o que aconteceu com Arkwright, não é? Apenas enviou a mensagem até o moinho e pediu que você viesse.

— Por pouco você não me encontra, Alice. O sr. Gilbert está esperando por mim agora. Voltei apenas para pegar a minha corrente de prata.

— Oh, Tom! — exclamou ela, ficando de pé e caminhando na minha direção, com a preocupação estampada no rosto. — O que aconteceu com a sua orelha? Parece muito ferida! Tenho uma coisa que deve ajudar... E estendeu a mão para a sua bolsinha de ervas.

— Não, Alice, não temos tempo agora, e o médico disse que vai curar. Foi o local em que Morwena me fisgou com sua garra e me arrastou para o pântano. Patas me salvou. Se não fosse por ela, eu estaria morto.

Desatei a bolsa e retirei a corrente, que amarrei em volta da cintura, escondendo-a debaixo da capa.

— Por que você não seguiu o canal de Caster até o moinho, Alice? É o caminho mais curto.

— Não é, não — respondeu ela. — Não se você sabe o que é o quê. Já lhe disse que conheço este lugar, não é? Um ano antes de conhecê-lo, Lizzie Ossuda me trouxe até aqui, e ficamos à beira do pântano até Arkwright voltar de uma de suas viagens para o norte e nós sairmos dali. De qualquer modo, conheço o pântano como a palma da minha mão.

— Acho que o sr. Gilbert não se importará se você viajar comigo. Mas provavelmente ele já partiu, e teremos que alcançá-lo.

Quando Patas começou a nos seguir no jardim, Alice balançou a cabeça.

— Não é uma boa ideia ela ir conosco até Caster. A cidade não é lugar para um cachorro. Melhor ficar por aqui, onde poderá encontrar alimento.

Concordei, mas Patas ignorou completamente as ordens de Alice para que ela "sentasse" e trotou em nossos calcanhares até chegarmos ao caminho do lado do córrego.

— Fale com ela, Tom. Talvez ela ouça você. Afinal, ela é *seu* cão agora!

Meu cão? Eu ainda não tinha pensado nisso. E não conseguia imaginar o Caça-feitiço querendo um cão conosco em Chipenden. No entanto, ajoelhei-me perto de Patas e dei um tapinha em sua cabeça.

— Senta, garota! Senta! — ordenei. — Voltaremos logo. — Ela choramingou e girou os olhos. Há pouco tempo, ela me assustava, mas agora eu estava triste por deixá-la. Mas não estava mentindo. Voltaríamos para cá a fim de lidar com Morwena.

Para minha surpresa, Patas me obedeceu e ficou para trás no caminho. Corremos até alcançarmos o canal, onde o batelão ainda estava nos esperando.

— Quem é a garota? — perguntou Alice quando caminhávamos na direção da ponte.

— É apenas a filha do sr. Gilbert. Ela é muito tímida.

— Nunca vi uma garota tímida com aquela cor de cabelo — retrucou Alice, com veneno na voz.

A verdade é que eu nunca tinha visto uma garota com aquela cor de cabelo. Era mais brilhante e luminoso que o da esposa de Jack, Ellie, que tinha cabelos que eu sempre considerara especialmente bonitos. Mas, enquanto o cabelo de Ellie tinha a cor da palha de boa qualidade três dias depois de uma bela colheita, o cabelo da garota era do dourado mais espetacular e agora estava iluminado pelo sol.

A garota continuava cuidando dos cavalos e provavelmente se sentia mais confortável fazendo isso do que conversando com estranhos. Algumas pessoas são assim. Meu pai me contou que, certa vez, trabalhou com um lavrador que não era capaz de dizer as horas, mas que falava com os animais o tempo todo.

— E quem é esta jovenzinha? — perguntou o sr. Gilbert quando subimos no batelão.

— Esta é Alice — respondi, apresentando-a. — Ela vive conosco em Chipenden e faz cópias dos livros do sr. Gregory. Será que ela pode viajar conosco no batelão?

— Com o maior prazer — sorriu o sr. Gilbert, fitando os sapatos de bico fino.

Momentos depois, estávamos a bordo do batelão, mas a filha do barqueiro não se juntou a nós. O trabalho dela era conduzir os cavalos pelo caminho de sirga enquanto o pai descansava no batelão.

A tarde chegara ao fim, mas era agradável navegar na direção de Caster na claridade. No entanto, a ideia de entrar naquela cidade me enchia de pressentimentos. Antes, sempre a evitáramos porque havia o perigo de sermos presos e trancafiados no castelo. Fiquei imaginando o que meu mestre teria encontrado de tão importante.

CAPÍTULO 19

A FILHA DO BARQUEIRO

A viagem para o sul foi tranquila. Mas era estranho que, durante a maior parte do tempo, ninguém dissesse uma palavra. Eu tinha um monte de coisas para dizer a Alice, mas não quis mencioná-las na presença do barqueiro. Eu não queria falar sobre o ofício de caça-feitiço na frente dele e sabia que meu mestre teria concordado com isso. Era melhor guardar tais coisas para nós mesmos.

Eu já sabia que o sr. Gilbert era um homem taciturno e não esperava muita conversa, mas, quando avistamos o castelo e as agulhas da igreja da cidade, ele subitamente pareceu muito animado.

— Você tem irmãos, Tom? — perguntou.

— Tenho seis irmãos — respondi. — O mais velho, Jack, ainda mora na fazenda da família. Ele toma conta dela com James, o segundo filho, que é ferreiro de profissão.

— E quanto aos outros?

— Eles estão espalhados pelo Condado, cada um na sua profissão.

— E todos são mais velhos que você?

— Todos os seis — respondi com um sorriso.

— Claro que são, que tolo eu sou de perguntar! Você é o sétimo filho de um sétimo filho. O último a arranjar emprego e o único adequado ao ofício de Bill Arkwright. Você sente falta deles, Tom? Sente falta de sua família?

Não consegui dizer nada e, por um momento, senti um nó na garganta pela emoção. Percebi a mão de Alice em meu braço para me confortar. Não era apenas a saudade de meus irmãos que fazia com que eu me sentisse assim — era porque meu pai tinha falecido no ano anterior e mamãe retornara a seu país para combater as trevas. Subitamente me senti muito só.

— Posso sentir sua tristeza, Tom — disse o sr. Gilbert. — A família é muito importante, e a perda dela não pode ser substituída. É bom ter a família perto da gente e trabalhar com ela, como eu faço. Tenho uma filha leal que me ajuda sempre que preciso dela.

De repente, estremeci. Pouco antes, o sol estava acima das copas das árvores, mas agora escurecia rapidamente e uma névoa densa descia. De repente, ao entrarmos na cidade, as formas angulares dos edifícios rapidamente se ergueram de ambos os lados da margem do canal, semelhantes a gigantes ameaçadores, embora o silêncio reinasse, exceto pelo bater abafado dos cascos dos cavalos. O canal era muito mais largo ali, com muitos recessos na margem distante onde batelões estavam atracados. Mas não havia sinal de vida.

Senti que o batelão estava parando, e o sr. Gilbert se levantou, olhando para mim e para Alice. Seu rosto estava no escuro, e eu não podia ver sua expressão, mas, de algum modo, ele parecia ameaçador.

Olhei para a frente e apenas pude adivinhar as formas da filha, aparentemente dobrada sobre o cavalo-guia. Ela não parecia se mover, portanto, não estava cuidando dele. Era quase como se ela estivesse sussurrando em seu ouvido.

— Essa minha filha — disse o sr. Gilbert com um suspiro. — Ela gosta tanto de um cavalo rechonchudo. Nunca está satisfeita com eles. Filha! Filha! — chamou, em voz alta. — Não há tempo para isso agora. Você tem que esperar até mais tarde!

Quase instantaneamente os cavalos voltaram a puxar a corda e o batelão navegou, enquanto o sr. Gilbert caminhava até a proa e sentava-se de novo.

— Não estou gostando disso — sussurrou Alice em meu ouvido. — Tem alguma coisa errada. Muito errada!

Mal ela falou, ouvi o bater de asas em alguma parte da escuridão acima das nossas cabeças, seguido por um grito sinistro e queixoso.

— Que tipo de pássaro é esse? — perguntei a Alice. — Ouvi um grito como esse há apenas alguns dias.

— É um pássaro-cadáver, Tom. O velho Gregory não lhe falou sobre eles?

— Não — confessei.

— Bem, é algo que você deveria conhecer, sendo um caça-feitiço. São pássaros noturnos, parecidos com corvos, e algumas pessoas acreditam que as feiticeiras podem se transformar neles. Isso é apenas um monte de besteiras. As feiticeiras os usam, porém, como fâmulos. Em troca de um pouco de sangue, o pássaro-cadáver se transforma nos olhos e ouvidos delas.

— Bem, ouvi um desses quando estava procurando por Morwena. Você acha que é um fâmulo? Se for, ela pode estar em alguma parte aqui por perto. Talvez ela se mova mais rápido do que eu imaginava. Talvez ela tenha nadado debaixo da água para perto do batelão.

O canal estreitou-se, e os edifícios se aproximavam de ambos os lados, como se tentassem nos separar do pequeno retângulo de céu pálido acima de nós. Viam-se imensos armazéns, provavelmente ocupados com a confusão dos negócios durante o dia, mas agora calmos e silenciosos. Os ocasionais lampiões lançavam feixes de luz tremeluzente sobre a água, mas havia grandes áreas de sombra e trechos de escuridão intensa que me enchiam de presságios. Concordei com Alice. Eu não sabia exatamente do que se tratava, mas havia alguma coisa errada.

Avistei um arco de pedras escuras mais à frente. Primeiro, pensei que fosse uma ponte, porém, depois, percebi que era a entrada de um grande armazém, o canal passava direto por ela. Ao cruzarmos a entrada, os cavalos começaram a diminuir o passo, e vi que o edifício era enorme e estava cheio de grandes placas de ardósia, provavelmente trazidas pelo batelão da pedreira ao norte. No cais de madeira, viam-se algumas abitas e uma fileira de cinco grandes postes de madeira que desapareciam na escuridão, sustentando o telhado. De cada um deles, pendia uma lanterna para que o canal e a margem próxima fossem banhados pela luz amarelada. Mais adiante, porém, reinava a imensidão escura e ameaçadora do armazém.

O sr. Gilbert curvou-se sobre o alçapão mais próximo e lentamente o deslizou para trás. Até aquele momento, eu não havia percebido que ele não estava trancado, o que ele me dissera ser essencial ao transportar uma carga. Para minha surpresa, o porão do navio também estava cheio com aquela luz amarelada, e vi dois homens sentados numa pilha de ardósia, cada um segurando uma lanterna. Imediatamente, vi algo à esquerda deles que fez meu corpo inteiro tremer e me lançou em horror e desespero.

Era um homem morto, com os olhos sem vida fitando o céu. A garganta fora rasgada de maneira que lembrava o que Morwena tinha feito com Caninos. Mas a identidade do homem me assustou mais que o horror cruel de seu assassinato.

O morto era o sr. Gilbert.

Olhei pelo alçapão aberto para a criatura que tomara a forma do barqueiro.

— Se aquele é o sr. Gilbert — falei —, então você deve ser...

— Pode me chamar do que quiser, Tom. Tenho muitos nomes — respondeu ele. — Mas nenhum descreve minha verdadeira natureza. Meus inimigos me deturparam. A diferença entre as palavras *maligno* e *benigno* está apenas nas três primeiras letras. E facilmente eu poderia ser o último. Se você me desse uma chance...

Ao ouvir essas palavras, senti toda a força se esvaindo do meu corpo. Tentei segurar o bastão, mas minha mão não me obedecia, e, quando tudo escureceu, vislumbrei o rosto apavorado de Alice e ouvi seu grito de terror. O som congelou-me até os ossos. Alice era forte. Alice era corajosa. Com ela chorando daquele jeito, senti que tudo estava acabado para nós. Era o fim.

Quando acordei, eu parecia flutuar das profundezas de um oceano profundo e escuro. Primeiro, ouvi sons: o relincho distante e amedrontado de um cavalo e uma gargalhada masculina, alta e grosseira próxima a ele. À medida que as lembranças do que acontecera começaram a voltar, senti pânico e fraqueza e fiz um esforço enorme para ficar de pé.

Finalmente, desisti quando me dei conta da minha situação. Eu não estava mais no batelão. Estava sentado no cais de madeira, fortemente amarrado a uma das pilastras do telhado, com as pernas paralelas ao canal.

Por um simples ato de sua vontade, o Maligno me deixara inconsciente. E o que era pior: a força da qual aprendêramos a depender falhara: Alice não conseguira farejar Morwena, e meus poderes como sétimo filho de um sétimo filho mostraram-se igualmente inúteis. O tempo também parecia passar de forma anormal. Num momento, o sol brilhava e a cidade se erguia no horizonte; no momento seguinte, escurecera e estávamos presos em seus muros. Como alguém poderia ter esperanças de derrotar tal poder?

O batelão ainda se encontrava atracado ao cais, e os dois homens, cada um com uma longa faca enfiada no cinto de couro, estavam lá sentados, com as botas de biqueira de metal balançando sobre a beirada. Mas os cavalos não tinham mais arreios. Um deles se deitara de lado, a alguma distância, com as patas dianteiras sobre a água. O outro estava mais próximo, igualmente deitado, e a garota tinha os braços ao redor de seu pescoço. Pensei que ela estivesse tentando ajudá-lo a ficar de pé. Será que os cavalos estavam doentes?

Mas havia algo um pouco diferente nela: onde antes o cabelo fora dourado, agora estava escuro. Como o cabelo poderia ter mudado de cor daquele jeito? Minha mente ainda estava confusa ou eu teria percebido bem antes exatamente o que estava acontecendo. Só comecei a entender quando ela largou o cavalo e caminhou na minha direção, com os pés descalços.

Suas mãos tinham o formato de uma concha, e ela as mantinha à sua frente de modo estranho ao caminhar. Por que estava fazendo aquilo? Ela caminhava devagar e com cuidado. Conforme se aproximava, percebi sangue em seus lábios. Estivera se alimentando do cavalo, bebendo o sangue do pobre animal. Quando a vira pela primeira vez, era isso que ela estava fazendo. Eis a razão por que ela parara o batelão quando viajávamos para o sul.

Era Morwena! Ela devia ter usado uma peruca. Era isso ou algum encantamento das trevas que me fizera ver seu cabelo dourado. Sem dúvida, por isso ficara de costas para nós. Agora eu podia ver o nariz descarnado e a face medonha. O olho esquerdo estava fechado.

Uma sombra desceu sobre mim, e estremeci encostado ao pilar. Senti o Maligno bem perto, atrás de mim. Ele não se deslocou até meu campo de visão, mas sua voz era como um arrepio gélido comprimindo meu coração, que começou a bater descompassado, me impedindo de respirar.

— Vou deixá-lo agora, Tom. Você não é minha única preocupação. Tenho outros negócios importantes para tratar. Mas minha filha Morwena cuidará de você. Você está nas mãos dela agora.

E, com essas palavras, ele se foi. Por que não ficara? O que poderia ser tão importante para afastá-lo dali quando eu me encontrava tão vulnerável? Ele devia ter grande confiança no poder de Morwena. À medida que os passos desvaneciam, a filha do Diabo veio até mim com sua expressão cruel.

Ouvi grandes asas batendo e um pássaro feio pousando em seu ombro esquerdo. Ela ergueu as mãos em concha, e o pássaro mergulhou o bico repetidas vezes, bebendo sua parte do que ela ali guardava — o sangue do cavalo moribundo. Após satisfazer a sede, o pássaro-cadáver deu um pio agudo, bateu as asas e voou na direção do céu, até perder-se de vista.

Em seguida, Morwena se ajoelhou no cais de madeira, com as mãos vermelhas de sangue, tão perto que podia estender a mão e me tocar. Tentei manter a respiração constante, mas meu coração começou a pular no peito. Ela me encarou com o olho direito de réptil e a língua se moveu rapidamente, lambendo o sangue de seus lábios. Somente depois de limpar os lábios, ela disse:

— Você está sentado tão quieto e silencioso. Mas a coragem não tem vez aqui. De jeito nenhum. Você está aqui para morrer e não irá escapar do destino pela segunda vez!

Agora ela revelava os terríveis caninos amarelo-esverdeados, e o hálito malcheiroso me invadiu; era difícil não vomitar. Sua voz desagradável e sibilante começava cada frase com um sibilo e cuspia líquido sobre carvões em brasa, e terminava com o som de um pântano engolindo suas vítimas, arrastando-as para suas entranhas úmidas. Ela aproximou a cabeça de mim e, em vez de me olhar nos olhos, fitou o meu pescoço.

Por um momento, pensei que ela fosse afundar os dentes nele antes de rasgar a minha garganta. Na verdade, recuei e, ao ver o movimento involuntário, ela sorriu e ergueu o olho direito até fitar o meu.

— Já bebi o que queria; pode viver mais um pouco. Respire por enquanto e observe o que vai acontecer.

Eu estava começando a tremer e lutava para controlar o medo que sempre é o pior inimigo de um caça-feitiço ao enfrentar as trevas. Morwena parecia querer conversar. Se esse era o caso, eu poderia obter informações úteis. A situação parecia desanimadora, mas eu já estivera em locais difíceis antes, quando minhas chances de sobreviver pareciam menores. Como meu pai costumava dizer, "Enquanto há vida, há esperança", e isso era algo em que eu acreditava.

— O que você *vai* fazer? — indaguei.

— Destruir os inimigos de meu pai: você e John Gregory morrerão hoje à noite.

— Meu mestre? Ele está aqui? — quis saber. Imaginei que ele estivesse trancafiado na outra prisão.

Ela balançou a cabeça.

— Ele está a caminho enquanto conversamos. Meu pai enviou-lhe uma carta para atraí-lo até este local, assim como falsificou a carta que colocou em suas mãos. John Gregory acredita que é um pedido de socorro seu e agora corre para encontrar seu destino.

— Onde está Alice?

— No porão, onde está segura — sibilou Morwena, projetando a crista de osso que servia de nariz a poucos centímetros do meu rosto. — Mas quero ficar de olho em você. Você é a isca que levará seu mestre até a *morte*.

Essas últimas palavras eram como o terrível coaxar de um sapo do pântano ecoando no pântano estagnado. Rapidamente ela retirou um lenço manchado da manga e enfiou em minha boca. Feito isso, de repente ergueu os olhos e farejou duas vezes.

— Ele está perto! — exclamou, acenando com a cabeça para os dois homens, que se retiraram para as sombras para ficar de tocaia.

Imaginei que ela fosse se juntar a eles, mas, para minha surpresa e desespero, ela se aproximou da beira do canal, desceu para a água e desapareceu de minha vista.

O Caça-feitiço era corajoso e habilidoso com o bastão. A menos que fosse pego completamente de surpresa, eu acreditava que ele seria um rival à altura para os dois homens armados. Mas, se a feiticeira o atacasse da água enquanto ele lutava com eles, aí seria outra história. Meu mestre estava correndo um grande perigo.

Capítulo 20
Sem saída

Fiquei sentado lá, impotente, sabendo que, a qualquer momento, meu mestre chegaria; se Morwena conseguisse o que queria, ele seria o primeiro a morrer. Mas as coisas ainda não estavam perdidas porque, por alguma estranha razão, o Maligno havia nos deixado. Não seria tão fácil matar meu mestre. Pelo menos, ele teria a chance de lutar. Mas como eu poderia ajudá-lo?

Lutei para me livrar da corda grossa que me amarrava ao poste. Ela estava muito apertada e, não importa o quanto eu torcesse e girasse, não cedia. Ouvi um barulho vago a distância. Seria um dos homens de tocaia? Ou o Caça-feitiço?

No momento seguinte, não tive mais dúvidas. O Caça-feitiço estava descendo o cais na minha direção, levando c bastão e a bolsa, e suas pegadas ecoavam. Imagino que vimos um ao outro no mesmo instante porque, nem bem pôs os olhos em mim, parou. Ele me fitou durante um longo tempo antes de continuar a andar mais devagar. Eu sabia que ele tinha percebido se tratar de uma armadilha. Por que outra razão eu estaria amarrado daquele jeito e bem à vista? Assim, ele podia recuar e fugir, ou avançar e torcer para lidar com o que fora preparado para ele. Eu sabia que ele não me abandonaria — portanto, não havia escolha.

Depois de vinte passos, ele parou novamente, bem embaixo de uma das grandes pilastras que sustentavam o telhado do armazém, e olhou os dois cavalos mortos. A lanterna iluminava em cheio seu rosto, e, pela luz, vi que, embora ele parecesse velho e um pouco magro, seus olhos ainda brilhavam de modo feroz e seus sentidos estavam claramente aguçados e alertas, examinando os recessos escuros do armazém para detectar o perigo.

Ele continuou caminhando na minha direção. Eu podia ter indicado a água para avisá-lo da ameaça de Morwena. Mas, ao fazê-lo, poderia distraí-lo da outra ameaça vinda da escuridão em seu lado direito.

Subitamente, a menos de vinte passos de distância, ele parou e, dessa vez, colocou a bolsa no chão e ergueu o bastão defensivamente, segurando-o com ambas as mãos num ângulo de quarenta e cinco graus. Ouvi o clique característico quando ele liberou a lâmina retrátil, e tudo aconteceu muito rápido.

Os dois bandidos saíram da escuridão à minha esquerda, segurando as compridas facas que reluziam à luz das lanternas. Voltando as costas para a água, o Caça-feitiço girou para encontrá-los. Por um segundo, os adversários pareceram hesitar. Talvez tivessem visto a lâmina de aparência malvada na extremidade do bastão. Ou então viram a determinação em seus olhos. Mas, quando correram com as facas em punho prontos para cortá-lo, ele atacou. Usando a base larga do bastão, acertou um terrível golpe na têmpora de um dos homens. Ele caiu em silêncio e a faca voou de suas mãos, enquanto o Caça-feitiço apontava a ponta da lâmina para o segundo bandido. Quando a lâmina atingiu o ombro direito do homem, ele também largou a faca e caiu de joelhos, soltando um grito alto e agudo de dor.

O Caça-feitiço inclinou o bastão na direção do inimigo caído e, por um momento, pareceu querer dar uma estocada nele, mas, depois, balançando a cabeça, disse algo em voz baixa. O homem tentou se levantar e saiu tropeçando em meio à escuridão, com a mão no ombro. Somente então o Caça-feitiço virou-se na minha direção, e, finalmente, pude acenar em desespero para as águas do canal.

Bem na hora. Morwena saiu das águas com a força de um salmão saltando uma cachoeira, com os braços abertos para rasgar o rosto do Caça-feitiço, embora seu olho esquerdo ainda estivesse fechado.

Meu mestre a enfrentou com igual velocidade. Ele girou, traçando com o bastão um rápido arco da esquerda para a direita. Por pouco, não atingiu a garganta de Morwena, que, com um terrível guincho de dor, caiu pesadamente na água, produzindo um imenso borrifo.

O Caça-feitiço parou, olhando para a água. Então, com a mão direita, tateou o capuz e puxou-o para cima e para a frente, cobrindo seus olhos. Ele deve ter visto o olho fechado e percebeu com o que estava lidando. Sem poder fazer contato visual, Morwena não teria como usar o olho de sangue contra ele. Contudo, ele precisaria lutar "sem enxergar".

Ele aguardou imóvel, e eu observava com ansiedade a última ondulação desaparecer na superfície do canal, que se tornou tranquila como um espelho. De repente, Morwena ergueu-se novamente das águas; o segundo ataque foi ainda mais rápido que o primeiro, e ela alcançou a beirada do cais com os pés palmados, que batiam nas tábuas de madeira. O olho de sangue estava aberto agora, e o ameaçador fogo vermelho dirigia-se ao Caça-feitiço. No entanto, sem olhar para ela, ele golpeou suas pernas, obrigando-a a recuar.

Imediatamente, ela tentou atingi-lo com a mão esquerda, e as garras buscaram seu ombro, mas, no último instante, ele deu um passo para trás. Então, enquanto ela se movia na outra direção, ele passou o bastão da mão esquerda para a direita e a atingiu em cheio e de modo rápido. Foi a mesma manobra que ele me fizera praticar contra o tronco morto no jardim — a manobra que salvara minha vida no verão quando eu a usara com sucesso contra Grimalkin.

Ele a executou com perfeição, e a ponta da lâmina atravessou o lado de Morwena. Ela soltou um grito de dor, mas pulou rapidamente, dando uma cambalhota para dentro d'água. O Caça-feitiço esperou durante um longo tempo, mas ela não atacou mais.

Somente então ele caminhou a passos rápidos para o meu lado, inclinando-se e retirando o lenço de minha boca.

— Alice está amarrada no porão de carga! — exclamei ofegante. — O sr. Gilbert está morto. E foi Morwena quem o atacou, vindo da água! Foi a própria filha do Maligno! E pode haver outras feiticeiras da água a caminho!

— Acalme-se, garoto — disse o Caça-feitiço. — Vou libertar você num instante...

Dizendo isso, ele usou a lâmina do bastão para cortar as cordas. Enquanto eu me levantava lentamente, esfregando os pulsos para restaurar a circulação, meu mestre apontou para a faca de um dos bandidos, que fora deixada no cais.

— Liberte-a, enquanto eu fico de guarda — disse ele.

Entramos no batelão e, com o bastão em punho, o Caça-feitiço posicionou-se resolutamente a meu lado, quando abri o alçapão. Alice ergueu os olhos para mim do fundo do porão. Ela estava amarrada e amordaçada, e eles a tinham deixado do lado do cadáver do barqueiro.

— O Maligno estava aqui. E tomou a forma do sr. Gilbert — expliquei para meu mestre.

— Bem, não há nada que possamos fazer pelo pobre homem agora — respondeu o Caça-feitiço, balançando a cabeça tristemente. — Teremos que deixá-lo aqui para que outros possam encontrá-lo e enterrá-lo. Mas liberte a garota. Precisamos sair daqui o mais rápido possível. A feiticeira não está muito ferida e, com certeza, voltará para nos atacar novamente.

Percebi que Alice tremia quando cortei as amarras e a ajudei a sair do porão de carga. Ela não disse nada, e seus olhos estavam arregalados de medo. Parecia que a proximidade do Maligno a aterrorizara mais do que a mim.

Quando voltamos para o cais, o Caça-feitiço apontou para o norte e nos conduziu para fora do armazém, andando de modo tão rápido que precisei me esforçar para acompanhá-lo.

— Estamos voltando para Chipenden? — indaguei.

— Não, garoto, não estamos. Não teremos tempo de chegar lá se Morwena resolver nos perseguir. Primeiro, voltaremos para a casa do pobre Bill Arkwright. É o refúgio mais próximo. Mas, quanto mais cedo sairmos da margem do canal, melhor — comentou ele, olhando a água de modo cauteloso.

— Conheço um caminho mais rápido até o moinho — disse Alice. — Morei ali perto com Lizzie Ossuda. Precisamos atravessar o canal e, em seguida, seguir para oeste.

— Então vá na frente, garota — disse o Caça-feitiço.

Assim, atravessamos a primeira ponte, deixando para trás o caminho de sirga, e rumamos para o norte, em meio à escuridão das ruas calçadas de pedras. Caster, com seu castelo e suas masmorras, não era um bom lugar para aqueles que compartilhavam nosso ofício; felizmente, havia poucas pessoas na rua nos vendo passar. Finalmente, com uma sensação de alívio, deixamos a cidade para trás e seguimos Alice pelo campo, usando apenas a luz das estrelas e da pálida lua crescente. E, afinal, acompanhando a margem do Pântano do Mosteiro, chegamos ao jardim do moinho e atravessamos o fosso de sal.

— Há quanto tempo o sal foi adicionado pela última vez? — perguntou o Caça-feitiço. Essas foram as primeiras palavras pronunciadas por um de nós desde que deixamos a margem do canal em Caster.

— Fiz isso ainda ontem — respondi.

Quando entramos no jardim de salgueiros, ouvimos um rosnado de advertência, e Patas pulou à nossa frente. Estendi a mão e fiz um carinho em sua cabeça, e ela começou a me seguir.

— Este cachorro salvou a minha vida — comentei.

Nem o Caça-feitiço nem Alice disseram uma palavra e, quando chegamos à porta, Patas seguiu caminho para o lado da casa, na direção do moinho de água. Era melhor que ela ficasse do lado de fora da casa, de qualquer modo. Assim, avisaria se uma feiticeira se aproximasse do jardim.

Logo estávamos na cozinha do moinho e, sem perder tempo, enchemos o fogão com lenha e o acendemos. Alice e o Caça-feitiço se sentaram, acompanhando meu trabalho. Meu mestre estava em profunda meditação. Alice ainda parecia aterrorizada.

— Devo preparar o café da manhã para nós? — indaguei.

Meu mestre balançou a cabeça firmemente.

— Melhor não, garoto. Poderemos enfrentar as trevas a qualquer momento e precisamos jejuar. Mas, certamente, a garota vai querer alguma coisa.

Alice balançou a cabeça de modo ainda mais vigoroso que o Caça-feitiço.

— Não estou com fome — disse simplesmente.

— Nesse caso, precisamos tentar entender o que está acontecendo. Desde o início, percebi que se tratava de uma maquinação. Assim que cheguei a Chipenden, li o bilhete de Alice, bem como sua carta anterior. Já estava quase partindo para o moinho quando o sino tocou na encruzilhada. Era o ferreiro da aldeia; alguém pusera uma carta endereçada a mim debaixo da porta dele. E estava escrito "Urgente". A letra era a sua, garoto, mas era uma garatuja um pouco mais trêmula que o normal, como se você a tivesse escrito com pressa. Dizia que você estava com problemas e precisava de ajuda. Não especificava que tipo de ajuda; simplesmente trazia o endereço do armazém em Caster.

"Bem, eu não podia estar em dois lugares ao mesmo tempo, mas, como Caster fica no caminho para o moinho, resolvi ir primeiro até lá. Eu estava preparado para problemas e certamente os encontrei. Mas uma coisa ainda me incomoda. Como a garota soube que você estava em perigo? Como você conseguiu se comunicar com ela?"

O Caça-feitiço olhou fixamente para mim, e eu sabia que não poderia deixar de lhe dizer a verdade. Respirei fundo.

— Eu usei um espelho — respondi, baixando a cabeça, sem poder retribuir seu olhar.

— O que você disse, garoto? — perguntou o Caça-feitiço, com a voz perigosamente baixa. — Eu ouvi direito? Um espelho? *Um espelho...?*

— Era o único meio de entrar em contato! — deixei escapar. — Eu estava desesperado. O sr. Arkwright estava morto, assassinado por Morwena, e eu sabia que ela viria atrás de mim depois. Eu precisava de vocês. Não podia enfrentá-la sozinho...

Meu mestre me interrompeu.

— Eu sabia que nunca deveria ter deixado uma Deane ficar conosco! — disse com raiva, lançando um olhar a Alice. — Ela o levou para o mau caminho. Usando um instrumento das trevas que torna você vulnerável. Quando você usou o espelho, o Maligno deve ter descoberto onde você estava;

qualquer coisa que você dissesse seria imediatamente sabida por ele.

— Eu não imaginava isso — disse de modo pouco convincente.

— Não? Bem, certamente já sabe agora. E, quanto a você, garota — continuou, ficando de pé e olhando fixamente para Alice —, você está quieta demais. Não tem nada a dizer em sua defesa?

Em resposta, Alice cobriu o rosto com as mãos e começou a soluçar.

— Ficar perto do Maligno a deixou muito assustada — observei. — Nunca a vi tremer tanto.

— Bem, garoto, você sabe qual é o problema dela, não sabe?

Balancei a cabeça. Não sabia o que ele queria dizer.

— O Maligno são as trevas encarnadas. Ele é o próprio Diabo, que governa e controla as almas das criaturas que pertencem às trevas. A garota já foi treinada como feiticeira e ficou próxima, muito próxima, de se tornar também uma criatura das trevas. Se for esse o caso, ela sente o poder do Maligno e sabe muito bem como seria fácil para ele roubar a alma dela. Ela está vulnerável e ciente disso. Por isso está com tanto medo.

— Mas... — comecei.

— Poupe seu fôlego, garoto! Foi uma longa noite, e estou muito cansado para ouvir suas explicações. Depois do que você me disse, não suporto nem olhar para vocês dois; por isso, vou subir e tentar dormir um pouco. Sugiro que façam o mesmo. O cão nos avisará se algo se aproximar.

Depois que ele foi para o andar de cima, virei-me para Alice.

— Vamos, ele tem razão. Vamos tentar dormir um pouco.

Ela não respondeu, e percebi que já estava em sono profundo. Assim, ajeitei-me sobre uma cadeira e, pouco depois, também adormeci.

Passadas algumas horas, acordei assustado. A luz do dia penetrava pelas janelas, e, olhando para o outro lado, percebi que Alice já tinha acordado. Mas o que eu a vi fazer me causou um choque. Com a minha caneta, ela escrevia furiosamente em meu caderno — murmurando para si mesma ao fazê-lo.

CAPÍTULO 21

A PEIA

— Alice! O que você está fazendo? — perguntei. — Por que está escrevendo em meu caderno?

Ela ergueu os olhos, arregalando-os, e respondeu:

— Desculpe, Tom. Eu deveria ter perguntado primeiro, mas não queria acordar você.

— Mas o que você está escrevendo?

— Apenas anotando algumas coisas que Lizzie Ossuda me ensinou; coisas que podem nos ajudar a derrotar o Maligno. Você precisará de toda a ajuda que puder encontrar.

Eu estava horrorizado. O Caça-feitiço já pedira a Alice que me ensinasse as coisas que aprendera para conhecermos mais sobre a sabedoria das feiticeiras e os poderes das trevas que enfrentávamos. Mas isso era diferente. Ela estava sugerindo que usássemos as trevas para combater as trevas, e eu sabia que o Caça-feitiço não iria gostar disso.

— Você não estava ouvindo ontem à noite? — retruquei. — Usar as trevas nos torna vulneráveis.

— Você não percebe que já estamos vulneráveis?

Afastei-me dela.

— Veja, Tom, o que o velho Gregory disse sobre mim ontem à noite é verdade. Eu estive mais próxima das trevas do que você jamais estaria — pelo menos, sem me tornar uma feiticeira. Por isso, fiquei assustada por estar tão perto do Maligno. Não posso lhe dizer como me senti. Você pertence à luz, Tom, somente à luz, e nunca entenderá esse sentimento. Era uma mistura de terror e desespero. Uma sensação de que eu merecia aquilo. Se ele me pedisse para segui-lo, para ser uma de suas criaturas, eu o teria feito sem pensar.

— Não entendo o que isso tem a ver com tudo o mais — respondi.

— Bem, não sou a primeira pessoa a me sentir assim. Há muito tempo o Maligno caminhou pela Terra, e as feiticeiras tiveram que lidar com isso. E havia meios de fazê-lo. Meios de mantê-lo a distância. Estou apenas tentando lembrar alguns deles. Lizzie mantinha o Velho Nick longe dela, mas nunca me disse como fazia isso; podia ser alguma coisa que ela me disse.

— Mas você estaria usando os poderes das trevas contra ele, Alice! Essa é a questão. Você ouviu o que o Caça-feitiço falou. Foi muito ruim usar um espelho. Por favor, não piore as coisas.

— Piorar? Piorar! O que seria pior do que ver o Diabo aparecer nesta sala agora e não sermos capazes de fazer algo a respeito? O velho Gregory não pode fazer nada. Acredito que ele está com medo. Dessa vez, ele está enfrentando algo grande e perigoso demais. Fico surpresa por ele ainda não ter voltado para Chipenden, onde se sentiria mais seguro!

— Não, Alice! Se ele está com medo, deve ter boas razões, mas o Caça-feitiço não é covarde. Ele terá um plano. Mas não use as trevas, Alice. Esqueça o que Lizzie Ossuda lhe ensinou. Por favor, não faça isso. Não dará bons resultados...

Nesse momento, ouvi o barulho de botas descendo as escadas, e Alice arrancou a página, amassou-a e enfiou-a na manga. Em seguida, empurrou a caneta e o caderno rapidamente para dentro da bolsa.

Quando o Caça-feitiço entrou na cozinha, trazendo o caderno de Arkwright, ela lhe deu um sorriso triste.

— Muito bem. Vocês dois — perguntou ele — estão se sentindo melhor?

Alice assentiu, e ele respondeu com um leve aceno de cabeça, antes de sentar-se na cadeira próxima ao fogão.

— Espero que ambos tenham aprendido algo ontem — continuou. — Usar as trevas apenas nos enfraquecerá. Vocês entendem isso agora?

Assenti, mas não me atrevi a olhar para Alice.

— Ótimo — prosseguiu meu mestre. — Agora precisamos continuar nossa conversa e decidir o que fazer. Aprendi muito sobre a filha do Maligno. Este livro é muito melhor do que imaginei que Bill Arkwright jamais fosse capaz de escrever. Quero que você comece pelo início, garoto, e me diga tudo o que aconteceu desde quando chegou ao moinho, pela primeira vez, até eu encontrá-lo amarrado e amordaçado no armazém. Percebo que você já esteve combatendo — disse ele, olhando para a minha orelha machucada. — Conte-me todos os detalhes. Pode haver alguma coisa importante.

Em seguida, comecei meu relato e não deixei nada de fora. Quando cheguei ao ponto em que Arkwright me dera a carta e eu decidira voltar para o moinho, meu mestre me interrompeu pela primeira vez.

— Era isso o que eu temia. Bill Arkwright tinha demônios dentro dele quando bebia. Lamento que você tenha passado por isso, mas minhas intenções eram as melhores. Ele é mais jovem e mais forte que eu, e existem coisas que ele pode ensinar a você que eu não posso mais. Você precisa se fortalecer para combater o Maligno e sair vitorioso. Pode ser que tenhamos que usar coisas que nunca imaginamos antes.

Nesse momento, Alice deu um sorrisinho, mas eu a ignorei e continuei a contar a minha história. Contei ao Caça-feitiço sobre o ataque da feiticeira da água em que ela quase me matou, como atravessamos as areias para chegar a Cartmel e sobre nosso encontro com o eremita. Relatei como Arkwright fora obrigado a expulsar a gangue de recrutamento, antes que o eremita procurasse e descobrisse o paradeiro de Morwena. Senti-me pouco à vontade em algumas partes da história, em particular, ao encontrar o cão morto e a bota de Arkwright na água e, claro, ao usar o espelho para me comunicar com Alice. Mas, finalmente, descrevi como tinha cruzado as perigosas areias mais uma vez e como retornara ao moinho e, finalmente, cheguei ao final de minha história no armazém.

— Bem, garoto, você passou por momentos difíceis, mas não foram tão ruins quanto você pensa. Por algum motivo, tenho a sensação de que Bill Arkwright provavelmente ainda está vivo...

Olhei espantado para o meu mestre.

— Feche a boca, garoto, ou alguma mosca vai entrar aí — disse ele, com um sorriso. — Você deve estar imaginando como sei disso. Bem, para ser sincero, não tenho certeza absoluta, mas três coisas me dizem que ele sobreviveu. A primeira é um palpite. Puro instinto. Você sempre deve confiar em seus instintos, garoto, como já lhe disse. E eles me dizem que Bill ainda está vivo. A segunda coisa é o fantasma da mãe dele. Você acaba de me contar o que ela lhe disse, e, ontem à noite, ela me falou a mesma coisa...

— Mas como ela pode saber, se está amarrada aos ossos e não pode se afastar além do jardim do moinho?

— Amelia não é um fantasma comum, garoto. Tecnicamente, ela é o que, algumas vezes, chamamos de *espectro aquático*, porque morreu por afogamento. E não apenas isso: ela se matou num impulso, e muitos que o fazem imediatamente se arrependem, mas é tarde demais. Esses espíritos atormentados podem, algumas vezes, se comunicar com os vivos — respondeu ele. — Bill e a mãe eram muito próximos. Por isso, seu espírito pode sentir que alguma coisa muito ruim aconteceu a ele e que precisa de ajuda, mas que está vivo. E ela me disse que ele está "preso nas entranhas da terra, esperando para morrer"; foram as mesmas palavras que ela disse a você.

"E a terceira coisa foi o que aprendi lendo este livro. Os sacrifícios para Morwena eram feitos perto da lua cheia..."

O Caça-fantasma abriu o livro e leu em voz alta:

— *Os jovens eram lançados na Poça de Sangue; oferendas mais velhas eram acorrentadas em uma câmara subterrânea até o momento oportuno.*

— Mas, se isso é verdade, onde ele está? Em alguma parte subterrânea próxima aos lagos?

— Pode ser, garoto, mas sei um modo de descobrir isso. O eremita em Cartmel. Se ele pode encontrar Morwena, então, talvez, possa achar Arkwright para nós. Se elas estão poupando Bill para a lua cheia, temos seis dias para encontrá-lo. Mas a *proximidade* da lua cheia sugere que temos menos tempo de sobra. Em todo caso, precisamos ir para o norte novamente. É nossa obrigação acabar com a feiticeira antes que ela acabe conosco.

— O que está me deixando confuso — retruquei — é o motivo para o Maligno ter nos deixado para trás. Se ele tivesse ficado, Morwena sairia vitoriosa. Com ele lá, estaríamos indefesos. Isso não faz sentido.

— De fato, garoto. E, o que é mais importante, por que o Maligno simplesmente não aparece agora, mata você e resolve o problema? O que o está impedindo?

— Não sei. Talvez ele tenha negócios mais importantes para resolver.

— Sem dúvida, ele *tem* outras coisas a tratar, mas você representa uma das maiores ameaças a ele no Condado. Não, há muito mais por trás disso. Descobri algumas coisas interessantes ao procurar nos baús de sua mãe. O Maligno não destruiu você imediatamente porque foi "peado".

— O que é isso? — indaguei.

— Bem, você deveria saber do que se trata, garoto, vindo de uma família de fazendeiros.

— Você peia um cavalo amarrando as pernas dele — comentei.

— Isso mesmo, garoto. Você as amarra para que ele não possa desgarrar. Portanto, a "peia" é uma limitação ou impedimento. O poder do Maligno foi circunscrito de modo poderoso. Se ele matar você, se ele *próprio* o fizer, ele reinará em nosso mundo durante uma centena de anos até ser forçado a voltar de onde veio.

— Não entendo. Se isso é verdade, por que ele simplesmente não aparece e me mata agora? Não é isso que ele quer, dominar o mundo numa nova Idade das Trevas?

— O problema é que, para o Maligno, uma centena de anos é muito pouco. A noção de tempo não é a mesma para ele, e um século pode parecer pouco mais do que um piscar de olhos. Oh, não, ele quer dominar por muito mais tempo que isso.

— Então estou seguro?

— Não. Infelizmente, o livro de sua mãe diz que, se ele fizer com que um de seus filhos o mate, poderá dominar o mundo, e é por isso que ele enviou a filha para fazer o trabalho.

— Ele tem muitos filhos? — perguntou Alice.

— Isso eu não sei ao certo — respondeu ele. — Mas, se Morwena não pode derrotar Tom, e, para falar a verdade, ela já falhou duas vezes, e se o Maligno não tem mais nenhum filho que possa ajudar, então há um terceiro modo de destruir você. Ele tentará convertê-lo para as trevas...

— Nunca! — gritei.

— Você diz isso, mas já usou as trevas e se enfraqueceu com os espelhos. Se ele puder atraí-lo para as trevas, seu domínio se estenderá até o fim do mundo. E é isso que me preocupa, garoto. Ele é poderoso. Muito poderoso. Mas também astucioso. Por isso, não podemos nos comprometer, de modo algum, com as trevas.

— E quem criou a peia? — indaguei. — Quem tem força para limitar o poder do Maligno desse modo? Foi minha mãe?

O Caça-feitiço deu de ombros.

— Não sei, garoto. Não encontrei evidências de que ela tenha feito isso, mas esse foi o meu primeiro instinto. Somente uma mãe pode se arriscar desse jeito para proteger um filho.

— O que o senhor quer dizer com isso?

— Sempre há coisas que se opõem às trevas e circunscrevem seu poder. Meu palpite é que quem fez isso pagou um alto preço. Essas coisas são realizadas somente se algo for oferecido em troca. Procurei cuidadosamente no baú, mas não encontrei nada que explicasse isso.

Subitamente fiquei preocupado com minha mãe, se ela tentara me proteger. Que preço ela pagara para me ajudar? Será que estava sofrendo na Grécia em consequência desse ato?

Alice deve ter percebido meus temores e se aproximou, oferecendo algum consolo. Mas o Caça-feitiço não tinha tempo para tais emoções.

— Já conversamos e descansamos o bastante — disse ele. — Precisamos agir. Partiremos para Cartmel imediatamente. Se as marés estiverem corretas, poderemos atravessar a baía em segurança antes do anoitecer.

* * *

Uma hora depois, estávamos em nosso caminho. Embora realmente faminto, tive que me satisfazer com um pedaço de queijo quebradiço do Condado para manter minhas forças. Meu mestre ofereceu um pouco a Alice, mas ela recusou.

Seguindo as instruções do Caça-feitiço, deixei minha bolsa no moinho, mas tornei a atar a corrente de prata à minha cintura, sob a capa.

Quando saímos para o jardim, Patas pulou sobre nós; o Caça-feitiço olhou para ela em dúvida.

— Devo mandá-la embora? — indaguei.

— Não, garoto, deixe-a nos seguir — respondeu ele, para minha surpresa. — Eu preferia não ter um animal nos seguindo, mas ela é uma cadela de caça, pode farejar uma trilha e nos ajudar a encontrar o mestre dela.

E, assim, nós três e Patas partimos para tentar encontrar Bill Arkwright. As chances eram pequenas. Enfrentaríamos Morwena e outras feiticeiras da água, sem falar nos poderes do Maligno. Peado ou não, não havia razão para ele não interferir de algum modo e facilitar as coisas para que seus servos nos destruíssem.

Minhas duas outras preocupações, porém, eram mamãe e Alice. Será que minha mãe tinha peado o Maligno para me proteger? E Alice? Será que ela estava sendo levada para as trevas? Eu sabia que ela era bem-intencionada e agia com o melhor dos propósitos, mas será que estava, na verdade dificultando as coisas? O Caça-feitiço sempre temera que um dia, ela voltasse para as trevas; se ela fizesse isso, eu não queria que me arrastasse junto

CAPÍTULO 22
EM SENTIDOS OPOSTOS

Chegamos a Hest Bank, onde deveríamos esperar muitas horas antes que a maré baixasse. Mas, em companhia de meia dúzia de viajantes, duas carroças e o guia da areia, fizemos a travessia da baía relativamente rápido e em segurança.

Após uma subida constante, chegamos à caverna do eremita antes do crepúsculo. Em seu interior silencioso, Judd Atkins estava sentado de pernas cruzadas diante do fogo; de olhos fechados, ele mal parecia respirar. Meu mestre seguiu na frente, quase na ponta dos pés, até se colocar diante do eremita, além das chamas.

— Lamento incomodá-lo, sr. Atkins — disse educadamente —, mas acredito que o senhor tenha conhecido Bill Arkwright e que ele o tenha visitado recentemente. Bem, sou John Gregory, e ele foi meu aprendiz. Bill está desaparecido, e gostaria de sua ajuda para tentar encontrá-lo. Ele foi levado por uma feiticeira da água, mas, apesar disso, pode ser que ainda esteja vivo.

Por um momento, o eremita não pareceu reconhecer o Caça-feitiço, nem abriu a boca para falar. Estaria ele em sono profundo ou em algum tipo de transe?

Meu mestre tirou uma moeda de prata do bolso da calça e estendeu-a.

— Eu o pagarei, certamente. Isto é suficiente?

O eremita abriu os olhos. Eles brilhavam alertas e rapidamente giraram do Caça-feitiço até Alice e, em seguida, até mim, antes de voltarem a fitar meu mestre firmemente.

— Deixe seu dinheiro de lado, John Gregory — disse. — Não preciso dele. Da próxima vez que atravessar a baía, entregue-o ao guia. Diga-lhe que é pelos desaparecidos. O dinheiro ajudará as famílias dos que se afogaram tentando completar a travessia.

— Muito bem, farei isso — disse o Caça-feitiço. — E o senhor ajudará?

— Farei o melhor. A essa altura, será impossível dizer se ele está vivo ou morto, mas, se ele estiver por aí, eu o encontrarei. O senhor tem um mapa? E algo que pertença ao homem?

Meu mestre pegou a bolsa, tirou um mapa, desdobrando-o com cuidado, e o esticou no chão, próximo à fogueira. Era muito mais velho e rasgado que o de Bill Arkwright, mas cobria a mesma área.

O eremita fitou-me e sorriu.

— Bem, Thomas, vivo ou morto, um homem é muito mais fácil de encontrar que uma feiticeira.

O Caça-feitiço enfiou a mão no bolso e retirou um fino anel de ouro.

— Isto pertencia à mãe de Bill. Era seu anel de casamento, e ela o tirou antes de morrer, deixando-o para Bill, com um bilhete em que dizia o quanto o amava. É um dos bens mais preciosos dele, mas ele o usa apenas duas vezes ao ano: no aniversário de morte dela e no que deveria ser seu aniversário de nascimento.

De repente, percebi que se tratava do anel de ouro que eu tinha visto sobre o caixão da mãe de Bill. O Caça-feitiço deve tê-lo tirado do quarto de Arkwright com isso em mente.

— Se ele o usa, isso será o suficiente — falou Judd Atkins, pondo-se de pé.

Ele amarrou um pedaço de fio ao anel, suspendendo-o sobre o mapa e movendo-o firmemente da direita para a esquerda, e cada passo levava-o mais para o norte.

Nós o observávamos em silêncio. Ele foi muito cuidadoso e gastou um longo tempo. Por fim, chegou à latitude dos lagos. Pouco depois, sua mão estremeceu. Ele a moveu mais para baixo e repetiu sua varredura até a mão repuxar de novo exatamente no mesmo ponto. Ficava a mais de cinco quilômetros a leste de Coniston Water, em alguma parte da Grande Lagoa, o enorme lago vizinho.

— Ele está em alguma parte dessa ilha — disse o eremita, apontando para a região com o indicador.

O Caça-feitiço examinou-a com atenção.

— *Belle Isle* — retrucou. — Nunca estive lá. O senhor sabe algo sobre a região?

— Passei por lá mais de uma vez em minhas viagens — respondeu o eremita. — Houve um assassinato a cerca de um quilômetro ao sul da ilha há alguns anos. Uma briga por causa de uma mulher. A vítima foi amarrada a algumas pedras e jogada no lago. Encontrei o corpo com a rabdomancia. Quanto à ilha, ninguém a frequenta mais. Ficou com má reputação.

— Assombrada? — perguntou o Caça-feitiço.

Judd balançou a cabeça.

— Não que eu sabia, mas as pessoas se mantêm a distância e certamente a evitam depois de escurecer. A floresta é muito densa e há um capricho oculto pelas árvores. De outro modo, está deserta. Provavelmente o senhor irá encontrar William por lá.

— O que é um capricho? — perguntei.

— Geralmente é um tipo de construção ornamental pequena, sem propósito aparente, garoto — respondeu o Caça-feitiço. — Algumas vezes, são construídos na forma de torres ou castelos. Eles existem para serem admirados, e não para servir de moradia. É por isso que recebem este nome, são fruto de uma extravagância, construída por alguém que não precisa se preocupar em trabalhar para sobreviver. Alguém com tempo nas mãos e mais dinheiro que juízo.

— Bem, é lá que William Arkwright está — afirmou o eremita. — Mas não tenho certeza se está vivo ou morto.

— Como podemos chegar à ilha? — perguntou o Caça-feitiço, dobrando o mapa.

— Com dificuldade — respondeu Judd, balançando a cabeça. — Existem barqueiros que ganham a vida transportando passageiros pelo lago, mas poucos irão querer desembarcar alguém por lá.

— Bem, podemos tentar — disse o Caça-feitiço. — Obrigado por toda a sua ajuda, sr. Atkins, e eu certamente darei algo ao guia da areia para ajudar aos enlutados.

— Nesse caso, estou mais que satisfeito por ajudar — respondeu o eremita. — Vocês são bem-vindos para se abrigar aqui durante a noite. No entanto, a única refeição que tenho a oferecer é um pouco de sopa.

Como nos preparávamos para enfrentar as trevas, o Caça-feitiço e eu recusamos a oferta de comida. Para minha surpresa, Alice mais uma vez fez o mesmo — em geral, ela tinha um apetite saudável e gostava de manter as energias. Entretanto, não disse nada, e, em breve, nos ajeitamos, gratos por passarmos a noite próximos à fogueira do eremita.

Acordei por volta das quatro da manhã e encontrei Alice olhando para mim através das brasas. O Caça-feitiço respirava de forma lenta e profunda, totalmente adormecido. O eremita estava na mesma posição de antes, com os olhos fechados e a cabeça inclinada — mas era difícil dizer se ele dormia ou não.

— Você dorme muito profundamente, Tom — disse Alice de olhos arregalados e severos. — Estou observando-o há quase meia hora. A maioria das pessoas teria acordado depois de dois minutos.

— Posso acordar à hora que quiser — disse-lhe com um sorriso. — Geralmente, acordo se algo estiver me ameaçando.

Mas você não é uma ameaça, Alice. Queria que eu acordasse? Por quê?

Alice deu de ombros.

— Eu não conseguia dormir e queria conversar, só isso.

— Você está bem? Você não jantou. Isso não parece coisa sua.

— Estou bem, como sempre — respondeu ela, tranquilamente.

— Você precisa comer.

— Você não está comendo muito, está? Uma pequena dentada no queijo bolorento do velho Gregory não porá muita carne em seus ossos frágeis.

— Nós fazemos isso por uma razão, Alice. Em breve, enfrentaremos as trevas, e o jejum nos ajuda. De verdade. Mas você precisa comer alguma coisa. Há mais de um dia você não come nada.

— Deixe-me em paz, Tom. Isso não é da sua conta.

— Claro que é da minha conta. Eu me preocupo com você e não quero vê-la doente.

— Estou fazendo isso por uma razão também. Não só o caça-feitiço e seu aprendiz podem jejuar. Durante três dias, eu também jejuarei. Farei o que Lizzie me ensinou. Fiz isso diversas vezes quando ela precisava aumentar seu poder. Poderia ser o primeiro passo para manter o Velho Nick a distância.

— E depois, Alice? O que mais você fará? Alguma coisa das trevas, não é? Faça isso, e você não será melhor que os inimigos que enfrentamos. Você será uma feiticeira usando os poderes de uma feiticeira! Pare com isso agora enquanto ainda pode! E pare de me envolver. Você ouviu o que o sr. Gregory falou: o Maligno não quer outra coisa, senão me levar para as trevas.

— Não, Tom, isso não é justo. Não sou uma feiticeira nem nunca serei. Usarei as trevas, é verdade, mas não estou levando você para elas. Só estou fazendo o que sua mãe me disse!

— O quê? Mamãe nunca lhe diria para fazer isso.

— Você não sabe como está errado, Tom. *Use qualquer coisa! Use qualquer coisa!* Foi o que ela disse. *Qualquer coisa que possa protegê-lo.* Não vê, Tom? É por isto que estou aqui: para usar as trevas contra as trevas e ter certeza de que você sobreviverá!

Fiquei atordoado por suas palavras e não sabia o que dizer. Mas Alice não era mentirosa, disso eu tinha certeza.

— Quando minha mãe lhe disse para fazer isso? — perguntei, tranquilamente.

— Quando fiquei com sua família, no ano passado, ao combatermos a Mãe Malkin juntos. E, desde então, nós nos falamos uma vez. Durante o verão, quando estivemos em Pendle, ela falou comigo por meio de um espelho...

Olhei para Alice espantado. Eu não tinha contato com mamãe desde o início da primavera, quando ela partira para a Grécia. Mas ela havia falado com Alice! E usado um espelho para isso!

— O que minha mãe lhe disse, Alice? O que era tão urgente que ela precisava lhe falar por intermédio de um espelho? — indaguei.

— Foi como eu disse. Em Pendle, quando os covens estavam se preparando para abrir o portal e deixar o Maligno entrar no mundo, sua mãe disse que você estaria em grande perigo e que era chegada a hora de me preparar para proteger você. Tenho feito o melhor que pude para estar pronta, desde então, mas não é fácil.

Lancei um olhar na direção do Caça-feitiço, baixando a voz, em seguida.

— Se o Caça-feitiço descobrir o que você está tentando fazer, ele a mandará embora. Tome cuidado, Alice, porque isso poderia acontecer. Ele já está preocupado porque nós usamos um espelho. Não lhe dê o menor motivo, por favor...

Alice assentiu, e, durante um longo tempo, não dissemos nada e apenas ficamos sentados fitando as brasas da fogueira. Após algum tempo, percebi que o eremita me observava. Retribuí o olhar, e nossos olhos se encontraram. Ele nem piscou e eu fiquei envergonhado, por isso perguntei:

— Como o senhor aprendeu a rabdomancia, sr. Atkins?

— Como um pássaro aprende a construir o ninho? Ou uma aranha tece a teia? Eu nasci com um dom, Thomas. Meu pai também o tinha e, antes dele, seu pai. Isso costuma aparecer nas famílias. Mas não é apenas um talento para encontrar água ou pessoas desaparecidas. Ele pode lhe dizer coisas *sobre* as pessoas. Sobre o lugar de onde vêm e sobre suas famílias. Gostaria que eu lhe mostrasse?

Eu não tinha certeza e não sabia o que esperar, mas, antes que pudesse responder, o eremita se levantou e deu a volta na fogueira em minha direção, retirando do bolso um pedaço de corda. Ele amarrou uma pequena peça de cristal nela e a segurou acima de minha cabeça. Ela começou a rodar lentamente em sentido horário.

— Você vem de uma boa família, Thomas, isso está bastante claro. Você tem uma mãe e irmãos que o amam. Alguns de vocês foram separados, mas todos estarão juntos muito em breve. Vejo um grande encontro familiar. Uma reunião de grande importância.

— Isso seria ótimo. Minha mãe está longe, e eu não vejo quatro de meus irmãos há mais de três anos.

Olhei na direção do Caça-feitiço, grato por ele ainda estar dormindo. Ele se aborreceria com o eremita predizendo o futuro. Então, Judd Atkins se afastou de mim e se aproximou de Alice. Ela estremeceu quando ele segurou a corda acima de sua cabeça. Ela começou a girar, mas em sentido contrário, contra o sentido dos ponteiros do relógio.

— Lamento dizer isso, garota — disse o eremita —, mas você vem de uma família ruim, um clã de feiticeiras...

— Isso não é segredo — retrucou Alice, de cara feia.

— Mas tem coisa pior — continuou o eremita. — Em breve, você se juntará a elas e a seu pai, que a ama muito. Você é especial para ele. Sua garota especial.

Alice deu um pulo, e seus olhos cintilavam de raiva. Ela ergueu a mão e, por um momento, pensei que iria arranhar o eremita ou bater em seu rosto.

— Meu pai está morto e enterrado. Há anos, está no chão frio! — gritou ela. — Então é isso que você está dizendo? Que estarei morta em breve? Isso não é bom! Não é uma coisa boa para se dizer a alguém!

Com isso, ela saiu da caverna. Quando me virei para segui-la, Judd Atkins pôs uma das mãos em meu ombro.

— Deixe-a ir, Thomas — disse, balançando a cabeça tristemente. — Vocês dois nunca poderão ficar juntos. Você viu o modo como a corda girou para cada um de vocês?

Assenti.

— Em sentidos horário e anti-horário. Luz contra trevas. O bem contra o mal. Vi o que vi e lamento dizer que é verdade. Não apenas isso: não pude evitar de ouvir parte da conversa. Qualquer um preparado para usar as trevas daquele jeito, por qualquer razão, não merece confiança. Um cordeiro pode se sentar em segurança ao lado de um lobo? Ou um coelho pode fazer amizade com um furão? Tome cuidado, ou ela o arrastará com ela! Deixe-a ir e encontre outro amigo para você. Não pode ser Alice.

De qualquer modo, fui atrás de Alice, mas ela desaparecera na escuridão. Esperei na entrada da caverna até que voltou uma hora antes do amanhecer. Ela não falou e estremeceu quando me aproximei. Eu podia perceber que estivera chorando.

CAPÍTULO 23

A CARRAFA DA BRUXA

Partimos às primeiras luzes enquanto o eremita ainda dormia. O céu estava límpido, mas fazia muito frio. Dirigimo-nos para o norte, rumo à Grande Lagoa, com os altos picos cobertos de neve das montanhas a distância. Apesar do ar cortante, o gelo aos nossos pés logo começou a derreter, e o chão, a chapinhar.

Ao cruzarmos o rio Leven por uma pequena ponte de madeira e seguirmos para a margem oeste do lago, a caminhada se tornou mais difícil, pois a trilha estreita serpenteava através de uma densa floresta de coníferas, com os declives íngremes erguendo-se à nossa esquerda.

Podíamos muito bem ser três ovelhas desgarradas, a julgar pelo comportamento de Patas. Ela ficava nos circundando, em seguida, pulava para a frente, antes de voltar para o fim da fila e nos pastorear. Aprendera isso com Arkwright:

estava alerta para o perigo, verificando todas as direções contra possíveis ameaças ao pequeno rebanho.

Depois de algum tempo, segurei o passo e caminhei com Alice. Não nos faláramos desde que tínhamos discutido à noite.

— Você está bem, Alice?

— Não podia estar melhor — respondeu ela, rispidamente.

— Lamento termos brigado — comentei.

— Não tem problema, Tom. Sei que você estava tentando fazer o que é melhor.

— Ainda somos amigos?

— Claro.

Caminhamos juntos em silêncio por algum tempo, até que ela disse:

— Tenho um plano, Tom. Um plano para manter o Maligno longe de nós.

Olhei para ela com severidade.

— Espero que não envolva as trevas, Alice — falei, mas ela não quis responder à minha pergunta.

— Você quer ouvir o meu plano ou não?

— Sim, continue.

— Você sabe o que é uma garrafa da bruxa? — perguntou ela.

— Já ouvi falar, mas não sei como funciona. O Caça-feitiço não acredita nela. A garrafa da bruxa é uma defesa contra feitiçaria, mas o Caça-feitiço acha que é apenas algo usado por gente supersticiosa e tola.

— O que o velho Gregory sabe? — perguntou Alice, de forma desdenhosa. — Faça direito e vai funcionar, não se preocupe. Lizzie Ossuda confiava nelas plenamente. Quando uma feiticeira inimiga usa os poderes das trevas contra você, existe um modo de quebrar isso. Primeiro, você precisa de um pouco da urina dela. Essa é a parte difícil, mas não precisa ser muita urina. Basta um pouco para você colocar numa garrafa. Em seguida, você insere na garrafa alfinetes dobrados, pedras pontudas e pregos de ferro, tampa a velha garrafa com uma rolha e balança bastante. Então, você a deixa sob o sol durante três dias e, na noite de lua cheia seguinte, a enterra sob um monte de estrume.

"Assim procedendo, o trabalho está feito. Da próxima vez que a bruxa for ao banheiro, sentirá dores terríveis. É como se ela urinasse alfinetes quentes! Tudo o que você tem que fazer é deixar um bilhete para ela informando o que fez. Ela irá retirar imediatamente o feitiço que lançou sobre você. Mas você deverá manter a garrafa escondida, caso precise usá-la novamente!"

Ri sem vontade.

— Então, é isso que você usará contra o Maligno, Alice? — zombei. — O xixi dele e uns poucos alfinetes dobrados?

— Nós nos conhecemos há algum tempo, Tom, e acho que agora você sabe que não sou tola. Sua mãe também não é. Você devia se envergonhar, rindo desse jeito. Foi um riso feio. Você era bom quando o conheci. Não teria rido de mim desse jeito, não importa o que eu dissesse. Você era muito simpático e educado para isso. Não mude, Tom, por favor. Você precisa se fortalecer, mas não desse jeito. Sou sua amiga. Não magoe os amigos, não importa quanto medo sinta.

Ao ouvir aquelas palavras, minha garganta apertou de tal modo que não pude falar e lágrimas brotaram de meus olhos.

— Sinto muito, Alice — disse, finalmente. — Não tive a intenção. Você está certa. Estou com medo, mas não devia descontá-lo em você.

— Está bem, Tom. Não se preocupe. Você não me deixou terminar. Eu ia dizer que pretendia usar algo semelhante. Não a urina. Mas o sangue. Portanto, precisamos obter um pouco de sangue especial. Não o sangue *dele*. Como poderíamos obtê-lo? Mas o sangue de sua filha, Morwena, deverá resolver o problema! Quando conseguirmos um pouco, farei o restante.

Alice retirou algo do bolso do casaco e o segurou bem na minha frente. Era um pequeno cântaro de barro com uma rolha na extremidade.

— Eles o chamam de cântaro de sangue — comentou. — Precisamos pôr o sangue de Morwena aqui e misturá-lo com um pouco do seu. Então, o Maligno será forçado a manter distância. Você estaria seguro, tenho certeza. Não precisa de muito. Apenas algumas gotas resolveriam...

— Mas isso é magia negra, Alice. Se o Caça-feitiço descobrir, ele a mandará embora para sempre ou a colocará numa cova no jardim. E pense em você. Em sua alma. Se você não tomar cuidado, acabará pertencendo ao Maligno!

No entanto, antes que eu pudesse continuar, o Caça-feitiço chamou meu nome e fez um sinal para eu me juntar a ele. Então, corri para alcançá-lo, deixando Alice para trás.

Continuamos caminhando, e o caminho agora se estendia até próximo da margem do lago, e o Caça-feitiço seguia fitando a água cautelosamente. Sem dúvida, ele estava pensando na ameaça de Morwena ou de outras feiticeiras da água. Elas podiam atacar, a qualquer momento, vindas da água. Mas eu confiava em Alice ou Patas para nos dar algum aviso.

Será que Morwena nos seguia desde que deixáramos o moinho, mantendo distância e apenas esperando uma oportunidade de atacar? Ambos os lados do lago tinham uma floresta espessa. Ela podia se mover em meio à densa cobertura de árvores ou mesmo nadar sob a superfície da água parada. O sol de inverno banhava o campo com sua luz pálida, e a visibilidade era boa. Eu não pressentia perigo algum. Mas, assim que a noite caísse, a história seria outra.

Será que eu estava errado? O perigo se encontrava por toda parte, pois o Caça-feitiço parou de repente e apontou para uma árvore à nossa direita, a menos de cinquenta passos da margem do lago.

Meu coração disparou de medo quando vi o que estava gravado no tronco...

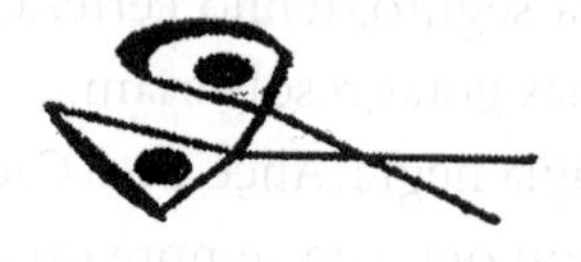

— Parece que foi talhado há pouco — disse meu mestre. — Agora temos que nos preocupar com outro inimigo!

Era a marca de Grimalkin. No verão, ela fora enviada pelas Malkin para me caçar, e eu a enganara e quase não conseguira escapar com vida. Mas agora ela estava de volta. Por que deixara Pendle?

— Será que elas a enviaram atrás de mim outra vez? — perguntei temeroso. — Ela não é outra das filhas do Maligno, é?

O Caça-feitiço suspirou.

— É impossível dizer, garoto, mas não que eu saiba. Alguma coisa, porém, está a caminho. Na semana passada, quando viajei até Pendle, mantive distância dos clãs de feiticeiras, restringindo minha visita à Torre Malkin. Mas algo estava acontecendo. Passei por várias cabanas queimadas, e havia corpos dos três clãs apodrecendo em Crow Wood: Malkin, Deane e Mouldheel. Parecia que tinha ocorrido uma batalha. As trevas podem estar em guerra entre si. Mas por que Grimalkin veio para o norte? Pode ser que ela não esteja atrás de você, mas parece muita coincidência que ambos se encontrem aqui. De qualquer modo, ela pôs a marca de aviso perto da margem. Portanto, vamos ser cuidadosos em dobro.

No fim da tarde, avistamos Belle Isle. Ao nos aproximarmos, vimos que estava muito mais perto da margem do lago do que esperávamos: o ponto mais próximo não ficava a mais de cem metros.

Havia pontões próximos ao local onde os barqueiros trabalhavam, mas, embora eles estivessem dispostos a nos levar à margem distante do lago por alguns trocados, nem mesmo uma moeda de prata poderia contratar um barco para uma viagem curta até a ilha.

Ao perguntarmos o motivo, cada homem dava uma resposta evasiva.

— Não é um bom lugar para ir, dia ou noite. Não, se você preza sua sanidade — advertiu o terceiro barqueiro abordado.

Em seguida, provavelmente cansado da persistência do Caça-feitiço, ele apontou na direção de um barco a remo em mau estado, que estava amarrado entre os juncos.

— A dona daquele barco pode ser doida o bastante para levar vocês.

— Onde nós a encontramos? — perguntou o Caça-feitiço.

— Sigam cerca de um quilômetro naquela direção e vocês estarão na porta da cabana dela — disse o homem com um sorriso sinistro, apontando vagamente para o lado norte da margem. — Deana Doida, é assim que ela é conhecida. Mas Deana Beck é seu nome verdadeiro! Ela é o melhor que vocês conseguirão para o trabalho!

— Por que ela é *doida*? — perguntou o Caça-feitiço, franzindo a testa.

Ficou claro que ele estava aborrecido com a atitude do homem.

— Porque a velhota não sabe o que é melhor para ela! — retrucou o barqueiro. — Ela não tem família para se preocupar, sabe? E é tão velha que não se preocupa mais em viver muito. Ninguém, em seu juízo perfeito, se aproxima daquela ilha enfeitiçada.

— Existem feiticeiras na ilha? — perguntou o Caça-feitiço.

— Elas vêm de vez em quando. Muitas feiticeiras, se você olhar bem de perto, mas a maior parte das pessoas ajuizadas dá meia-volta. Finge que não está acontecendo. Vai falar com a Deana Doida.

O barqueiro ainda ria quando nos afastamos. Pouco depois, chegamos a uma pequena cabana com telhado de colmo apoiada em um declive íngreme, coberto de árvores. O Caça-feitiço bateu à porta ao mesmo tempo que Patas caminhou até a beira da água, fitando a ilha através do lago. Após alguns instantes, ouvimos um som de barras sendo retiradas, e a porta se abriu na largura exata do olho desconfiado que nos observava de dentro.

— Saiam daqui! — resmungou uma voz rude, que não soava nem um pouco parecida com a de uma mulher. — Vagabundos e mendigos não são bem-vindos aqui.

— Não viemos para mendigar — explicou o Caça-feitiço, pacientemente. — Meu nome é John Gregory. Preciso de sua ajuda e, para isso, estou disposto a pagar bem. Você foi altamente recomendada.

— Altamente recomendada, eu? Então vejamos a cor do seu dinheiro...

O Caça-feitiço pegou sua capa, retirou uma moeda de prata do bolso e a segurou na direção da abertura da porta.

— Essa moeda de adiantamento e o mesmo valor novamente, quando você terminar o trabalho.

— Que trabalho? Que trabalho? Desembuche! Não me faça perder tempo.

— Precisamos atravessar Belle Isle. A senhora pode fazer isso? E nos trazer sãos e salvos de volta?

Uma mão enrugada emergiu lentamente à luz do dia, e o Caça-feitiço deixou a moeda cair em sua palma, que imediatamente se fechou bem apertado.

— Certamente posso fazer isso — respondeu a voz, baixando um pouco. — Mas a viagem é perigosa. Melhor entrarem e aquecerem seus ossos.

A porta se abriu, e deparamos com a visão de Deana Beck: ela vestia calças de couro, uma camisa encardida e grandes botas com tachas no solado. Os cabelos brancos eram cortados curtos, e, por um momento, ela pareceu um homem. Mas os olhos, que se moviam com inteligência, eram suaves e femininos, e os lábios formavam um arco perfeito. Seu rosto estava vincado pela idade, mas o corpo era musculoso, e ela parecia forte, robusta e muito capaz de nos levar até a ilha.

O cômodo estava vazio, a não ser por uma pequena mesa no canto e o piso de pedras, coberto de juncos. Deana se agachou próxima à fogueira, indicando com um gesto que devíamos fazer o mesmo.

— Estão confortáveis? — perguntou ela, quando nos ajeitamos.

— Meus velhos ossos preferem uma cadeira — respondeu o Caça-feitiço secamente. — Mas vagabundos e mendigos não podem escolher.

Ela sorriu e fez que sim com a cabeça.

— Bem, eu me arranjei durante toda a vida sem o conforto de uma cadeira — retrucou, e sua voz agora estava muito mais baixa e melodiosa. — Digam-me: por que querem ir até a ilha? O que traz um caça-feitiço a Belle Isle? Você veio lidar com as feiticeiras?

— Não diretamente, a menos que se metam em nosso caminho — admitiu o Caça-feitiço. — Não desta vez, de qualquer modo. Um colega meu está perdido há dias, e temos razão para acreditar que ele se encontra em alguma parte da ilha.

— E o que faz ter tanta certeza?

— Consultamos um rabdomante — Judd Atkins, de Cartmel.

— Encontrei o homem uma vez — falou Deana, assentindo. — Ele descobriu um corpo no lago, não muito longe daqui. Bem, se Atkins diz que ele está lá, então provavelmente ele está. Mas como foi parar lá? Isso é o que quero saber.

O Caça-feitiço suspirou.

— Ele foi raptado ao tentar lidar com uma feiticeira da água. Pode ser que alguns moradores de Coniston também estejam envolvidos ou alguém dos outros vilarejos.

Observei com atenção o rosto de Deana Beck para ver qual seria sua reação. Será que ela estava envolvida nisso? Podíamos confiar nela?

— É uma vida difícil por aqui — disse ela, por fim. E você tem que fazer o que pode para sobreviver. A maioria apenas finge que não vê, mas sempre existem alguns que têm negócios com as forças das trevas que se ocultam na água. Eles fazem o que precisa ser feito para assegurar a própria segurança e as necessidades de suas famílias. Quando o chefe de família morre, sua família enfrenta dificuldades. Algumas vezes, chegam a passar fome.

— E quanto a você, Deana Beck? — perguntou o Caça-feitiço, encarando-a. — Você já lidou com as trevas?

Deana balançou a cabeça.

— Não — respondeu ela. — Não tenho nada com as feiticeiras. Absolutamente nada. Nunca tive família e levo uma vida longa e solitária. Mas não me arrependo, pois agora não tenho parentes com quem me preocupar. Perdi o medo, pois só tenho que cuidar de mim mesma. Isso torna você mais forte. As feiticeiras não me assustam. Faço o que quero.

— Então pode nos levar até lá? — perguntou o Caça-feitiço.

— Assim que escurecer. Não queremos ir até lá em plena luz do dia. Alguém pode estar observando, talvez as pessoas que puseram seu amigo na ilha, e nós não íamos querer encontrá-los.

— Certamente não — comentou o Caça-feitiço.

Deana ofereceu-se para dividir o jantar, mas o Caça-feitiço agradeceu por todos nós. Fui forçado a observá-la devorando um ensopado de coelho fumegante enquanto minha boca ficava cheia de água e meu estômago rugia. Em breve, estaria escuro, e nós enfrentaríamos quem estivesse lá na ilha.

CAPÍTULO 24

O CAPRICHO

Calçando longas botas de pescador que iam até as coxas, Deana Beck nos conduziu ao longo da margem do lago, segurando uma lanterna em cada mão. A lua ainda não tinha saído e havia pouca luz das estrelas, mas ela não as acendeu. A escuridão ajudaria a nos proteger de que estivesse à espreita ou observando da ilha. Caminhei ao lado do Caça-feitiço, levando meu bastão e sua bolsa; Alice estava alguns passos atrás de nós. Patas continuou a trotar a nosso redor, e o pelo negro agora a tornava quase invisível. Quando ela se aproximou, apenas o ruído leve das patas denunciava sua posição.

Passados alguns instantes, chegamos ao barco de Deana; ela o arrastou e empurrou para longe dos juncos na direção do cais. Patas pulou primeiro, fazendo com que o barco balançasse levemente, mas, depois, Deana segurou a beirada do pontão para estabilizá-lo enquanto subíamos a bordo:

o Caça-feitiço, primeiro, e Alice, por último. Mais à frente, nosso destino parecia escuro e ameaçador com sua cobertura de árvores que mais pareciam a corcunda de um enorme monstro agachado, esperando a chegada de sua presa.

Deana remou na direção da ilha com remadas largas e lentas, que mal faziam barulho ao mergulharem na água. O ar ainda estava silencioso e, pouco depois, a lua começou a se erguer no céu, iluminando as montanhas distantes e o lago com sua luz prateada. Mas as árvores ainda pareciam escuras e ameaçadoras. A visão de Belle Isle me deixou agitado, e senti um calafrio abaixo da nuca.

A travessia levou alguns minutos e, pouco depois, após Deana atracar o barco a remo no cascalho, desembarcamos e paramos na margem da água, onde alguns seixos antigos e torcidos bloqueavam a luz da lua.

— Obrigado por sua ajuda, Deana — agradeceu o Caça-feitiço à velha barqueira, e sua voz era pouco mais que um sussurro.

— Se não voltarmos dentro de uma hora, vá para casa e volte para nos buscar pouco antes do amanhecer.

Deana meneou a cabeça, pegou uma das lanternas e a entregou ao Caça-feitiço. Como eu já estava levando meu bastão e a bolsa dele, ela deu a outra à Alice. Patas imediatamente passou à nossa frente e, pouco depois, ela sumiu na escuridão. Deixando Deana com o barco, seguimos o cão na direção das árvores lúgubres. De uma margem à outra, a ilha não tinha mais que duzentos metros até o ponto extremo e setecentos e cinquenta metros de comprimento: à luz do dia, poderíamos tê-la examinado, de um lado a outro, mas, na escuridão, isso era impossível; por isso, fomos direto para o capricho, onde o eremita achava que poderíamos encontrar Bill Arkwright.

A ilha tinha densas copas de árvores, a maioria formada por coníferas, mas pouco depois chegamos a um local com árvores decíduas, de galhos rígidos e sem folhas. No meio delas, estava o capricho.

Não era de modo algum o que eu esperava. À luz da lua, dois edifícios separados, em vez de um, talvez a não mais de quinze passos um do outro; eram torres gêmeas, feias, grossas e quadradas, construídas com pedras cinzentas, incrustadas de liquens, e não tinham mais que seis metros. Elas lembravam sepulcros — mausoléus para guardar os ossos dos mortos. Cada uma tinha um telhado plano sem torreões e ameias, mas havia alguns detalhes de decoração. Enquanto as paredes inferiores eram blocos planos de pedra, a cerca de três metros do chão, em direção ao telhado de cada uma das torres, vi uma multidão de gárgulas: esqueletos, morcegos, pássaros e todo tipo de criaturas que poderiam ter sido copiadas das páginas de algum bestiário demoníaco.

O primeiro edifício não tinha portas, apenas uma abertura estreita e alta em cada parede para servir de janela. Então, como era possível entrar? E, se não era, qual seria a vantagem daquilo? Não era agradável de se olhar. Arkwright não podia estar no interior da torre fechada, mas, ainda assim, Patas já a circulava, farejando e resmungando, e, quando nos movemos para a torre seguinte, ela ficou para trás.

Percebi, então, que chamá-las de construções "gêmeas" não era muito preciso. Embora a segunda estrutura tivesse aberturas idênticas para as janelas e outro conjunto de gárgulas, também tinha uma grossa porta de madeira. Ela estava fechada com um cadeado, mas Andrew, o irmão serralheiro do Caça-feitiço, providenciara para nós chaves capazes de lidar com tal tipo de obstáculo, e o Caça-feitiço a abriu em segundos. Acendemos as duas lanternas antes de entrar cautelosamente em seu interior, com as lâminas dos bastões em posição. Descendo ao longo de três paredes, cerca de trinta degraus de pedra nos conduziam para baixo na direção de uma piscina de água.

Ao chegarmos ao fundo, o Caça-feitiço se afastou da água na direção do canto mais distante. Coloquei-me a seu lado e observei o que ele tinha encontrado. Era uma bota.

— É de Bill? — indagou ele.

— É dele — respondi com um aceno.

— Onde será que ele está agora? — perguntou o Caça-feitiço, mais pensando em voz alta que me perguntando.

Aproximando-se da água e a observando com atenção, caminhou até a beirada, segurando a lanterna bem alto.

Segui seu olhar. A água era espantosamente límpida, mas profunda, e pude ver duas coisas: outro lance íngreme e estreito de degraus submersos e, no fim deles, o que parecia ser a entrada de um túnel escuro.

— O que temos aqui? — murmurou o Caça-feitiço. — Bem, garoto, olhe na direção do túnel. Onde você pensa que ele vai dar?

Não havia muita dúvida.

— No outro edifício — respondi.

— É isso mesmo. E adivinhe quem está lá? Que melhor prisão que um edifício sem uma porta! Siga-me, garoto...

Fiz como ele disse, com Alice em meus calcanhares. Uma vez do lado de fora, meu mestre atravessou para a outra torre, parou debaixo da janela mais próxima e apontou para ela.

— Suba em meus ombros e veja se pode galgar e espiar seu interior. Use a lanterna, mas tente protegê-la com o corpo para não atrairmos atenção indesejada. Não queremos que alguém a veja em terra firme.

Ele se agachou debaixo da janela, e eu subi em seus ombros, segurando a lanterna entre meu corpo e a parede enquanto apoiava a mão direita contra as pedras para me equilibrar. Quando o Caça-feitiço esticou o corpo, fiz um esforço para manter o equilíbrio, mas depois pude galgar a janela usando as gárgulas como apoio para as mãos e os pés. Segurar a lanterna tornou a subida mais difícil, mas, enfim, eu estava em posição, de frente para a janela. Inclinei-me para a frente contra a parede e apoiei o queixo na lanterna, olhando através da abertura. Tudo o que eu podia ver lá dentro era uma piscina de água, aparentemente idêntica à que havia na outra torre; a parede oposta tinha uma enorme fenda abaixo do nível do solo. Era provável que os alicerces estivessem úmidos e tivessem se deslocado.

Desci, e nos movemos para a parede seguinte.

— Não sei se minhas pobres costas e joelhos podem aguentar isso mais uma vez — resmungou o Caça-feitiço. — Ande rápido, garoto!

Fiz como ele ordenou, mas, somente quando observei através da abertura da quarta janela, vi alguém amarrado com uma corda e inclinado contra a parede oposta, próxima à piscina. Eu não podia ver seu rosto, mas certamente parecia Arkwright.

— Tem alguém amarrado lá — sussurrei agitado. — Tenho certeza de que é ele.

— Muito bem, garoto — disse o Caça-feitiço. — Agora examine o telhado. Pode haver algum modo de entrar por cima. Vale a pena tentar...

Subi um pouco mais; depois, cheguei até a parte de cima, apoiei-me na beirada do telhado e tomei impulso. Um exame atento revelou que era feito de pedra sólida. Não havia como entrar. Depois de olhar de relance através das árvores na direção da água prateada do lago, abaixei-me até a beirada e, com a ajuda do Caça-feitiço, em pouco tempo atingi o solo.

Caminhamos até o outro edifício, descemos os degraus mais uma vez e fitamos melancolicamente a superfície da piscina. Havia um único modo de tirar Arkwright de lá e era através do túnel na água.

— O sr. Arkwright me ensinou a nadar — disse a meu mestre, tentando transmitir em minha voz mais confiança que a que eu sentia. — Agora é a hora de usar o que aprendi...

— Bem, se você pode nadar, é mais do que posso fazer. Mas quanto você pode nadar?

— Cerca de cinco vezes a largura do canal...

O Caça-feitiço balançou a cabeça em dúvida.

— Muito perigoso, Tom — disse Alice. — Isso é mais do que apenas nadar. É preciso mergulhar e percorrer o túnel escuro. Eu não sei nadar, caso contrário, iria com você. Dois de nós teriam mais chance.

— Ela está certa, garoto. Talvez Deana pudesse ir ou conhecesse alguém que possa nadar bem para percorrê-lo.

— Mas será que poderíamos confiar neles? — Não. Eu posso fazê-lo. Pelo menos, tenho que tentar.

O Caça-feitiço não fez menção de me deter, mas olhou em silêncio, balançando a cabeça enquanto eu tirava as botas e as meias e, em seguida, a capa e a camisa. Finalmente, amarrei de novo a corrente de prata na cintura e me preparei para entrar na água.

— Tome — disse meu mestre, entregando-me uma faca tirada de sua bolsa. — Enfie isto em seu cinto. Você precisará dela para libertar Bill. E leve isto para ele também — continuou, entregando-me uma garrafa de água.

— Tenho aqui algo que pode ser útil... — disse Alice.

E, com essas palavras, ela retirou uma algibeira de couro do bolso da saia e desamarrou o cordão fino que a prendia para revelar um ramo de ervas secas em seu interior. Antes, ela as havia usado para tratar com sucesso dos doentes e, uma vez, ajudara a curar minha mão queimada. Mas eu nunca tinha visto quantidade e diversidade tão grandes de ervas. Parecia que, sem que eu soubesse, Alice estivera juntando material para desenvolver seus poderes de cura.

Ela estendeu uma folha na minha direção.

— Ponha um pouco disto debaixo da língua dele. Irá reanimá-lo — se não for tarde demais.

O Caça-feitiço a encarou com uma expressão severa por um momento, depois, concordou. Por isso, eu a enfiei no bolso e prendi a faca e a garrafa de água no cinto.

— Tome cuidado, garoto — advertiu meu mestre. — Isso é perigoso. Em caso de dúvida, não continue. Ninguém o julgará por isso.

Meneei a cabeça em agradecimento e comecei a descer os degraus. A água estava fria e me fez perder o fôlego, mas, ao chegar na altura de meu peito, já me sentia melhor. Sorrindo para Alice, nadei para longe dos degraus, respirei fundo e tentei mergulhar no túnel submerso.

Não cheguei muito longe. A água impunha resistência e me forçava de volta à superfície. Ou eu não estava dando as braçadas corretamente como tinha aprendido ou simplesmente não era forte o bastante. Inspirei fundo e tentei outra vez. Momentos depois, eu estava cuspindo água na superfície e me sentindo um pouco tolo. Eu nunca conseguiria tirar Arkwright de lá. Teríamos que pedir ajuda a Deana.

Nadei de volta para a margem até que meus pés estivessem novamente nos degraus. Mas, subitamente, lembrei-me de algo que Arkwright dissera:

Quando um mergulhador quer afundar, a maneira mais fácil é segurar uma pedra grande, de modo que o peso o leve rapidamente para baixo...

— Alice, corra até a praia e me traga duas das pedras mais pesadas que você puder carregar! — gritei para ela.

Ela e o Caça-feitiço me fitaram com ar espantado.

— Um peso em cada mão irá me levar direto até o fundo e conseguirei impulso para entrar no túnel.

Alice voltou em menos de cinco minutos com duas rochas pesadas. Segurando-as contra o peito, desci os degraus até que a água cobrisse minha cintura, e, depois de inspirar fundo, mergulhei.

A água se fechou sobre minha cabeça e afundei rapidamente na escuridão. O túnel estava bem à frente, por isso, soltei as pedras e comecei a dar braçadas para dentro dele, arranhando meu ombro contra sua lateral. Mais duas braçadas e tudo ficou escuro. Comecei a entrar em pânico. E se estivéssemos errados e o corredor não levasse ao edifício seguinte?

Tentei usar meus braços como Arkwright me ensinara, mas o túnel era muito estreito, e machuquei meus cotovelos. Estava desesperado para respirar e continuava a dar braçadas, e a necessidade de sair dali crescia em meu peito. Tentei me acalmar. Na superfície, eu podia prender a respiração por muito mais tempo que agora. Mas qual era a diferença? Desde que eu não entrasse em pânico, tudo ficaria bem.

Mais duas braçadas e, para meu alívio, eu estava fora do túnel e começava a subir, pois a água parecia, de alguma maneira, mais leve. Eu tinha a sensação de que havia algo grande à minha direita, mas, no instante seguinte, minha cabeça rompeu a superfície e soltei o ar que estivera prendendo, inspirando profundamente duas vezes ao chegar. Usei os braços e as pernas para chapinhar no local e boiar. Estava escuro na torre, mas, ao olhar para cima, percebi quatro janelas estreitas. Três estavam escuras, mas a quarta era iluminada pela lua. Com sorte, meus olhos em breve se ajustariam àquele lugar e haveria luz suficiente para ver o que eu estava fazendo.

Dei algumas braçadas e, em seguida, bati os dedos do pé contra os degraus. Momentos depois, já estava fora da piscina, de pé na laje, com água escorrendo e completamente imóvel, aguardando que minha visão noturna melhorasse. Aos poucos, o interior da torre clareou. Eu podia ver o que parecia uma trouxa de trapos disforme apoiada contra a parede. Tinha que ser Arkwright. Dei três passos cautelosos naquela direção. Depois, pensei ter ouvido um murmúrio de vozes de alguma parte acima de mim. Surpreso, olhei na direção da janela.

— Tom! — chamou alguém.

Era a voz de Alice. Eu sabia que ela subiria nos ombros do Caça-feitiço e galgaria as gárgulas até a janela.

— Você está bem? — perguntou ela.

— Sim, Alice. Até agora tudo bem. Acho que já o encontrei.

— Trouxe uma coisa para você. Uma vela. Tente pegá-la. Pronto?

No instante seguinte, ela estava caindo em minha direção. Dei dois passos rápidos, estendi a mão para pegá-la, mas não consegui. Ela atingiu o chão. Apesar da escuridão, não demorou muito para que eu a encontrasse. Segurei-a e olhei para a janela novamente.

— Vou jogar o acendedor em seguida — disse ela. — Não o deixe cair, Tom. Não quero quebrá-lo.

Eu também não queria quebrá-lo. Significava muito para mim, pois fora um presente de despedida de meu pai quando eu saíra de casa, pela primeira vez, para me tornar aprendiz do Caça-feitiço. Era uma herança de família.

— Eu não podia vê-lo, então apenas o senti caindo em minha direção, mas, de algum modo, consegui pegá-lo, e, em menos de um minuto, acendi a vela. Em seguida, deixei-o em segurança em meu bolso e me aproximei de Arkwright. Agora, podia ver seu rosto, mas será que ele estava bem? Será que ele estava respirando?

— É ele! — gritei para Alice e o Caça-feitiço. — Não parece muito bem, mas tentarei tirá-lo daqui pelo túnel.

— Ótimo! — gritou Alice. — Muito bem. Veremos você na outra torre.

Eu os ouvi se afastando, mas então algo me fez olhar para a água. Ela estava límpida, e eu podia ver o fundo como antes. Agora percebia o que tinha avistado ao emergir na piscina de água. Era um segundo túnel. Mas aonde ele levava? Para o lago? O pensamento era terrível. Era outro caminho até a torre. Uma feiticeira seria capaz de me alcançar sem ter que passar pelo Caça-feitiço e por Alice.

E havia algo mais. Para meu espanto, a superfície da água subitamente se iluminou, e uma figura começou a se formar. Alguém estava usando um espelho para se comunicar comigo. Seria Alice? Será que ela tinha se separado do Caça-feitiço apenas para isso? Claro, não precisava ser um espelho: a superfície de uma poça, lago ou lagoa poderia servir para o mesmo fim. Mas, afinal, vi que não era Alice, e o medo tomou conta de meu coração.

Era a feiticeira assassina...

Exceto por um lenço enrolado com folga ao redor do pescoço, Grimalkin estava vestida do mesmo modo que em nosso último encontro — a mesma bata preta e curta amarrada na cintura, a saia dividida e atada de modo apertado em cada coxa. Seu corpo ágil estava amarrado com tiras de couro que traziam uma infinidade de bainhas, cada uma contendo uma arma mortal.

Meus olhos estavam fixos de terror num objeto em particular: as tesouras que ela usava para torturar os inimigos derrotados; eram instrumentos afiados que podiam cortar carne e osso. Da última vez, eu a enganara e ferira — ao fingir que me rendia —, jogando o bastão de uma mão para a outra do jeito que o Caça-feitiço me ensinara. Mas, da próxima vez que nos encontrássemos, Grimalkin não seria enganada tão facilmente. Ela sabia do que eu era capaz.

Olhei para o colar de ossos humanos em volta de seu pescoço — ossos de todos os que ela havia perseguido, derrotado e torturado. Ela vivia para o combate e vicejava na carnificina. Dizia-se que tinha um código de honra e gostava que o combate fosse difícil; que nunca tentava ganhar usando a astúcia. Mas eu a decepcionara. Temendo por minha vida, eu me comportara de um modo que ela apenas podia desprezar.

Mas, para meu espanto, ela sorriu para mim e se inclinou. A boca se abriu, e a superfície da água ficou embaçada. Usava um espelho e estava prestes a escrever nele. O quê? Uma ameaça? Um aviso do que pretendia fazer da próxima vez que nos encontrássemos?

Saia imediatamente! Em breve
nossas inimigas entrarão no túnel do lago!

Olhei com espanto para a mensagem. Por que Grimalkin iria me avisar? Ela não ficaria satisfeita por me ver capturado e morto por feiticeiras? O que ela queria dizer com "nossas inimigas"? Feiticeiras da água? Seria um truque? Uma vingança por enganá-la?

A imagem desvaneceu e desapareceu. Eu estava confuso, mas, sem me importar se ela falava ou não a verdade, ainda precisava resgatar Arkwright.

Eu não tinha tempo a perder e, depois de apoiar a vela na laje próxima, me ajoelhei ao lado da figura caída. Do lado direito, havia uma caneca com água pela metade. Amarrado como estava, alguém deve ter vindo para mantê-lo vivo até a chegada de Morwena. Aproximei-me ainda mais e pude ouvir uma respiração rápida e superficial. Chamei seu nome. Ele gemeu, mas não abriu os olhos. Então, retirando a faca de meu cinto, comecei a cortar os nós: primeiro, dos pés, depois, das mãos.

Feito isso, esfreguei suas mãos e o rosto para reanimá-lo, mas seus olhos permaneciam fechados. Em seguida, segurei minha garrafa de água contra seus lábios e despejei um pouco em sua boca. Ele se engasgou, mas conseguiu tomar alguns goles. Então, parti a folha que Alice me dera e empurrei um pedaço pequeno sob sua língua. Finalmente, estirei-o de lado no chão, num esforço para deixá-lo mais confortável. E, então, percebi as marcas em seu pescoço. Eram três grandes escaras amarelas, e, de uma delas, ainda pingava líquido. Eu nunca tinha visto algo assim. Lembrei-me do que Arkwright dissera sobre os suga-sangue. Fiquei imaginando se um deles estivera se alimentando em seu pescoço. As feiticeiras podiam estar usando um suga-sangue em seus rituais.

Não havia mais nada que eu pudesse fazer agora, por isso, depois de prender novamente a garrafa de água em meu cinto, sentei-me a seu lado, com a cabeça nas mãos, tentando pensar em todas aquelas coisas. Compreendi que aquilo era apenas o início de meus problemas. Eu não tinha pedras pesadas para me ajudar a descer rapidamente para a entrada do túnel. Será que eu conseguiria nadar? Não conseguira antes. Arkwright era um nadador muito forte e, se estivesse bem, sem dúvida, seria capaz de me puxar atrás dele. No entanto, ele parecia pior do que eu imaginara. Muito pior. Como eu iria levá-lo de volta à segurança?

Então, meus olhos foram atraídos para a grande fenda na parede oposta; era a fenda que eu tinha percebido antes, quando estava no andar de cima. A torre fora construída com blocos de pedra acima e abaixo do solo. Se uma das pedras estivesse rachada e eu pudesse soltá-la, isso talvez fosse suficiente para nos levar até a entrada do túnel. Será que eu conseguiria arrancar uma delas da parede? Valia a pena tentar. Em seguida, pegando a vela, levantei-me para examinar as pedras mais de perto.

A fenda vertical era mais ampla do que parecia: pelo menos, três pedras tinham rachado, e, ao colocar a vela a meu lado, comecei a mover a mais promissora, que estava a cerca de sessenta centímetros do chão.

Movendo-a para a frente e para trás, consegui soltá-la um pouco e, em pouco tempo, já tinha puxado grande parte dela. Ao fazê-lo, percebi que Arkwright estava começando a se mover. Aos poucos, ele se sentou e cintilou à luz da vela; em seguida, franziu a testa e retirou alguma coisa da boca. Era a folha que eu colocara debaixo de sua língua.

— Alice me deu isso. Foi o que fez você acordar...

— Então, você nadou através do túnel para vir me pegar?

Assenti.

— Nesse caso, devemos ser gratos por eu ter lhe jogado no canal! — exclamou, com um leve sorriso, enquanto suas forças retornavam lentamente.

— Como o senhor está se sentindo?

— Terrível, mas não temos tempo a perder. Quem sabe o que irá aparecer em seguida, vindo desses túneis. Precisamos nadar de volta. Normalmente, eu diria para você ir primeiro, mas estou fraco como um gatinho, e é melhor tentar atravessar aquele túnel enquanto posso. Conte até dez e me siga...

Depois de dizer isso, Arkwright cambaleou até a beira da água, respirou fundo e mergulhou reto, mal fazendo um borrifo, enquanto seu peso o levava para o fundo e direto para a abertura.

Examinando a água, em meio à turbulência causada pela descida, eu o observei dar uma pernada forte e tomar impulso para chegar ao túnel. No instante seguinte, ele tinha desaparecido. Mesmo fraco, ele era um nadador muito melhor que eu.

Peguei a faca e a enfiei no cinto; depois, amarrei outra vez a corrente de prata na cintura. Eu lhe daria mais ou menos dez segundos para atravessar e então o seguiria. Pensei no acendedor em meu bolso. A água não faria bem a ele, mas não podia simplesmente deixá-lo para trás. Continuei a olhar para as ondulações que desapareciam aos poucos, e a superfície da água voltou a ser lisa como vidro, refletindo meu próprio rosto. Preparei-me para entrar na água, segurando o grande pedaço de pedra. Mas, então, recuei de horror. Alguma coisa estava saindo do outro túnel — o que levava ao lago.

CAPÍTULO 25

GRIMALKIN

A figura se ergueu rapidamente da superfície, e uma cabeça feminina veio à tona, retribuindo meu olhar enquanto a água escorria de seus cabelos. Mas não era uma feiticeira da água — era Grimalkin! Dei dois passos rápidos para trás, mas não fez nenhum movimento de sair da água e me atacar.

— Não precisa me temer, criança. Não vim atrás de você. Procuro outra pessoa hoje.

— Quem? Meu mestre?

Ela balançou a cabeça e sorriu ameaçadoramente ao boiar na água.

— Hoje busco a filha do Diabo, Morwena.

Olhei para ela com desconfiança. Será que ela estava tentando me enganar? Afinal, eu a iludira, e, talvez, ela me visse como pouco mais que um inseto — algo a ser esmagado de qualquer maneira. Entretanto, ela poderia estar dizendo a verdade. Os clãs de Pendle frequentemente combatiam entre si, feiticeira contra feiticeira. Será que elas também combatiam as feiticeiras que viviam em outras partes do Condado?

— Morwena é inimiga dos Malkin?

— Ela é filha do Maligno, e ele agora é meu inimigo declarado. Por isso, ela deve morrer.

— Mas você estava na serra de Pendle na noite em que os clãs trouxeram o Maligno através do portal — acusei. — Como ele pode ser seu inimigo agora?

Grimalkin sorriu, mostrando seus dentes pontudos.

— Você não se lembra de como foi difícil reunir os clãs para isso? — recordou ela. — Os Malkin, os Deane e os Mouldheel quase nunca se reúnem. E havia divergências até no interior do clã. Algumas temiam que, depois de passar pelo portal para este mundo, o Maligno fosse muito difícil de controlar. E foi isso que aconteceu. Ele exigiu nossa fidelidade. Ordenou que nos subordinássemos à sua vontade.

"No sabá do Halloween, o Maligno apareceu em sua assustadora majestade para aquelas que lhe ofereciam obediência. Mas algumas não o fizeram. E eu estou entre as que não se curvarão diante dele. Agora os clãs estão mais divididos que nunca. E não apenas um clã contra o rival. Malkin combatendo Malkin, e Deane combatendo Deane. As trevas estão em guerra entre si."

"Enquanto conversamos, as feiticeiras estão entrando no túnel. Elas sabem que você está aqui. Eu voltarei e as enfrentarei. Mas vá rápido, pois posso não ser capaz de deter todas elas..."

Ao dizer essas palavras, ela submergiu novamente na água e entrou no túnel que levava ao lago.

Se ela estava ou não dizendo a verdade, não importava, de qualquer modo eu sairia dali imediatamente! Segurei a pedra outra vez, apertando-a contra o peito, respirei fundo e pulei para dentro d'água. Formou-se um tremendo borrifo, e afundei rapidamente. Ao me livrar do peso e começar a bater as pernas com força na direção da escuridão, vi de relance alguma coisa emergir do outro túnel. Seria uma feiticeira da água? Ou Grimalkin?

Nadar através do corredor escuro pareceu mais fácil desta vez. Pelo menos, agora eu sabia que ele conduzia à torre seguinte e que eu não chegaria a um beco sem saída nem ficaria preso na escuridão. A água começou a clarear. Eu já estava quase no fim do túnel. Uma última braçada e o teria atravessado. Mas, então, alguma coisa agarrou meu tornozelo.

Dei uma pernada, tentando me libertar. O aperto ficou mais forte, e senti que estava sendo puxado para trás. Meus pulmões estavam prestes a estourar. Seria Grimalkin, pronta para sua vingança? Se fosse uma feiticeira da água, eu me afogaria enquanto ela drenava meu sangue. Era assim que suas vítimas morriam. Enfraquecidas. Incapazes de se defender. Com a água invadindo seus pulmões. Grimalkin provavelmente apenas cortaria minha garganta.

Retirei a faca do cinto e tentei relaxar. Não lute. Deixe que ela o puxe para trás. Espere sua chance...

Por cima do ombro, avistei as mandíbulas abertas e os caninos enormes prontos para me morder. Era uma feiticeira da água! Então, enfiei minha faca em seu rosto feroz. A água dificultava as coisas, pois reduzia a velocidade de meu braço, mas a lâmina encostou nela e eu a empurrei até o fim o mais que pude.

Por um segundo, nada aconteceu. Então, liberei meu tornozelo. Bem atrás de mim, podia ver duas figuras lutando. Vi de relance os cintos de couro, bainhas e lâminas adornando o corpo de uma delas e sabia que se tratava de Grimalkin. Rapidamente, girei e bati as pernas para sair do túnel, subindo com velocidade.

Ao chegar à superfície, tentei gritar avisando sobre a feiticeira, mas comecei a tossir e a cuspir. O Caça-feitiço, Alice e Arkwright olhavam para mim com ansiedade. Patas rosnava baixinho. Meu mestre segurava o bastão em posição, com a lâmina apontando na direção da água. Alice desceu os degraus com dificuldade e segurou meu braço direito, me ajudando a sair. Segundos depois, eu estava de volta à laje, ainda segurando a lâmina em minha mão. Olhei para trás. Havia sangue na água, erguendo-se em faixas escuras a partir do túnel.

— Uma feiticeira! — gritei, finalmente. — Tem uma feiticeira no túnel! Existe outro caminho debaixo d'água até a torre! Do lago!

Fitamos a água, mas ela não apareceu.

— Você está ferido, garoto? — perguntou o Caça-feitiço, que movia ansiosamente os olhos da água para mim e de volta para a água.

— Não é meu sangue. É dela. Mas poderia haver mais...

Vesti-me apressadamente e calcei as botas. Depois, deixamos a torre, e o Caça-feitiço trancou a porta atrás de nós.

— Isto vai deixá-las mais lentas — disse, guardando a chave novamente. — Duvido muito que tenham uma chave para esta fechadura. Sem dúvida, os prisioneiros eram trazidos para esta torre pelos cúmplices humanos; depois, eram transferidos pelo pequeno túnel de ligação. A rota do lago não era uma boa ideia. Os humanos não sobreviveriam por muito tempo submersos.

— Sem dúvida, você está certo — concordou Arkwright. — Mas eu fiquei inconsciente até acordar na outra torre.

Corremos na direção do barco o mais rápido que conseguimos, mas fomos atrapalhados por Arkwright, que estava bastante fraco e precisava parar a todo instante para recuperar o fôlego. A qualquer momento, esperávamos outro ataque, e Patas continuava andando em círculos, alerta para o perigo. Por fim, chegamos à praia, onde Deana Beck nos aguardava. Primeiro, parecia que precisaríamos fazer duas viagens, mas o Caça-feitiço não tomou conhecimento disso. Apesar de o barco estar perigosamente baixo na água, atravessamos em segurança.

— Vocês podem passar a noite na cabana — ofereceu Deana.

— Agradecemos pela oferta, mas você já fez o bastante — disse o Caça-feitiço. — Não, partiremos o mais rápido que pudermos.

O barqueiro tinha chamado Deana Beck de "Deana Doida", embora ela parecesse tão ajuizada quanto qualquer mulher que eu conhecera. Por "doida", ele realmente tinha querido dizer "muito corajosa". Ela certamente arriscara a vida para nos levar até Belle Isle. Se as feiticeiras descobrissem que Deana tinha nos ajudado, seus dias estariam contados.

Nossa jornada para o sul foi relativamente lenta, mas o ataque que temíamos nunca ocorreu. Eu não sabia quantas feiticeiras entraram no túnel do lago, mas eu havia matado ou ferido gravemente a que agarrara meu tornozelo. Talvez Grimalkin tivesse matado o restante — ou, pelo menos, as tivesse atrasado, dando-nos a chance de fugir.

Pouco antes do cair da noite, paramos entre as árvores. Estávamos distantes do lago, e a ameaça de ataque das feiticeiras da água tinha cessado.

Depois de mordiscar um pouco de queijo do suprimento do Caça-feitiço, Arkwright logo caiu em sono profundo. Ele estava exausto depois de sua provação, e caminhar de pés descalços não estava ajudando. Mas, apesar das bochechas pálidas e do rosto descarnado, ele respirava de modo lento e profundo.

Alice tocou sua testa com as pontas dos dedos.

— Ele não está tão frio assim, considerando o que passou. Mas o pescoço pode infeccionar. — Erguendo os olhos para o Caça-feitiço, perguntou:

— O senhor quer que eu veja o que posso fazer?

— Se acha que pode ajudá-lo, por favor, vá em frente — respondeu ele, mas percebi que ele a observava com atenção. Ela estendeu a mão para pegar a garrafa de água, e meu mestre a entregou para ela. Da algibeira, Alice tirou um pequeno pedaço de folha — uma erva que eu não conhecia —, umedeceu-a e pressionou-a contra o pescoço de Arkwright para que cobrisse as feridas.

— Lizzie lhe ensinou isso? — perguntou o Caça-feitiço.

— Um pouco disso — respondeu ela. — Mas, quando fiquei na fazenda, a mãe de Tom me ensinou muitas outras coisas também.

O Caça-feitiço assentiu em sinal de aprovação ao ouvir a resposta de Alice. Fez-se silêncio, e eu decidi contar-lhe sobre Grimalkin. Eu sabia que ele não iria gostar da ideia de ela estar, de algum modo, envolvida e fiquei imaginando o que ele pensaria a respeito.

— Sr. Gregory, tenho que lhe contar uma coisa. Grimalkin usou um espelho para me avisar sobre as feiticeiras. Depois, ela veio à superfície da piscina para falar comigo. Ela até enfrentou uma das feiticeiras e me ajudou a fugir...

O Caça-feitiço olhou surpreso para mim.

— Espelhos, outra vez? Quando foi isso, garoto?

— Quando eu estava na segunda torre. Eu vi sua imagem na água. E ela falou uma coisa estranha: que as feiticeiras da água eram "*nossas* inimigas".

— Eu nunca admitiria que tínhamos algo em comum com as trevas — disse o Caça-feitiço, coçando a barba —, mas, como os clãs de Pendle parecem estar em guerra, talvez o conflito tenha se estendido ao combate das feiticeiras da água no norte. Mas não entendo por que Grimalkin tentaria ajudar *você*. Depois do que aconteceu da última vez em que se encontraram, achei que ela o quisesse morto!

— Mas, se Grimalkin está realmente do nosso lado, é uma grande ajuda. E precisamos de toda ajuda que conseguirmos! — retruquei.

O Caça-feitiço balançou a cabeça firmemente.

— Não resta dúvida de que, se as feiticeiras estão brigando umas com as outras, isso irá enfraquecê-las e fortalecer a nossa causa. Mas continuo dizendo: nem pensar em ficar ao lado de alguma delas. O Maligno tentará comprometê-lo e, com isso, desviá-lo lentamente na direção das trevas. Tão lentamente que você nem perceberá que está acontecendo!

— Eu nunca serviria às trevas! — exclamei com raiva.

— Não tenha tanta certeza, garoto — continuou o Caça-feitiço. — Mesmo sua mãe já serviu às trevas! Lembre-se disso, pois o mesmo poderá lhe acontecer.

Tive que morder o lábio para não dar uma resposta zangada. O silêncio prolongou-se. O Caça-feitiço olhou para mim com severidade.

— O gato comeu a sua língua, garoto? Está aborrecido? Não aguenta ouvir algumas verdades sobre a família?

Dei de ombros.

— Não posso acreditar que o senhor pense que eu terminaria do lado das trevas. Achei que o senhor me conhecia mais que isso!

— Apenas me preocupo com isso, garoto. É uma possibilidade que enfrentamos. Você pode ser corrompido. Vou lhe dizer uma coisa agora e não quero que você se esqueça disso. Nunca guarde segredos de mim. Conte-me tudo, não importa se você acha que não vou gostar. Ficou claro? *Tudo!* São tempos difíceis, e eu sou a única pessoa em quem você realmente pode confiar — falou rispidamente, lançando um olhar na direção de Alice. — Entendeu?

Eu podia ver Alice observando meu rosto com muito cuidado. Tinha certeza de que ela se perguntava se eu diria a ele que ela estava se preparando para usar um cântaro de sangue para mantei o Maligno longe de nós. Se o Caça-feitiço soubesse disso, ele a mandaria embora. Ou pior. Poderia até considerá-la uma inimiga. Ele costumava amarrar as feiticeiras em covas, e Alice, uma vez, estivera muito perto de ter o mesmo destino.

Eu sabia que muita coisa dependia da minha resposta. O Caça-feitiço era meu mestre, mas Alice era minha amiga e uma aliada cada vez mais poderosa contra as trevas.

— Então? — perguntou o Caça-feitiço.

— Entendi — respondi.

— Muito bem, garoto.

Ele balançou a cabeça, mas não fez comentários, e nossa conversa chegou ao fim. Ficamos de guarda por turnos, vigiando, caso surgisse algum perigo. Arkwright continuava dormindo, por isso, decidimos passar a noite naquele local

Meu sono, porém, foi irregular. O que eu acabara de fazer me enchia de medo e incerteza. Meu pai tinha me criado para ser honesto e verdadeiro, mas minha mãe, embora fosse uma inimiga das trevas, dissera a Alice para usar qualquer coisa para me manter a salvo do Maligno. *Qualquer coisa...*

CAPÍTULO 26

O IMPENSÁVEL

Apesar do perigo que as trevas representavam, precisávamos nos fortalecer. Por isso, ao amanhecer e antes de continuar rumo ao sul nos alimentamos com os coelhos que Alice capturou e preparou. Embora Arkwright estivesse um pouco melhor, nosso progresso ainda era lento, e fomos atrasados por um desvio em Cartmel para lhe comprar um novo par de botas.

Por fim, quando chegamos à costa, tivemos que esperar um longo tempo até a maré baixar completamente. O Caça-feitiço cumpriu a promessa feita ao eremita e, além do pagamento do guia, contribuiu com três moedas de prata para o fundo de apoio às famílias dos que haviam se afogado.

Chegamos ao moinho ao anoitecer. Mas, na beirada do fosso, Patas nos avisou de que havia algo errado. Seus pelos se eriçaram, e ela começou a rosnar. Em seguida, Alice farejou três vezes e se virou para mim com expressão alarmada.

— Tem alguma coisa muito ruim mais à frente. Não gosto disso, Tom!

Arkwright fitava o fosso e enrugava a testa.

Depois, ajoelhou-se, mergulhou o dedo indicador nas águas escuras e o levou, em seguida, aos lábios.

— A concentração de sal está alta. Nenhuma criatura das trevas poderia atravessá-lo. Mas, talvez, alguma criatura tenha saído.

Lembrei-me da feiticeira da água e do suga-sangue presos nas covas debaixo da casa. Será que eles tinham escapado?

— Eu despejei cinco barris de sal no fosso. Mas não coloquei nenhum nas covas.

— Mesmo assim, Mestre Ward, deveria haver o suficiente lá para mantê-los dóceis. Se alguma criatura se libertou, deve ter recebido uma grande ajuda! — disse Arkwright.

— Sim — concordou o Caça-feitiço —, e o fosso não seria um obstáculo para a criatura mais poderosa das trevas, o próprio Maligno!

Arkwright assentiu, e nós três o seguimos quando ele atravessou o fosso. Ele nos levou até o lado da casa próximo à roda-d'água, com Patas a seu lado. De repente, parou. Havia um corpo caído com o rosto voltado para baixo. Ele o virou com ajuda da nova bota.

A garganta do homem fora dilacerada, mas ainda assim havia um pouco de sangue. Seu corpo fora drenado, provavelmente por uma feiticeira da água. Depois, olhei para o rosto do cadáver, paralisado de dor e medo. A boca estava aberta, e, dos dentes da frente quebrados, somente se viam os cacos. Era um dos membros da gangue de recrutamento

— o sargento, que fora o primeiro a fugir da casa e correra em minha direção, mudando de ideia ao ver os cães.

— É um dos membros da gangue de desertores que enfrentei ao norte da baía — disse Arkwright ao Caça-feitiço. — Achei que fossem apenas ameaças vazias. Disseram que iam me encontrar e acabar comigo. Bem, alguém acabou com este aqui, porque ele estava no lugar errado, na hora errada.

Arkwright deu alguns passos, parou na varanda, e pude ouvi-lo praguejar. Quando o alcançamos, descobri o motivo. A porta principal fora arrancada das dobradiças. Poderia muito bem ter sido obra de uma feiticeira da água.

— Precisamos revistar a casa, primeiro, para ver se alguma coisa ainda está escondida aí dentro. Não é com os desertores que precisamos nos preocupar. É com o que os matou — disse Arkwright.

Ele acendeu duas velas e entregou uma para Alice. Meu mestre deixou a bolsa atrás da porta e caminhou com cuidado até o primeiro cômodo, com o bastão na mão direita e a corrente de prata na mão esquerda. Segurando a outra vela, Arkwright estava desarmado, assim como Alice, mas eu tinha o meu bastão posicionado.

Patas começou a rosnar quando atravessamos o soalho de madeira vazio, e imaginei que alguma criatura fosse se lançar sobre nós, vinda das sombras, a qualquer momento. Isso não aconteceu, mas vimos algo que nos fez parar de repente.

Havia uma série de pegadas incandescentes no chão — nove ao todo —, e cada uma delas tinha o formato de cascos fendidos. Elas começavam no meio do cômodo e terminavam pouco antes da porta da cozinha. Isso sugeria que o Maligno se materializara ali, dando nove passos e desaparecendo depois. Mas onde ele estava agora? Meu coração se congelou. Ele poderia aparecer novamente a qualquer momento.

Mas não havia nada a fazer senão continuar e, sem dizer uma palavra, entramos nervosos na cozinha. Arkwright passou pela pia em direção à janela e segurou a grande faca que tinha me mostrado durante nossa primeira lição juntos. A porta que dava acesso às escadas estava totalmente aberta. Será que alguma criatura estava num dos quartos?

Após ordenar que Patas ficasse na cozinha e guardasse nossas costas, Arkwright abriu caminho até o andar de cima com o Caça-feitiço logo atrás dele. Fiquei com Alice no patamar enquanto eles faziam a revista, aguardando tenso e ouvindo o barulho de botas percorrendo cada um dos quartos, mas não havia nada. Além deles, apenas o grande quarto no topo da casa, que abrigava a biblioteca de Arkwright. Mal entraram, Arkwright soltou um grito de angústia. Pensando que ele se machucara ou fora atacado, subi correndo as escadas para ajudar.

Assim que entrei no quarto, percebi por que ele tinha gritado. Os caixões de sua mãe e de seu pai tinham sido retirados dos suportes e despedaçados. Terra e ossos estavam amontoados no soalho. E havia mais pegadas de cascos fendidos incandescentes nas tábuas.

Arkwright estava fora de si com a dor e a raiva, e tremia dos pés à cabeça. Somente aos poucos, o Caça-feitiço conseguiu acalmá-lo.

— O Maligno fez isso — disse meu mestre. — Ele o fez para irritá-lo. Ele quer que a névoa vermelha da raiva obscureça seu julgamento. Mantenha a calma para o nosso próprio bem. Quando isto acabar, ajudaremos seus pais, mas agora precisamos verificar as covas.

Arkwright respirou fundo e balançou a cabeça em sinal do assentimento. Deixamos Patas na cozinha e, em vez de usar o alçapão, saímos novamente e fomos até a porta próxima da roda-d'água.

—Você fica aqui fora, garoto — sussurrou o Caça-feitiço. Bill e eu resolveremos isso!

Obedeci, e Alice, acenando rapidamente para mim, seguiu-os no interior das covas. Menos de um minuto depois, alguma coisa reluziu na escuridão à minha direita. Ouvi um sibilo alto e feroz, e dois olhos ameaçadores me fitaram. Observei apreensivo enquanto alguma coisa que parecia a perna de um enorme inseto emergia aos poucos das sombras.

Era cinza, com muitas articulações e comprida; na verdade, parecia a perna de uma criatura fina e monstruosa. Um segundo membro apareceu, e, em seguida, veio a cabeça. Que cabeça! Uma criatura que eu nunca tinha visto nem em meus pesadelos mais assustadores: um focinho muito fino, o nariz achatado, as orelhas grudadas à cabeça esquelética e alongada. Era o suga-sangue.

Tentei gritar, mas não consegui nem abrir a boca. À medida que a criatura se aproximava, seus olhos me fitavam, e eu sentia minhas forças me abandonando, como um coelho trespassado pelo olhar de um furão mortal. Meu cérebro não parecia trabalhar corretamente, e meu corpo estava paralisado.

Ereta, a criatura deveria ser mais alta que eu. Além da cabeça estreita, o comprido corpo tubulado tinha dois prolongamentos duros e pontudos, como as garras de um caranguejo ou lagosta, e estava coberto de crustáceos como o fundo de um barco. Suas oito patas, porém, eram mais parecidas com as de uma aranha, com movimentos delicados e precisos, e as articulações rangiam e estalavam enquanto ele se movia.

De repente, o suga-sangue se lançou na minha direção com as oito patas movendo-se indistintamente e agarrou meu corpo, jogando-me de costas no chão. Fiquei sem fôlego com a queda, e ele pressionava seu peso contra mim: suas patas arranhavam minhas pernas e meus braços, impedindo-me de mover, e eu estava indefeso. Olhei para o focinho feio e desdentado, que se abria a poucos centímetros de meu rosto enquanto a criatura me envolvia num fedor pútrido e desagradável de marga das poças estagnadas. E, da boca muito aberta, começou a se estender em minha direção um longo tubo de osso branco transparente. Lembrei que Arkwright me dissera que o suga-sangue não tinha língua; em vez disso, ele usava um tubo de ossos para perfurar sua vítima e chupar seu sangue.

Algo forçava minha cabeça para trás, e, de repente, senti uma dor excruciante na garganta. O tubo afiado que se projetava da boca do suga-sangue subitamente mudou de cor e se tornou vermelho. Ele estava chupando meu sangue, e não havia nada que eu pudesse fazer. A dor era intensa. Quanto tempo isso levaria? Comecei a entrar em pânico. Ele poderia continuar se alimentando até meu coração parar.

Então, ouvi o barulho de pés correndo e um grito de desespero de Alice. Ouviu-se uma súbita *pancada* alta, seguida pelo som de algo sendo triturado. Imediatamente, o suga-sangue retirou o tubo de ossos de minha garganta e girou, afastando-se de mim.

A paralisia me abandonara, e me esforcei para ficar de joelhos em tempo de ver Arkwright segurar com as mãos uma pedra manchada de sangue e a erguer bem alto antes de descer com força na cabeça do suga-sangue. Mais uma vez, ouviu-se um estalido, que terminou com um golpe pesado e nauseante: todo o corpo do suga-sangue contorceu-se, e suas pernas deram um último espasmo. Depois, ele ficou parado, e uma poça de sangue e fluido escorreu de sua cabeça, que partira como um ovo. Caí de joelhos, prestes a agradecer-lhe, mas ele falou primeiro.

— Uma criatura interessante, Mestre Ward — observou ele de modo seco, enquanto Alice e o Caça-feitiço me ajudavam a ficar de pé.

Com a respiração pesada e rápida depois do esforço, ele colocou a pedra ao lado do suga-sangue morto.

— Muito raro, como eu lhe disse uma vez. Não foram muitas as pessoas que tiveram sorte o bastante para ver um tão de perto.

— Oh, Tom, eu não deveria ter deixado você sozinho — gritou Alice, apertando minha mão. — Achei que ele ainda estaria no interior das covas, debaixo do moinho.

— Bem, poderia ter sido pior — observou Arkwright. — Agradeça a Alice por isso, Mestre Ward. Foi ela que sentiu que algo estava errado por aqui. Agora vamos entrar e verificar a outra cova.

Como imaginávamos, a feiticeira da água escapara — ou melhor, fora libertada. As barras foram dobradas, e havia pegadas palmípedes de feiticeira se afastando na terra fofa. As pegadas menores eram do suga-sangue.

— Não resta dúvida de que isso foi obra do Maligno — disse o Caça-feitiço. Ele gosta de demonstrar seu poder.

— Mas onde está a feiticeira agora? — perguntou Arkwright. Ele chamou Patas, que fez uma busca cuidadosa no jardim; os dois caça-feitiços a seguiam de perto, com as armas em posição.

— Ela não está aqui, Tom, tenho certeza disso — disse Alice. — Caso contrário, eu já a teria farejado.

— Não se o Maligno estiver por perto — retruquei com um calafrio. — Nenhum de nós suspeitou de Morwena no batelão.

Alice assentiu e pareceu realmente amedrontada.

— Mas onde a feiticeira poderia estar escondida? — perguntei.

— Provavelmente ela atravessou o fosso e escapou para o pântano — respondeu Alice. — O Velho Nick pode tê-la carregado. O sal não o deteria, não é? Ele é muito forte para truques velhos como esse!

Quando a busca se mostrou infrutífera, fomos para a cozinha, onde acendi o fogão. Ameaçados pelas trevas, não comemos, mas, pelo menos, estávamos aquecidos e nos revezamos de sentinela. Patas ficou de guarda do lado de fora para nos avisar se alguma criatura vinda do pântano se aproximasse.

— Melhor deixarmos o corpo lá fora até de manhã — sugeriu Arkwright.

— Sim, depois o enterraremos para que encontre descanso, se tivermos chance — concordou o Caça-feitiço. — Quantos eram os desertores?

— Cinco ao todo — respondi.

— Em minha opinião, a feiticeira já estava livre quando eles atravessaram o fosso para o jardim — acrescentou Arkwright. — Pode ser que ela tenha atacado e fisgado a presa, e que os outros tenham fugido.

Ninguém falou durante algum tempo. Alice parecia preocupada. Comecei a me sentir muito inquieto. A filha do Maligno estava em alguma parte lá fora, apenas esperando uma oportunidade, e agora havia outra feiticeira da água livre. Se ela havia escapado e atravessado o fosso com o auxílio do Maligno, o que impedia que o inverso ocorresse? Certamente, não seria difícil para ele trazê-las até nós. Sem mencionar o fato de que ele mesmo poderia nos fazer uma visita.

Os outros colocaram as cadeiras próximas do fogão, e procuramos ficar confortáveis. Sentei-me no chão da cozinha, apoiando os ombros e a cabeça na parede. Não era muito agradável, mas, apesar disso e do medo de um ataque, finalmente consegui dormir um sono irregular e superficial. De repente, acordei. Alguém estava balançando meu ombro, e, com a mão, cobria com firmeza a minha boca.

Olhei nos olhos do Caça-feitiço, que me puxou bruscamente e fez um gesto urgente apontando na direção do canto oposto do cômodo. As velas haviam se apagado, e a cozinha estava escura. Alice e Arkwright já estavam acordados; sentados perto de mim, olhavam para o mesmo canto escuro onde algo estranho e misterioso estava acontecendo diante de nossos olhos. Uma figura começava a se materializar, transformando-se lentamente de um cinza pálido em prateado. Ela se tornou mais distinta, até se parecer, sem dúvida, com a filha do Maligno: o rosto cadavérico e lúgubre, o nariz descarnado e anguloso, que se projetava no meio dos olhos maléficos, a pálpebra esquerda atravessada pela lasca de osso e o olho direito e cruel, semelhante ao de uma serpente.

— Tenho sede — gritou ela, revelando o enorme canino. — Tenho sede de seu sangue doce. Mas eu os deixarei viver. Todos viverão, menos um. Deem-me apenas o garoto, e o restante estará livre.

Era mais uma imagem que a presença real de uma feiticeira no cômodo. Embora aparentemente ela estivesse a menos de sete passos, parecia falar conosco de uma grande distância, e eu podia ouvir o suspiro do vento ao fundo.

— Meu pai pagará muito bem pelo que estou pedindo — gritou ela, e sua voz soou como o som desagradável de uma praia de seixos na maré baixa. — Deem-me o garoto para que Amelia possa descansar em paz. Foi meu pai quem amarrou sua alma e não a deixa passar para o outro lado. Entreguem-me o garoto, e ele a liberará, e ela e Abraão estarão livres para escolher a luz. Basta me entregarem o garoto, e tudo estará terminado. Enviem-no sozinho para o pântano. Entreguem-no a mim agora.

— Volte para o lugar de onde veio, bruxa má! — gritou o Caça-feitiço. — Não lhe daremos nada. Nada, além da morte. Está me ouvindo? É isso que aguarda você aqui!

Arkwright permaneceu em silêncio, mas pensei que as palavras cruéis de Morwena eram como uma lâmina que se contorcia em seu interior. O que ele mais queria, acima de qualquer coisa, era paz para sua mãe e seu pai. Mas, apesar do modo como ele me tratava, eu tinha fé nele. Acreditava que ele servia à luz e que seria forte o bastante para resistir a qualquer tentação da filha do Maligno.

A imagem de Morwena parecia enfraquecer e se distorcer; ela levou o dedo à pálpebra esquerda e o olho se arregalou. Mas, felizmente, o olho maligno estava impotente, pois a cor vermelho-sangue se transmutara em prateado.

Então, ela começou a cantar, e sua voz alcançava uma nota terrivelmente alta. Havia ritmo, entonação e rima, e o conjunto era permeado por um terrível poder. Mas o que exatamente estava sendo cantado? O que significava? Para mim, soava como a "Língua Antiga" falada pelos primeiros homens a viverem no Condado.

Meus membros pareciam cada vez mais pesados, e eu me sentia estranhamente quente e frio ao mesmo tempo. Tentei ficar de pé, mas não consegui. Tarde demais descobri o que a filha do Maligno estava fazendo. Aquelas palavras antigas eram uma maldição, um ato de magia negra poderosa, que começava a drenar nossa resistência e determinação.

Pelo canto do olho, vi que o Caça-feitiço, de alguma forma, estava tentando se levantar. Ele empurrou a capa e alcançou os bolsos da calça. Depois, lançou algo direto na aparição maligna — uma coisa branca da mão direita e uma coisa escura da mão esquerda: uma mistura de sal e ferro, em geral, muito eficaz contra criaturas das trevas. Será que iria funcionar dessa vez, quando a matéria de nossa inimiga não estava presente no cômodo?

Imediatamente o canto cessou, e a imagem desapareceu tão rápido quanto a chama de uma vela soprada. Senti o alívio me invadir e cambaleei desequilibrado. O Caça-feitiço balançou a cabeça, cansado.

— Essa passou perto — disse Arkwright. — Por um momento, pensei que tudo estivesse acabado para nós.

— Não vou negar — falou o Caça-feitiço. — Nunca deparei com uma feiticeira com tal poder. Acredito que venha do sangue demoníaco das trevas que corre em suas veias. O Condado será um lugar muito melhor, se pudermos pôr um fim a ela. Mas acho que agora deveríamos tentar ficar acordados pelo resto da noite. Se ela fizer isso de novo e apenas um de nós estiver de sentinela, ela poderá, de alguma forma e mesmo a distância, nos matar em nosso sono.

Fizemos como o Caça-feitiço sugeriu, mas, primeiro, acendi o fogo novamente e deixei a porta do fogão aberta para que ele irradiasse o calor diretamente no cômodo. Acendemos mais duas velas para a luz durar até a manhã. Também enchi meus bolsos com sal e ferro de minha bolsa para ter mais uma arma pronta contra as trevas. Mas, depois de eu arrumar tudo, ninguém falou nada. Eu olhava de lado para Alice, mas ela fitava o soalho e parecia amedrontada. O Caça-feitiço e Arkwright pareciam sérios e determinados, porém, eu ficava imaginando como se sentiam por dentro. Afinal, o que se poderia fazer contra um poder como o do Maligno? E, quanto a Arkwright, ele devia estar refletindo sobre o que a feiticeira lhe dissera — que o poder obscuro de seu pai impedia a pobre senhora atravessar para a luz.

O que ele podia fazer em relação a isso? Nada. Absolutamente nada. Se fosse verdade, seus espíritos estariam presos no moinho até que o próprio mundo chegasse ao fim.

A primeira coisa que me alertou sobre o perigo foi o silêncio. Era intenso. Eu não ouvia nada. Absolutamente nada. A segunda era que eu não conseguia me mover. Estava sentado no chão como antes, apoiando minha cabeça contra a parede. Tentei virá-la e olhar para Alice, mas meu corpo se recusou a obedecer. Tentei falar para avisar aos outros sobre meus temores, mas não podia nem mesmo abrir a boca.

Eu via uma vela no chão, do lado oposto, ao alcance do Caça-feitiço. Momentos antes, ela estava tremeluzindo, mas agora se encontrava perfeitamente parada. Parecia ter sido esculpida em metal e refletir a luz, em vez de distribuí-la. À minha esquerda, estava o fogão com a porta aberta; eu podia ver as chamas em seu interior, mas elas não se moviam. Depois percebi que não estava respirando. Em pânico, tentei inspirar, mas nada aconteceu. Ainda assim, não sentia dor. Meu corpo não suplicava por ar. Meu interior parecia muito tranquilo e calmo. Será que meu coração tinha parado de bater? Será que eu estava morto?

Foi então que lembrei que me sentira assim antes — no batelão, quando viajávamos para Caster, com o Maligno disfarçado de barqueiro. Na época, o Diabo estivera modificando o tempo; ele tinha passado rápido demais. Mas eu sabia que isso era diferente. Eu sabia exatamente o que tinha acontecido — o Maligno havia parado o próprio tempo.

Ouvi um ruído em meio às sombras no canto oposto do cômodo: uma pancada seguida por um chiado sibilante, que se repetiu mais duas vezes.

Subitamente, senti cheiro de queimado. Fumaça de madeira. O soalho. E então vi que, embora o tempo tivesse parado e tudo no cômodo parecesse imóvel, uma coisa *estava* se movendo. E o que mais podia se mover, além do próprio Maligno?

Eu não podia vê-lo — ele estava invisível —, mas via suas pegadas avançando em minha direção. Cada vez que um dos pés invisíveis entrava em contato com o soalho, este queimava no formato de um casco fendido na madeira, que ardia antes de escurecer com um sibilo crepitante. Será que ele se tornaria visível? O pensamento era terrível. Grimalkin me dissera que, para inspirar respeito e obediência forçada, ele aparecia em sua verdadeira forma majestosa nos covens, no Halloween. Segundo o Caça-feitiço, algumas pessoas acreditavam que sua forma verdadeira era tão terrível que, se alguém o visse, cairia morto no mesmo instante. Seria apenas uma história de ninar assustadora ou era real? Será que ele faria isso na minha frente agora?

Alguma coisa começou a se materializar — não era um fantasma cinzento ou prateado, mas uma figura de aparência sólida. Entretanto, não era a aparição terrível que eu temia. Mais uma vez, o Maligno tomou a forma de Matthew Gilbert, o barqueiro, que agora estava na minha frente trajando um colete justo e calçando botas, exatamente como eu o vira pela primeira vez; ele sorria o mesmo sorriso afável e confiante.

— Bem, Tom — disse ele —, como eu lhe disse da última vez em que nos encontramos, a diferença entre *maligno* e *benigno* está apenas nas três primeiras letras. O que você quer que eu seja para você? Esta é a escolha que você deve fazer nos próximos minutos. E sua vida, assim como o destino de seus três companheiros, depende desta decisão.

CAPÍTULO 27

UMA BARGANHA DIFÍCIL

— Mova a cabeça, se quiser — disse o Maligno com um sorriso. — Isso facilitará as coisas. Você poderá ver melhor, e não quero que perca nenhum detalhe. Então? O que vai ser? Amigo ou inimigo?

Senti um aperto no peito quando meu coração começou a bater muito forte e inspirei uma grande quantidade de ar. Girei a cabeça devagar, verificando por instinto se Alice estava bem. Ela parecia estar tranquila e quieta, mas seus olhos estavam arregalados de medo. Será que também podia ver o Maligno? Nesse caso, também estava parada no tempo como o Caça-feitiço e Arkwright. Apenas o Maligno e eu podíamos nos mover, mas eu me sentia fraco e sabia não ter força para me levantar. No entanto, abri minha boca e descobri que podia falar. Girei o olhar até meu inimigo e lhe dei uma resposta.

— Você é as trevas encarnadas. Nunca poderá ser meu amigo.

— Não tenha tanta certeza, Tom. Somos mais próximos do que você imagina. Muito mais próximos. Acredite ou não, nos conhecemos muito bem. Vamos considerar uma pergunta que cada ser humano faz em algum momento de sua breve vida. Alguns a respondem rapidamente e mal pensam sobre ela de novo. Outros são crentes. Outros mais, céticos. E há ainda os que a debatem angustiados durante toda a vida. A pergunta é simples, Tom: Você acredita em Deus?

Eu acreditava na luz. Quanto a Deus, não tinha certeza, mas meu pai tinha acreditado, e, talvez, bem no fundo, o Caça-feitiço também acreditasse, embora nunca falasse a respeito de tais coisas. Certamente, ele não acreditava num homem idoso e autoritário de barba branca, uma divindade da Igreja.

— Não tenho certeza — respondi, falando a verdade.

— Não tem certeza, Tom? Bem, é tão evidente quanto o nariz em seu rosto! Deus permitiria tanto mal no mundo? — continuou o Maligno. — Doenças, fome, pobreza, guerra e morte: é isso que vocês, pobres humanos, devem esperar. Deus permitiria que a guerra continuasse? Claro que não. Portanto, ele simplesmente não pode existir. Todas essas igrejas, toda essa idolatria de congregações devotas e mal-orientadas. E tudo isso para quê? Para nada! Absolutamente nada! As orações deles caem no vazio e não são ouvidas.

"Mas, se *nós* governássemos, juntos conseguiríamos mudar tudo e faríamos deste mundo um lugar melhor para todos. O que me diz? Você me ajudará a fazer isso, Tom? Ficará a meu lado? Faríamos tantas coisas juntos!"

— *Você* é meu inimigo. Nunca poderíamos trabalhar juntos.

Subitamente comecei a tremer de medo. Lembrei-me das "peias" de que o Caça-feitiço me falara — as limitações colocadas sobre o poder do Maligno, a respeito das quais ele tinha lido nos livros de minha mãe. O Maligno queria que eu trabalhasse com ele para governar até o fim do mundo. Se ele me matasse, governaria apenas durante um século. Mas será que ele faria isso agora — será que me mataria, de qualquer modo, se eu me recusasse?

— Algumas vezes, é difícil governar, Tom — disse o Maligno, aproximando-se. — Algumas vezes, temos que tomar decisões difíceis e dolorosas. Como você recusa minha oferta, não me deixa alternativa. Você deve morrer para que eu possa oferecer um mundo melhor a toda a humanidade. Minha filha o aguarda no pântano. Lá, você deve matar ou morrer.

Então, ele decidira que ela deveria me matar em seu lugar. Desse modo, a peia estaria anulada, e ele teria mais poder até, finalmente, dominar o mundo.

— Ela contra mim? — protestei. — Não! Não irei encontrá-la. Deixe que ela venha até mim.

Pensei que lá fora, no pântano, ela estaria mais forte que nunca e me lembrei do perigo que representava o olho cheio de sangue. Eu estaria indefeso — sem poder me mexer em poucos segundos, e, depois, ela me mataria, com a garganta cortada como a do barqueiro.

— Você não está em posição de estabelecer as regras, garoto. Vá até lá e a enfrente, se quer que seus companheiros vivam — disse o Maligno. — Eu poderia matá-los num segundo, pois estão indefesos à minha frente...

Ele se inclinou e apoiou levemente a mão no alto da cabeça de Alice. Em seguida, abriu os dedos. Era uma mão grande e parecia expandir enquanto eu a observava. Agora, toda a cabeça de Alice estava cercada pela palma daquela mão imensa.

— Tudo que preciso fazer é fechar a mão, Tom; basta isso, e a cabeça dela será esmagada como uma casca de ovo. Devo fazê-lo agora? Você precisa ver como isso é fácil para mim?

— Não! Por favor! — gritei. — Não a machuque. Não machuque nenhum deles. Irei até o pântano. Irei imediatamente!

Tentei me levantar, agarrei o bastão e caminhei na direção da porta. Chegando lá, parei e olhei para o meu inimigo. E se eu liberasse a lâmina do bastão e o atacasse? Teria alguma chance? Mas seria inútil, e eu sabia disso. No instante em que caminhasse em sua direção, ficaria novamente paralisado no tempo, tão indefeso quando o Caça-feitiço, Alice e Arkwright.

Balancei a cabeça na direção deles.

— Se eu sobreviver ou vencer... você os deixará viver?

O Maligno sorriu.

— Se você vencer, eles viverão, pelo menos por enquanto. Se morrer, eu os matarei também. Você está lutando pela vida dos três, assim como pela sua.

Eu sabia que minhas chances de derrotar a filha do Maligno no pântano eram escassas. Como meu bastão e a corrente poderiam ser fortes o bastante contra os poderes dela? E Alice, o

Caça-feitiço e Arkwright morreriam comigo. Talvez eu conseguisse alguma coisa antes de isso acontecer. Uma última coisa a ser comprada com minha morte. Certamente valia a pena tentar...

— Mais uma coisa — continuei. — Conceda-me isso e irei para o pântano agora. A vida é curta e todos têm que morrer um dia, mas é terrível ser atormentado depois disso. A mãe e o pai de Arkwright já sofreram o suficiente. Se eu ganhar ou perder, você libertará a alma de Amelia para que ambos possam ir para a luz?

— Ganhar *ou* perder? Essa é uma barganha difícil, Tom.

— Não é mais difícil que a tarefa que você me propôs. Você espera que eu morra. É isso que você quer. Isso é justo? Pelo menos me dê o que estou pedindo para que tudo não tenha sido em vão.

Ele me fitou com severidade por um momento, e então seu rosto relaxou. Ele havia tomado uma decisão.

— Está certo. Concederei seu pedido.

Sem olhar para trás, saí da cozinha, corri para o outro cômodo e caminhei para a noite. Enquanto atravessava o jardim, percebi uma mudança. Do lado de fora da casa, o tempo transcorria normalmente. Mas certamente não era uma boa noite para ir até o pântano.

Uma névoa densa descera, e a visibilidade caíra para cerca de dez passos. Mais acima, mal se via o círculo da lua, e não havia muita profundidade para a névoa; mas isso não ajudaria no pântano, onde a terra era baixa e plana. Como eu ansiava poder ter Patas comigo, mas imaginei que ela estava congelada no tempo, assim como os outros.

Parei na beirada do pântano e respirei fundo. Ao percorrê-lo, enfrentaria a filha do Maligno. Ela estaria à minha espera, e a escuridão e a névoa seriam vantajosas para ela. Avancei cautelosamente na direção do pântano. Era uma pena que eu tivesse praticado ser perseguido pelos cães somente uma vez; caso contrário, conheceria agora as trilhas sinuosas.

A água estagnada e profunda e o brejo traiçoeiro encontravam-se de cada lado das trilhas. Eu já vira a maneira como Morwena saltava da água como um salmão e tinha que estar preparado agora para um ataque semelhante. A ameaça podia vir de cada lado de qualquer trilha que eu seguisse. Quanto às armas, eu tinha o bastão e, tateando no bolso da capa, meus dedos se fecharam sobre a corrente de prata. Era tranquilizador senti-la ali. Por fim, tinha sal e ferro, mas eles podiam ser usados somente como um último recurso, quando o bastão não fosse mais uma opção e as duas mãos estivessem livres.

Subitamente, um som estranho ecoou no pântano. Era o pio inequívoco do pássaro-cadáver, o fâmulo da feiticeira. Com isso, ela possuía um par de olhos extra, livre para voar no céu; o pássaro deveria estar me procurando. Sem dúvida, o Maligno já dissera à filha que eu estava a caminho. O pio do pássaro viera do oeste, de algum lugar próximo ao lago onde eu encontrara Morwena e fora fisgado pela orelha. Por isso, tomei a trilha mais ao sul disponível para mim. Eu não queria encontrá-la naquela região, perto das águas profundas.

Apesar do chão escorregadio, comecei a andar mais depressa, ficando cada vez mais nervoso a cada passo. Então, subitamente, vi alguma coisa à minha frente. Era um corpo caído na trilha. Não queria refazer os passos; por isso, me aproximei com cautela: podia ser uma armadilha. Mas era um homem caído com o rosto virado para baixo e a cabeça torcida para a esquerda. Ele estava morto. A garganta fora cortada do mesmo modo que o outro, próximo ao moinho. E ele usava uniforme — outro membro da gangue de recrutamento.

A filha do Maligno deveria estar por perto, pronta para o ataque; por isso, caminhei rapidamente. Eu estava havia, no máximo, dois ou três minutos quando ouvi outro som, à minha frente. O que era aquilo? Dessa vez, não era o pássaro-fantasma. Parei e examinei a névoa. Tudo o que eu podia ver eram grandes touceiras de junco e a linha indistinta da trilha serpenteando através delas. Por isso, continuei mais devagar.

Ouvi o barulho outra vez e parei — era uma espécie de grasnado seguido por um gorgolejo. Era como se alguém estivesse com dor. Como se estivesse engasgando. Avancei um passo de cada vez com meu bastão em posição, até que divisei uma figura horizontal na trilha à minha frente. Alguém estava rastejando na minha direção? Mais dois passos e pude ver que não se movia. Parecia uma grande trouxa de trapos. Seria outro dos soldados? Depois, vi mais claramente.

Era uma feiticeira na trilha, deitada de costas com uma das mãos roçando a água. Seus olhos e a boca estavam bem abertos: os primeiros, fixos, pareciam fitar o céu, e não a mim; a boca mostrava os quatro caninos longos e afiados de uma feiticeira da água. Seria a feiticeira que tinha escapado da cova sob o moinho? Será que ela estava ferida — ou morta?

Hesitei. Estava muito próximo dela agora. Será que ela estava apenas fingindo? Esperando que eu me aproximasse o bastante para me agarrar? E então uma voz falou em meio à escuridão; uma voz que eu conhecia muito bem:

— Bem, criança, nos encontramos de novo!

Meus joelhos amoleceram. Atrás do corpo, me encarando, estava Grimalkin.

Agora ela teria sua vingança. Talvez ela tivesse me salvado na ilha apenas para saborear aquele momento. Eu queria que o chão me engolisse. Temia o corte daquele terrível par de tesouras. Retirei a corrente de prata do bolso do casaco e fiquei em posição. Eu não a acertara da última vez, mas estava exausto e a tinha lançado enquanto corria. Minha mão esquerda tremia de nervoso, e eu me forçava a respirar regularmente. Eu seria bravo como meu mestre, o Caça-feitiço. Mesmo se morresse, ainda podia ser bravo. Eu conseguiria fazê-lo, pois treinara muito e por longo tempo.

Olhei em seus olhos e me preparei para lançar a corrente. Ela não era como Morwena, e, pelo menos, eu *podia* olhar em seu rosto. Era um rosto belo, mas severo e cruel, sua boca estava ligeiramente aberta e os lábios, pintados de preto. Eu podia ver os dentes selvagens que ela lixava na forma de pontas agudas e cruéis.

— Guarde sua corrente, criança — disse, suavemente. — Não vim atrás de você. Esta noite enfrentaremos juntos nossa inimiga.

Então, percebi que ela não brandia nenhuma arma — todas as lâminas estavam embainhadas.

Baixei a corrente. Eu acreditava nela. Afinal, ela me avisara sobre as feiticeiras da água no túnel e, depois, me ajudara a combatê-las. Minha mãe sempre me dissera para confiar em meus instintos, e eu sentia que Grimalkin estava dizendo a verdade. Parecia que era uma vantagem a nosso favor. Apesar do que o Caça-feitiço tinha dito: se as trevas combatessem as trevas, certamente sairiam enfraquecidas.

Grimalkin apontou para o cadáver da feiticeira.

— Não se preocupe, criança — disse, suavemente. — Ela não morderá. Apenas passe por cima do corpo. Rápido. Temos pouco tempo!

Passei por cima da feiticeira e mais dez passos me levaram frente a frente com a assassina. Como antes, ela possuía muitas armas, e as bainhas levavam facas de vários tamanhos, sem mencionar as tesouras. Mas havia duas diferenças: a primeira, o cabelo fora puxado para trás com firmeza a partir da testa e amarrado na nuca com um lenço de seda preta; a segunda, ela estava muito suja, o rosto e os membros nus raiados com lama e fedendo a lodo do pântano.

— O que você busca aqui, criança? A morte? — perguntou ela, abrindo os lábios pintados de preto e mostrando novamente os dentes pontudos. — A filha do Maligno está próxima. Em alguns minutos, estará aqui.

Balancei a cabeça.

— Não tenho escolha. O Maligno me obrigou a vir até aqui; caso contrário, ele matará meu mestre, Alice e Arkwright. Se eu matar a filha dele, ele poupará as vidas dos outros.

Ela sorriu ternamente.

— Você é corajoso, mas tolo. Por que tentar enfrentá-la aqui? A água é o elemento dela. Se você começar a ganhar, ela fugirá para o fundo do pântano, onde você não poderá alcançá-la. E, se lhe der uma chance, ela o arrastará para a água. Não! Não é assim. Precisaremos atraí-la para uma região mais alta e seca. Eu já vi você correr, e você é rápido, quase tanto quanto eu. Mas será que consegue firmar os pés neste terreno? Se quiser sobreviver, deve me acompanhar passo a passo.

Sem dizer mais uma palavra, ela se virou e começou a correr pela trilha que nos levaria para dentro do pântano. Eu a seguia de perto, percorrendo cada vez mais rápido o terreno traiçoeiro. Quase perdi a passada e caí no lodaçal; em duas ocasiões, Grimalkin começou a se afastar de mim em meio à névoa, e somente com muito esforço consegui mantê-la em meu campo visual.

Finalmente, começamos a subir e nos afastamos do pântano. Mais à frente, havia um pequeno monte arredondado com as ruínas de uma pequena abadia em seu cimo. Era o Monte do Monge. Três sicômoros atrofiados cresciam em meio aos escombros. Havia locais em que não restava pedra sobre pedra, mas Grimalkin conseguiu nos levar até um muro baixo, e nos ajeitamos com as costas voltadas para ele, de modo que pudéssemos olhar para o pântano. Acima de nós, a lua brilhava num céu sem nuvens, iluminando as ruínas e a encosta com sua luz prateada.

Estávamos acima da névoa, que agora ondulava embaixo, escurecendo o pântano e a trilha. Sentamos na ilha que se elevava do mar calmo feito de nuvens brancas. Durante um bom tempo, permanecemos calados. Depois de todo o esforço, estava satisfeito em simplesmente deixar minha respiração voltar ao normal, e foi a feiticeira assassina quem falou primeiro.

— Agradeça a Alice Deane o fato de não estar enfrentando sua inimiga sozinho.

Virei-me para Grimalkin espantado.

— Alice? — perguntei.

— Sim, sua amiga Alice. Temendo que o Maligno e a filha pudessem matar você, ela me convocou do norte para vir em seu auxílio. Estivemos em contato muitas vezes durante o último mês. Na maioria das vezes, por meio de espelhos.

— Alice usou um espelho para contatá-la?

— Claro, criança. De que outro modo feiticeiras se comunicam a longa distância?

Primeiro, fiquei surpreso, mas, como ela insistia, aos poucos fui me acalmando.

— Como eu podia recusar alguma coisa a alguém cuja mãe era uma Malkin? Especialmente, quando nossa causa agora é a mesma?

— Então você estava me procurando na ilha?

— Você ou a filha do Maligno. Mas eu não estava na ilha até nos falarmos. Eu o observava do litoral no continente, vi as feiticeiras se preparando para entrar na água e o avisei. Eu o estava observando havia alguns dias. John Gregory não iria gostar de minha presença, por isso mantive distância.

— O Maligno espera que eu a enfrente sozinho. Ele saberá que você está aqui?

Grimalkin deu de ombros.

— Pode ser que sim. Ele não pode ver tudo, mas, se a filha me vir, ele saberá.

— E ele não interferirá? Ele poderá aparecer aqui, neste monte.

— Você não precisa temer isso. Ele manterá distância. Onde eu estiver você não poderá vê-lo.

— Você pode mantê-lo longe?

— Sim, por causa do que fiz há muitos anos.

— E o que foi? Alice tentou descobrir um meio de mantê-lo longe. Como isso é possível? Você usou um cântaro de sangue? Ou algum tipo de peia?

— Existem diversas maneiras, mas eu escolhi o método normal para uma feiticeira. Eu tive um filho dele...

— Você teve um filho do Maligno? — perguntei espantado.

— Por que não? É o que algumas feiticeiras fazem, se elas têm nervos para isso. E se estão desesperadas o bastante para se libertar de seu poder. Depois de lhe dar um filho, após a primeira visita para ver o rebento, ele deve deixá-la em paz. A maior parte dos filhos do Maligno e de uma feiticeira é formada por monstros ou outras feiticeiras. A mãe da que enfrentamos era a feiticeira Grismalde. Dizem que era muito bonita, mas vivia em cavernas lamacentas e perambulava pelas entranhas escuras da Terra, por isso, fedia muito. Mas os gostos do Diabo são estranhos, algumas vezes.

"Mas, por alguma razão, meu próprio corpo conseguiu traí-lo. Meu filho não era monstro nem feiticeira. Era um humano perfeito, um belo menino. Entretanto, quando o Maligno o viu, ficou fora de si. Pegou a criança, seu próprio filho, e esmagou sua cabeça contra uma pedra. O sangue daquele inocente comprou a minha liberdade, mas a um alto preço.

"Após sua morte, enlouqueci de dor. Mas o ofício que escolhi então me salvou. Por meio da crueldade exigida de uma feiticeira assassina, eu me reencontrei. O tempo passou, e as memórias se apagaram, mas o que o Maligno fez nunca poderá ser esquecido. Há duas razões para eu lutar a seu lado hoje à noite. A primeira é porque preciso da vingança. A segunda é porque Alice Deane me pediu que o protegesse de Morwena. Hoje começaremos matando a filha do Maligno."

Por alguns momentos, pensei no que Grimalkin acabara de me dizer. Mas, de repente, ela colocou o dedo em meus lábios para indicar que eu deveria me calar e se levantou.

Quase imediatamente o grito sinistro do pássaro-cadáver ecoou pelo pântano. Segundos depois, o grito queixoso voltou, mais alto e mais próximo. Ouvi o bater das asas quando o grande pássaro voou diretamente para fora da névoa, ganhando altura ao se aproximar. Ele nos vira: agora a filha de Maligno saberia exatamente onde estávamos.

Grimalkin pegou a bainha de couro e retirou uma faca de lâmina curta. Em um movimento suave e poderoso, ela a lançou na direção do pássaro. A faca girou. A criatura não teve tempo de desviar. A lâmina se enterrou fundo em seu peito e, com um guincho alto e queixoso, o pássaro-cadáver caiu no mar de névoa e perdeu-se de vista.

— Eu raramente erro — disse Grimalkin, com um sorriso implacável ao sentar-se novamente à minha esquerda.

— Mas errei quando lancei minha faca longa em você. Ou melhor, ela estava apontada para o alvo, mas você a agarrou no ar. O Maligno altera o tempo, retardando-o, parando-o ou acelerando-o para atender a suas necessidades. Acho que, naquela noite, você também fez isso. Apenas um pouco, mas o suficiente para fazer uma diferença.

Ela se referia a nosso encontro no verão, quando ela me perseguiu e capturou na beira do Bosque do Carrasco enquanto eu procurava refúgio no quarto de minha mãe. Depois de prender seu ombro a uma árvore com o bastão do Caça-feitiço, eu me virei para correr, mas ela havia jogado a faca na direção de minha nuca. Dei meia-volta para observá-la girar de uma ponta a outra, ao mesmo tempo que acelerava em minha direção. Em seguida, estendi a mão e a agarrei, salvando minha própria vida. O tempo realmente parecia ter ficado mais lento, mas nunca, em momento algum, eu pensei que pudesse ser o responsável por isso.

— De pé, agora — ordenou Grimalkin com a voz aguda. — Chegou a hora. O momento do perigo está próximo. Muito em breve, nossas inimigas estarão aqui.

— Inimigas? Então há mais de uma?

— Claro, criança. A filha do Maligno não estará sozinha. Ela chamou outras em seu auxílio. Feiticeiras da água de terras distantes estão se reunindo neste outeiro. Elas estão se aproximando desde o anoitecer. O combate é iminente.

Era a hora de enfrentar as feiticeiras. Em pouco tempo, de um jeito ou de outro, tudo estaria acabado.

CAPÍTULO 28
A BATALHA NO PÂNTANO

Ficamos de pé e descemos pelo declive.

— Naquela noite, você também errou o alvo — disse Grimalkin. Errou ao atirar sua corrente. Errará outra vez, hoje à noite?

No verão, eu tinha lançado minha corrente em sua direção, mas a atirara muito longe. Fora um lançamento difícil, e eu estava com medo e exausto. Teria mais sucesso naquela noite contra a filha do Maligno?

— Farei o melhor — respondi.

— Então, vamos torcer para que o seu melhor seja bom o bastante. Agora, ouça bem enquanto explico o que irá acontecer. As feiticeiras da água atacarão, emergindo do pântano. Use seu bastão, mas guarde a corrente. Ela poderá fazer toda a diferença. Temos que enfrentar o olho cheio de sangue de Morwena, mas ele somente pode ser usado contra um inimigo de cada vez. Se ela vier atrás de mim, use a sua corrente contra ela. Até lá, mantenha-a guardada. Lute contra as outras com seu bastão. Entendeu?

Assenti.

— Bom. A segunda coisa que temos a nosso favor é que Morwena hesitará em subir até este morro, onde o solo é relativamente seco e firme. Com sorte, ela recuará.

Novamente, meneei a cabeça, mas o nervosismo começava a me dominar. Eu podia sentir meus joelhos e mãos tremendo e meu estômago se revirar. Respirei fundo e fiz um esforço para me controlar. Eu precisava da mão esquerda firme para lançar a corrente de prata.

O primeiro ataque me pegou completamente desprevenido. A não ser pelas passadas de pés palmados e com garras na grama, tudo foi silencioso e assustadoramente rápido. Uma feiticeira da água correu direto em meio à névoa na direção de Grimalkin, com as garras posicionadas, os cabelos úmidos escorrendo e o rosto contorcido como uma máscara de ódio.

Mas Grimalkin foi ainda mais rápida. Retirou uma faca do cinto e a lançou direto para a atacante. Ouvi um baque suave quando ela se enterrou no peito da feiticeira, que caiu para trás com um gemido e deslizou pelo declive para ser envolvida pela névoa.

Então, elas atacaram com força. Eu mal teria conseguido enfrentar apenas uma, tais eram a velocidade e a ferocidade delas. Elas se lançavam para fora da névoa — seis ou sete, ao todo —, guinchando, com as garras esticadas e os rostos contorcidos de raiva. Algumas brandiam lâminas curtas. Somente quando as mais próximas estavam a não mais que cinco passos de distância, eu me lembrei da lâmina retrátil em meu bastão de sorveira-brava. Encontrei o dispositivo e o pressionei, ouvindo um clique satisfatório quando a lâmina apareceu e travou em posição.

Eu a empurrei, desviei e girei uma e outra vez, rodando em meus calcanhares para mantê-las a distância, e o suor descia pelo meu rosto e em meus olhos ao usar todas as técnicas que Arkwright havia me ensinado. Mas, apesar de meus esforços, rapidamente eu teria sido dominado, se não fosse por Grimalkin. Agora eu via por que a feiticeira assassina era a mais temida de todas as feiticeiras de Pendle.

Cada movimento econômico e mortal de seu corpo era um golpe fatal. Cada lâmina que deslizava de uma bainha de couro encontrava um novo local de descanso na carne do inimigo. Garra contra garra, lâmina contra lâmina, ela era imbatível. Girava e matava, uma roda da morte, cortando aquelas que se opunham a nós, até que sete cadáveres se encontravam no declive a nosso lado.

Depois, ela respirou fundo e permaneceu completamente parada, como se estivesse ouvindo, antes de apoiar a mão esquerda levemente em meu ombro e se inclinar em minha direção.

— Há mais delas, vindo do pântano agora — murmurou, com a boca bem perto de meu ouvido. — E a filha do Maligno está com elas. Lembre-se do que lhe falei. Use sua corrente contra ela. Tudo vai depender disso. Se você errar, estaremos perdidos!

Uma feiticeira solitária atacou, vindo da névoa. Duas vezes, Grimalkin atirou suas lâminas e encontrou um alvo antes que as duas colidissem numa fúria de membros emaranhados, dedos arrancados e dentes afiados. Nenhuma das feiticeiras emitiu ruído ao rolar para longe de mim na fúria silenciosa do combate, morro abaixo e em meio à nevoa.

Subitamente, eu estava sozinho na encosta, ouvindo meu próprio coração bater. Eu deveria descer e ajudar Grimalkin? E se outras feiticeiras a tivessem atacado? No entanto, antes de tomar uma decisão, era a minha vez de ser atacado. Outra feiticeira da água saiu da névoa. Ela não correu na minha direção como as outras, mas pisou delicadamente no morro, com passos cuidadosos. A boca estava muito aberta e revelava quatro imensas presas amarelo-esverdeadas. Sua aparência era muito semelhante à de Morwena: o osso triangular que fazia as vezes de nariz me fez acreditar que eu estava enfrentando uma criatura mais morta que viva. Mas, apesar do avanço lento e cuidadoso, ainda estava atento à velocidade com que ela era capaz de se deslocar. Eu sabia que ela tentaria espetar uma das garras na minha carne e, acima de tudo, temia o golpe ascendente que tentaria rasgar minha garganta e envolver meus dentes com os dedos, um golpe do qual seria impossível me libertar.

A feiticeira atacou subitamente. Ela era rápida, mas medi forças com ela, formando um arco curto com meu bastão que, por menos de um centímetro, errou sua bochecha esquerda. Ela gemeu, e um rosnado de raiva subiu de sua garganta. Eu a acertei novamente, e ela deu um passo para trás. Agora eu estava no ataque, e cada golpe cuidadoso e calculado a dirigia para a encosta, mais próximo da beirada da névoa densa.

Então, muito tarde, percebi o que ela pretendia fazer — me arrastar para a névoa e o pântano, onde ela estaria em vantagem.

Ela apenas estivera brincando comigo. Com a mão direita, agarrou-me como uma cobra. Dois dedos fisgaram minha garganta com as garras esticadas. Tentei girar para o lado, mas senti um golpe oblíquo e, em seguida, fui arrastado para a frente. Perdi o equilíbrio e rolei pelo declive, e o bastão caiu de minhas mãos. A feiticeira rolou comigo, depois nos separamos, e não senti dor na garganta nem na mandíbula. Ela tinha errado e espetado a garra na gola do casaco de pele de ovelha e agora a queda o havia rasgado.

Ergui-me nos joelhos e olhei ao meu redor. Eu não havia alcançado a base do declive, mas a feiticeira tinha rolado para mais adiante. A névoa era mais fina, e pude procurar meu bastão. Ele estava fora do alcance, mas quatro passos me armariam outra vez. Em seguida, olhei para o lado direito e vi algo que fez meu sangue gelar. Grimalkin estava de pé sobre o corpo de uma feiticeira que ela havia matado, mas estava presa no lugar, completamente imóvel, fitando Morwena, que se movia pelo declive na direção dela com as garras esticadas. Levantei-me e estendi a mão até o bolso procurando pela minha corrente e enrolando-a em meu pulso esquerdo.

Era evidente que Grimalkin estava sob o poder do olho cheio de sangue. Em poucos minutos, estaria morta. Se eu errasse, Morwena mataria Grimalkin e depois voltaria sua atenção para mim.

Era o momento da verdade. Será que todos os meses de treinamento no jardim do Caça-feitiço teriam valido a pena? Isto seria bem mais difícil que atirar na direção do tronco de treinamento. O nervosismo e o medo desempenhavam um papel importante. Algumas vezes, eu havia usado a corrente com sucesso contra feiticeiras, mas frequentemente falhara também. A importância desse ato enchia minha mente de dúvidas. Se eu errasse, estaria acabado. E eu teria somente uma chance!

O primeiro passo era *acreditar* que eu poderia fazê-lo. Pense positivamente! O Caça-feitiço me dissera que a chave para controlar o corpo era, primeiro, controlar a mente. E foi o que fiz. Ergui meu braço esquerdo. Inspirei fundo e prendi a respiração.

Concentrei-me, olhando fixamente para meu alvo, Morwena, que agora estava muito próxima de Grimalkin. O tempo parecia mais lento. Tudo se tornara completamente silencioso. Morwena não se movia mais. Eu não respirava e mesmo meu coração parecia ter parado de bater.

Estalei a corrente de prata e arremessei-a na direção da feiticeira. Ela formou uma espiral perfeita no ar, brilhando à luz da lua; parecia ser a única coisa a se mover. Caiu sobre ela, apertando-se contra seus dentes e braços até ela cair de joelhos. Os sons voltaram a meus ouvidos. Soltei o ar e ouvi Grimalkin dar um grande suspiro de alívio antes de liberar uma longa lâmina do cinto e avançar decidida na direção da inimiga.

Concentrando-me em lançar a corrente de prata em Morwena, eu me esquecera da ameaça contra mim mesmo.

Subitamente uma feiticeira da água encontrava-se a meu lado, e o dedo com a garra fisgou minha mandíbula. Mais rápido do que eu podia acreditar, meu braço esquerdo aparou o golpe, mas nos agarramos e caímos, antes de rolar morro abaixo.

No mesmo instante, eu estava lutando mais uma vez pela minha vida. As feiticeiras são fisicamente fortes, e, em combates próximos, mesmo um homem adulto teria sérios problemas. Eu lutei, soquei e combati, mas ela me agarrou com força e começou a me arrastar para a água. Cumpri minha promessa a Grimalkin e usei a corrente contra Morwena. Mas, ao fazê-lo, perdi a chance de recuperar meu bastão, a única coisa que me dava uma possibilidade de lutar contra uma feiticeira como aquela. As únicas outras armas à minha disposição eram sal e ferro, mas meus braços estavam presos de cada lado de meu corpo.

No momento seguinte, rolamos para a água. Tive tempo apenas para fechar a boca e prender a respiração, e então minha cabeça afundou. Lutei com mais força ainda, e giramos novamente, e meu rosto emergiu por um segundo, mais ou menos, me permitindo respirar um pouco mais. Depois as águas se fecharam outra vez, e senti que estava sendo arrastado. Minhas novas técnicas de natação eram inúteis. A feiticeira da água estava me agarrando e era muito forte. Afundei cada vez mais. Fiz um esforço para prender a respiração, mas meus pulmões estavam estourando, e diante de meus olhos havia somente escuridão.

Não sei por quanto tempo lutei para me liberar, mas meus esforços foram se tornando cada vez mais fracos e, finalmente, a água invadiu minha boca e meu nariz, e comecei a me afogar. A última coisa de que me lembro é um sentimento de resignação. Fizera o melhor que pudera, mas estava tudo acabado, e, finalmente, eu estava morrendo. Então, tudo ficou escuro e parei de lutar.

Mas minha batalha neste mundo não acabara. Acordei outra vez na encosta, tossindo e engasgando, ao mesmo tempo que alguém pressionava e batia em minhas costas. Pensei que estava enjoado, mas era água, e não vômito, que saía do nariz e da boca.

Pareceu continuar por algum tempo, até que gradualmente as pancadas pararam e percebi que respirava sem engasgar, embora meu coração batesse tão rápido que pensei que fosse explodir. Então, alguém me virou de costas e olhei para o rosto de Grimalkin.

— Você viverá, criança — disse ela, puxando-me e me fazendo sentar. — Mas foi por pouco. Consegui alcançá-lo somente quando a feiticeira o arrastou para as águas muito profundas.

Percebi que devia minha vida a uma feiticeira malevolente. Não importava o que o Caça-feitiço pensasse, estávamos do mesmo lado. Por isso, eu lhe agradeci. Era o que meu pai teria esperado de mim.

Depois vi a linha de cadáveres na beirada do pântano e a filha do Maligno entre eles. Ela ainda estava amarrada pela corrente de prata.

— Lamento não ter podido ajudar — disse eu. — Consegui dizer essas palavras pouco antes de um ataque de tosse me dominar.

Grimalkin esperou pacientemente que ele terminasse, para então falar de novo.

— Você fez o bastante, criança. Quando lançou sua corrente em Morwena, garantiu a nossa vitória. Agora vá reclamá-la. Não posso tocar a prata.

Grimalkin me ajudou a ficar de pé. Eu me sentia fraco e comecei a tremer com violência. Minhas roupas estavam encharcadas, e meu corpo tremia até os ossos. Ao caminhar pela fileira de corpos com os rostos para cima, vi o que Grimalkin tinha feito e quase vomitei. Ela arrancara o coração de cada uma das feiticeiras mortas e o colocara próximo às respectivas cabeças. Percebendo a expressão de horror em meu rosto, pôs a mão em meu ombro e falou:

— Tinha que ser feito, criança, para garantir que nenhuma delas pudesse voltar. Seu mestre não lhe ensinou isso?

Fiz que sim com a cabeça. Feiticeiras fortes como aquelas podiam renascer ou se tornar poderosas o bastante para caminhar mortas pela Terra e causar prejuízos incalculáveis. Para evitar isso, era preciso arrancar o coração delas e, depois, comê-los.

Grimalkin ergueu o corpo da filha do Maligno pelos cabelos enquanto eu removia minha corrente. Ela estava coberta de sangue. Ouvimos um barulho fraco a distância e Grimalkin ergueu os olhos. Ele se repetiu — era o latido de um cão de caça. Patas estava a caminho. Se o Maligno mantivera sua palavra, o progresso normal do tempo estaria agora restaurado ao moinho.

— Não tenho mais estômago para essas coisas; por isso, tenha certeza de que o cão irá comer os corações, todos eles — disse Grimalkin. — Irei agora antes que os outros cheguem. Mas, uma última coisa: quantos anos você tem, criança?

— Catorze. Farei quinze no próximo mês de agosto. No terceiro dia do mês.

Grimalkin sorriu.

— A vida é dura em Pendle, e, consequentemente, as crianças têm que crescer depressa. No sabá da Noite de Walpurgis, após o décimo quarto aniversário, considera-se que o filho de uma feiticeira do clã se tornou um homem. Vá para Pendle pouco depois da festa e me procure. Garanto sua segurança e lhe darei um presente que valerá a pena.

Era estranho ela dizer aquilo. A Noite de Walpurgis era o último dia do mês de abril. Eu não podia me imaginar visitando Pendle para receber um presente de Grimalkin. E sabia o que o Caça-feitiço iria pensar a respeito!

Com isso, a feiticeira girou rapidamente nos calcanhares, correu na direção do morro, saltando o muro baixo, e sumiu da minha vista.

Cinco minutos depois, Patas chegou. Observei-a começar a devorar os corações das feiticeiras. Ela era voraz e, quando o Caça-feitiço, Arkwright e Alice chegaram, já estava terminando o último.

Lembro-me de Alice ter se oferecido para lavar o sangue de minha corrente de prata. Em seguida, o mundo se tornou subitamente escuro, e o Caça-feitiço me ajudou a ficar de pé. Tremendo muito, fui levado de volta ao moinho e deitado na cama. Por eu ter engolido a água estagnada do pântano ou pelos arranhões em minha garganta, causados, provavelmente, pelas garras da feiticeira, uma febre perigosa se desenvolvera rapidamente.

CAPÍTULO 29

O MEU LUGAR

Soube depois que Alice tentou ajudar com uma de suas poções, mas o Caça-feitiço não permitiu. Em seu lugar, o médico da aldeia foi novamente até a casa e me deu remédios que me fizeram vomitar tanto que pensei que meu estômago fosse se desfazer. Passaram-se quase cinco dias antes que eu pudesse me levantar da cama. Se, na época, eu soubesse que Alice não poderia me tratar, eu teria protestado.

O Caça-feitiço reconhecia as habilidades dela com poções, mas somente depois de me recuperar descobri por que ele a mantivera longe da minha cabeceira. Tratava-se de um golpe no coração. A pior notícia possível.

Assim que fiquei de pé, tivemos uma longa discussão na sala de estar do andar de cima. Os caixões da mãe e do pai de Bill Arkwright não estavam mais lá — foram enterrados nos arredores do cemitério local, onde ele poderia visitá-los. O Maligno mantivera sua palavra, e os espíritos seguiram para a luz. Agora que os mortos atormentados não assombravam mais o moinho, a atmosfera era de tranquilidade.

Arkwright estava muito agradecido pelo que eu fizera. Ele iniciou a conversa me agradecendo, até que se mostrou embaraçado. Em seguida, foi minha vez de falar, mas eu tinha pouco a dizer ao grupo, além de descrever como se desenrolara a luta no pântano. Eles já sabiam o desfecho. E o Caça-feitiço sabia demais. Demais.

Com o rosto severo e corado de raiva, ele explicou que, embora seus corpos estivessem congelados no tempo, suas mentes estavam livres e, de algum modo, puderam ver o que eu via e ouvir a conversa entre o Maligno e eu. Eles sabiam a tarefa de que eu me incumbira e a barganha que fizera pelas vidas deles e pela libertação dos pais de Arkwright. Era terrível o bastante, pois temiam o desfecho no pântano e sabiam da iminência de suas próprias mortes. Mas, sentindo-se prejudicado, o Maligno depois lhes contara outras coisas por pura malícia — fatos que dificultassem a relação entre o Caça-feitiço e eu, e, pior, que criassem um abismo que nunca poderia ser transposto entre nós e Alice.

— Eu já estava triste e preocupado com o fato de você ter usado o espelho para se comunicar com a garota. Isso me mostrava a má influência que ela exercia sobre você. Muito pior do que eu esperava... — lamentou o Caça-feitiço.

Abri a boca para protestar, mas ele fez um gesto raivoso pedindo silêncio.

— Mas agora há mais. Aquela garota astuta e traiçoeira tem estado em contato com Grimalkin há quase um mês.

Olhei na direção de Alice. Lágrimas escorriam por seu rosto. Suspeitei que o Caça-feitiço já lhe dissera o que iria acontecer depois disso.

— E não tente me dizer que deu bons resultados — continuou o Caça-feitiço. — Sei que Grimalkin salvou a sua vida, salvou as nossas vidas, ao lutar com você no pântano, mas ela é má, garoto. Ela pertence às trevas, e não podemos nos comprometer; caso contrário, não seremos melhores que eles e poderemos tanto morrer quanto sofrer por isso. Alice deverá ir para uma cova e, assim que voltarmos a Chipenden, será para lá que ela irá!

— Alice não merece isso! — protestei. — Pense em todas as vezes que ela nos ajudou no passado. Ela salvou a sua vida quando você foi ferido seriamente pelo ogro, próximo a Anglezarke. Você teria morrido se não fosse ela.

Olhei severamente para ele, mas sua expressão era implacável, e uma torrente de palavras saiu de minha boca antes que eu pudesse impedir.

— Se você fizer isso, se amarrar Alice numa cova, eu irei embora. Não serei mais seu aprendiz! Não poderia trabalhar com o senhor depois disso!

Uma parte de mim queria dizer cada uma daquelas palavras; a outra estava horrorizada. O que mamãe iria pensar da ameaça que eu acabara de fazer?

— Você decide, garoto — disse o Caça-feitiço triste. — Nenhum aprendiz meu é obrigado a completar seu tempo de aprendizado. Você não seria o primeiro a ir embora. Mas certamente seria o último. Não terei outro aprendiz, se você partir.

Tentei mais uma vez.

— O senhor percebe que o Maligno disse essas coisas sobre Alice de propósito? Que ele *quer* que o senhor a coloque numa cova? Que isso atende a seus propósitos porque, sem Alice, nós ficaremos enfraquecidos?

— Você não acha que já pensei em tudo isso, garoto? Não é uma decisão fácil, e eu não a tomo facilmente. Eu também me lembro de que sua mãe acreditava na garota; portanto, você não precisa me lembrar disso. Bem, qualquer um pode errar, mas minha consciência me diz o que fazer. Eu sei o que é certo.

— O senhor estaria cometendo um grande erro — retruquei amargamente, sentindo que nada que eu dissesse o faria mudar de ideia —, o maior erro que o senhor já cometeu.

Fez-se um longo silêncio, então, interrompido apenas pelo som do choro de Alice. Depois, Arkwright falou.

— Parece-me que há outro modo — disse tranquilamente. — É evidente que há uma ligação forte entre Mestre Ward e a garota. E eu direi isto ao senhor, sr. Gregory: se o senhor levar a cabo a sua ameaça, perderá seu aprendiz. Talvez, o melhor que já teve. Todos nós perderemos alguém que poderia ser um perigoso adversário do Maligno. Sem seu treinamento e proteção, Tom estará seriamente vulnerável e poderá nunca atingir seu pleno potencial.

"E há outra coisa muito querida ao meu próprio coração. O garoto fez uma barganha com o Maligno para libertar os espíritos de minha mãe e de meu pai de mais de quinze anos de sofrimento. Mas, sem a ajuda de Grimalkin, ele não teria conseguido vencer. E, sem Alice para chamá-la, a feiticeira assassina não teria ficado ao lado de Mestre Ward. Portanto, eu também devo alguma coisa à garota."

Fiquei impressionado com a defesa de Alice feita por Arkwright. Nunca o ouvira falar com tanta eloquência e paixão. De repente, voltei a sentir esperança.

— Pelo que ouvi, a garota teve uma criação ruim, um treinamento em feitiçaria do qual poucas pessoas de caráter mais forte conseguiriam se recuperar. O fato de ela ter se recuperado e contribuído tanto mostra seu temperamento. Não acredito que estejamos lidando com uma feiticeira. E, certamente, não se trata de uma feiticeira malevolente. Mas, talvez, como todos nós, ela intimamente seja boa e ruim, e o senhor, melhor do que ninguém, sabe que luz e trevas travam uma batalha dentro de nossos corações. Eu deveria saber: algumas vezes, meus pensamentos devem ter sido mais obscuros que os da maioria das pessoas. E eu tive que fazer um longo e enorme esforço para limitar minha bebida. Por isso, deixe Alice livre. O senhor não estaria libertando uma feiticeira no mundo. O senhor estaria libertando uma garota que, acredito, se mostrará uma mulher determinada; ela ainda estará a seu lado quaisquer que sejam os métodos que ela, algumas vezes, escolha utilizar. Como disse, há uma via intermediária — continuou ele. — Não a prenda na cova. Em vez disso, por que o senhor simplesmente não a manda embora, para que ela siga seu próprio caminho no mundo? Apenas a exile. Faça isso por todos nós. É uma saída para toda essa confusão.

Fez-se um longo silêncio; em seguida, o Caça-feitiço olhou para mim.

— Isso seria tolerante o bastante para você, garoto? Você poderia viver com isso? Se eu concordar, continuará como meu aprendiz?

A ideia de não ver Alice novamente era mais do que eu podia suportar, mas era muito melhor que ela ser condenada a passar o resto da vida numa cova. Eu também queria continuar como aprendiz do Caça-feitiço. Era meu dever combater as trevas. Eu sabia que minha mãe iria querer que eu continuasse.

— Sim — respondi baixinho, e, no momento em que falei, Alice parou de soluçar.

Eu me sentia tão mal que nem mesmo podia olhar para ela.

— Muito bem, garota — disse o Caça-feitiço. — Pegue suas coisas e parta. Mantenha-se bem longe do garoto e nunca mais chegue a menos de cinco quilômetros de Chipenden outra vez! Se voltar, saberá exatamente o que lhe espera.

Alice não respondeu, e subitamente percebi que ela estivera em silêncio durante todo o tempo e não dissera nem uma palavra em sua defesa. Aquilo não era típico de Alice! Em silêncio e com o rosto triste, ela deixou a sala.

Olhei para o Caça-feitiço.

— Preciso me despedir dela. Tenho que fazer isso!

Ele concordou.

— Sim, você deve fazê-lo. Mas faça rápido, garoto. Não demore...

Esperei por Alice na beirada no jardim. Ela sorriu tristemente ao se aproximar através dos salgueiros-chorões, levando seus poucos pertences numa trouxa. Estava começando a chover: uma garoa fria, do tipo que encharca alguém até os ossos.

— Obrigada por vir se despedir de mim, Tom — disse, caminhando pelo fosso.

Depois de atravessá-lo, ela segurou minha mão bem firme, sua mão esquerda apertando a minha de tal forma que pensei que meus ossos iriam se quebrar, assim como partir meu coração.

— Não sei o que dizer — comecei.

Ela me pediu silêncio.

— Não há nada que você possa dizer. Nós dois fizemos o que acreditamos ser o melhor, e eu sempre soube o que o velho Gregory achava sobre usar as trevas. Valia a pena o risco para protegê-lo. Não me arrependo nem por um minuto, embora parta meu coração pensar que nunca mais o verei.

Caminhamos em silêncio até chegarmos à margem do canal. Depois, ela soltou minha mão, retirou um objeto do bolso do casaco e estendeu-o a mim. Era um cântaro de sangue.

— Pegue, Tom. O Maligno não poderá tocar em você, se você tiver isso por perto. Tem o sangue de Morwena nele. Manterá você a salvo, acredite!

— Como você conseguiu o sangue dela? Não entendo...

— Não se lembra? Eu lavei sua corrente. Mas, primeiro, derramei um pouco na garrafa. Não precisa de muito. Apenas acrescente algumas gotas de seu sangue a ele, e estará feito!

Balancei a cabeça.

— Não, Alice! Não posso ficar...

— Oh, por favor, Tom, por favor. Apenas pegue. Pegue-o por mim. Não estou tentando assustá-lo. Mas, em pouco tempo, você morrerá sem isso. Quem irá mantê-lo seguro, se eu não estiver aqui? O velho Gregory não pode, tenho certeza. Por isso, pegue o recipiente para que eu possa dormir à noite sabendo que você está a salvo.

— Não posso pegá-lo, Alice. Não posso usar as trevas. Por favor, não me peça de novo. Eu sei que você só quer o meu bem, mas simplesmente não posso aceitá-lo. Nem agora. E nem nunca.

Ela baixou os olhos para o caminho de sirga, guardou novamente o recipiente no bolso e começou a chorar baixinho. Observei as lágrimas descendo por suas bochechas e começando a pingar da ponta do queixo. Uma parte de mim queria pôr os braços em volta dela, mas eu não ousaria. Faça isso e você nunca poderá deixá-la ir. Eu tinha que ser forte e mantê-la a distância.

— Aonde você vai, Alice? Onde ficará?

Ela ergueu o rosto riscado pelas lágrimas para mim sem expressão.

— Irei para casa. De volta para Pendle. De volta para o meu lugar. Nasci para ser uma feiticeira, e é isso que serei. É a única vida que posso viver agora...

Em seguida, pôs os braços ao meu redor e me puxou para perto, quase me fazendo perder o fôlego. E, antes que eu pudesse me mover, ela pressionou os lábios contra os meus e me beijou. Durou apenas alguns segundos; depois, ela se virou e correu pelo caminho de sirga rumo ao sul. Doeu vê-la ir embora. Meus olhos se encheram de lágrimas, e eu solucei profundamente.

Os clãs estavam divididos uns contra os outros, alguns apoiando os Malignos e outros na oposição. Mas, depois do que fizera — e também por causa do sangue que corria em suas veias, metade Deane e metade Malkin —, Alice tinha muitos inimigos em Pendle. Sua vida estaria em perigo assim que ela pusesse os pés lá.

O que mais me doía era saber que ela não queria ir. Ela realmente não queria se tornar uma feiticeira — eu tinha certeza disso. Alice apenas dissera aquilo porque estava confusa. Antes de nossa última visita a Pendle, ela temia retornar. Eu sabia que ela ainda se sentia assim.

Alice dissera que Pendle era o lugar dela. Isso não era verdade, mas o perigo agora era que, sob influência das forças das trevas lá, ela eventualmente pudesse se tornar uma feiticeira malevolente madura. Com o tempo, apesar do otimismo de Arkwright, ela poderia pertencer às trevas.

CAPÍTULO 30

O BATELÃO NEGRO

Depois de uma semana no moinho, o Caça-feitiço partiu para Chipenden sem mim. Parecia que eu não tinha outra escolha, a não ser ficar com Arkwright e completar meus meses de treinamento.

Era difícil, e, somada à dor em meu coração, havia a dor física. Pouco antes do fim desse período, eu estava coberto de machucados dos pés à cabeça. Nossas sessões de treinamento com os bastões eram brutais, impiedosas. Mas, com o tempo, agucei minhas habilidades e, apesar da diferença de estatura e força entre mim e Arkwright, aos poucos, comecei a dar o melhor de mim. Em pelo menos duas ocasiões, minha velocidade quase me permitiu levar a melhor sobre ele, e, quando o médico visitava o moinho, não vinha cuidar apenas de meus ferimentos.

Arkwright mudara. Agora que sua mãe e seu pai tinham ido para a luz, grande parte de sua dor e raiva se dissiparam também. Ele raramente bebia e seu temperamento melhorara muito. Eu ainda preferia o Caça-feitiço como mestre, mas Arkwright me ensinou bem, e, apesar de seus modos grosseiros, aprendi a respeitá-lo. Além do treinamento que eu recebia, saíamos para enfrentar as trevas juntos, algumas vezes — uma vez, bem ao norte, além das fronteiras do Condado.

O tempo passou: o inverno frio, aos poucos, deu lugar à primavera, e a hora de voltar para Chipenden finalmente chegara. Agora, Patas tinha dois filhotes, um macho e uma fêmea, que Arkwright chamara Sangue e Ossos. Na manhã em que fui embora, eles estavam brincando de luta juntos no jardim enquanto Patas os observava com zelo.

— Bem, Mestre Ward, houve um tempo em que acreditei que você levaria a cadela para Chipenden, mas, embora ela goste muito de você, acho que adora as duas crias mais ainda!

Sorri e meneei a cabeça.

— Não acho que o sr. Gregory ficaria muito feliz se eu levasse Patas. Sem falar no fato de que cães e ogros provavelmente não se misturam!

— Melhor mantê-la aqui e salvar seu bacon! — brincou Arkwright.

Depois, seu rosto ficou sério.

— Bem, certamente tivemos nossos altos e baixos, mas parece que tudo terminou da melhor maneira possível. O moinho é um lugar melhor depois de sua visita, e espero que você tenha aprendido coisas úteis.

— Aprendi, sim — concordei. — E ainda tenho os calombos para provar!

— Então, se precisar, lembre-se de que sempre haverá um lugar para você aqui. Pode completar seu aprendizado comigo, se for necessário.

Eu sabia o que ele queria dizer. As coisas poderiam não ser mais exatamente as mesmas entre o Caça-feitiço e eu. Embora ele tivesse feito o que era melhor, eu ainda achava que ele estava errado ao ter tratado Alice daquela maneira. O fato de tê-la mandado embora sempre seria uma barreira silenciosa entre nós.

Por isso, agradeci a Arkwright pela última vez e, em pouco tempo, depois de atravessar a ponte próxima para a margem distante do canal, caminhei para o sul na direção de Caster com a bolsa e o bastão na mão. Como eu desejara isso. Mas as coisas haviam mudado. Alice não estaria lá para me receber em Chipenden, e, apesar do fato de ser uma bela manhã de primavera, com o sol brilhando e os passarinhos cantando, meu coração tinha ido parar em minhas botas.

Minha intenção era deixar a margem do canal pouco antes de Caster; depois, percorrer o leste da cidade, para então seguir através das serras altas. Imagino que estivesse profundamente imerso em meus pensamentos. Certamente, o futuro me preocupava. Qualquer que fosse a causa, não percebi o que aconteceu até ser tarde demais. Mas o que eu poderia ter feito, de qualquer modo?

Um estremecimento súbito percorreu toda a minha espinha, e olhei a meu redor. Vi que anoitecia e escurecia a cada minuto. E não apenas isso; havia um vento gélido no ar, e, quando olhei por cima de meu ombro, uma densa névoa cinzenta rodopiava na minha direção através do canal.

Saindo, então, da névoa, um batelão negro se aproximava lentamente. Nenhum cavalo o puxava, e seu movimento na água era completamente silencioso. Quando chegou mais perto, percebi que não era uma embarcação comum. Eu já vira batelões que transportavam carvão de Horshaw, e eles eram negros de pó; este estava muito polido, e viam-se velas de cera negra na proa, queimando com chamas impetuosas, que não bruxuleavam. Havia mais velas que num altar de igreja em dia santo.

O batelão não tinha convés nem alçapões, e os degraus desciam diretamente para a escuridão de um porão fundo e cavernoso. Bastou um olhar para eu perceber que tal profundidade era impossível, pois a maior parte dos batelões do canal tinha o fundo plano, e os próprios canais não eram tão profundos. Ainda assim, a maneira como o estranho barco deslizava pela água era anormal, e mais uma vez eu tinha a estranha sensação de estar num sonho no qual as regras normais da vida não se aplicavam.

O batelão parou a meu lado e olhei para as profundezas daquele porão impossível. Vi uma figura sentada e cercada por um amontoado ainda maior de velas. Embora nenhum comando tivesse sido dado, eu sabia o que devia fazer. Portanto, deixei minha bolsa e meu bastão no caminho de sirga e subi a bordo, descendo lentamente os degraus como se estivesse no meio de um pesadelo com o medo frio revirando meu estômago ao mesmo tempo que todo o meu corpo começava a tremer.

Nas profundezas daquele porão, o Maligno, na forma do barqueiro, estava sentado num trono feito da mesma madeira escura e polida do batelão. Ele era gravado e adornado com complexos desenhos de criaturas malignas saídas diretamente do Bestiário na biblioteca do Caça-feitiço, em Chipenden. Sua mão esquerda se apoiava sobre um dragão rampante, com as patas erguidas de modo agressivo na minha direção; a mão direita estava pousada sobre uma cobra com língua bifurcada, cujo corpo sinuoso arrastava-se pela lateral do trono para enrolar-se três vezes ao redor da perna em forma de pata.

Ele sorria o sorriso de Matthew Gilbert, mas seus olhos eram frios e malvados. Eu ajudara Grimalkin a matar a filha dele. Será que ele tinha me chamado para levar a cabo sua vingança?

— Sente-se, Tom. Sente-se a meus pés — ordenou ele, apontando para o espaço diante do trono, e eu não tive escolha senão obedecer, sentando-me de pernas cruzadas nas tábuas e o observando.

Olhei para seu rosto, que não sorria mais, e me senti muito indefeso e à sua mercê. E havia algo ainda mais perturbador. Eu não tinha a sensação de estar num batelão sobre o canal. Sentia como se estivesse caindo, caindo como uma pedra, enquanto o chão se precipitava em minha direção.

— Posso sentir seu medo — disse o Maligno. — Acalme-se. Estou aqui para ensiná-lo; não para destruí-lo. E, se eu quisesse vê-lo morto, muitos ficariam satisfeitos em fazer esse serviço para mim. Tenho outros filhos. E muitos que juraram obediência a mim. Você não poderia esperar fugir de todos eles.

"Mantive minha palavra — continuou ele. — Permiti que seus companheiros vivessem, e eu não precisava fazer isso porque você não derrotou minha filha sozinho, mas teve a ajuda da assassina, Grimalkin. No entanto, fiz isso como um presente a você, Tom, porque, um dia, iremos trabalhar juntos, apesar de sua atual relutância. De fato, já somos mais próximos do que você imagina. Mas, apenas para que você saiba exatamente com o que está lidando, revelarei um segredo a você.

"Veja, há outra filha minha cuja identidade apenas uma pessoa neste mundo conhece. Uma filha especial que, um dia, fará grandes coisas a meu serviço. Falo de minha filha amada, Alice Deane..."

Por um momento, não acreditei no que ele acabara de dizer. Estava espantado. Suas palavras giravam na minha mente como corvos negros que mergulhavam para afundar seus bicos afiados em meu coração em meio a uma tempestade de vento. Alice era filha dele? Ele estava dizendo que Alice era filha dele? Que ela não era melhor que Morwena?

Monstros ou feiticeiras — essa era a descendência do Maligno. E, se nascia um ser humano ou um ser puro, ele o matava imediatamente, como fizera com o filho de Grimalkin. Mas ele permitira que Alice vivesse. Seria verdade?

— *Não* — falei para mim mesmo, tentando aparentar calma.

Ele apenas estava tentando nos dividir. Lembrei-me do que minha mãe dissera sobre o Caça-feitiço, Alice e eu:

A estrela de John Gregory estava começando a se apagar. Vocês dois são o futuro e a esperança do Condado. Ele precisa dos dois a seu lado.

Será que minha mãe estava errada? Ou talvez ela não estivesse errada. Um dos nomes do Maligno era "Pai das Mentiras". Portanto, provavelmente ele estava mentindo agora!

— Você está mentindo! — gritei, finalmente, e o medo que eu sentia desapareceu, foi substituído por ultraje e raiva.

O Maligno balançou a cabeça lentamente.

— Nem os clãs de Pendle sabem disso, mas, mesmo assim, é a verdade. A verdadeira mãe de Alice está amarrada numa cova no jardim de John Gregory, em Chipenden. Falo de Lizzie Ossuda. Quando a criança nasceu, foi imediatamente dada a um casal sem filhos: o pai era um Deane e a mãe, uma Malkin. Mas, quando Alice cresceu e estava pronta para o treinamento nas artes das trevas, o casal se tornou inútil. Na noite em que morreram, Lizzie foi reclamar a filha. O treinamento teria continuado, não fosse a sua intervenção e a de seu mestre.

Lizzie Ossuda — mãe de Alice! Seria possível? Eu me lembrei da primeira vez que vi Lizzie. Diziam que era tia de Alice, e imediatamente percebi a forte semelhança familiar. Ambas tinham os mesmos traços, cabelos muito escuros e olhos castanhos, e, embora mais velha, Lizzie fora tão bonita quanto Alice. Mas, em muitos outros aspectos, ela era bastante diferente. Sua boca torcia e sorria quando ela falava, e dificilmente ela olhava nos olhos de alguém.

— Não é verdade. Não pode ser...

— Oh, mas é verdade, Tom. Os instintos de seu mestre se mostraram corretos. Ele sempre duvidou de Alice, e, dessa vez, não fosse por seus sentimentos e a intervenção de Arkwright, ele a teria amarrado num poço próximo da mãe. Mas nada que eu faça deixa de ter cuidadosa reflexão e cálculo. Por isso concordei com seu pedido para libertar a alma de Amelia. William Arkwright ficou tão grato! E se mostrou muito útil. Quanta eloquência! E agora Alice finalmente está livre, longe da influência e do olho observador de John Gregory, e poderá voltar para Pendle, onde eventualmente assumirá seu verdadeiro lugar como líder e unirá os clãs de uma vez por todas.

Fiquei calado por um longo tempo, e uma sensação de náusea tomou conta de mim, ao mesmo tempo que a sensação de estar caindo se intensificava.

Mas, então, um pensamento subitamente veio à minha mente para elevar meu espírito.

— Se ela é sua filha, como combateu tanto as trevas? Como ela enfrentou os clãs de feiticeiras em Pendle, arriscando sua vida para impedi-las de trazer você para este mundo, através do portal?

— Muito simples, Tom. Ela fez tudo isso por você. Você era tudo o que importava para ela, por isso ela se transformou no que você queria e abandonou a maior parte do treinamento em feitiçaria. Claro, ela nunca o abandonou por completo. Está no sangue dela, não é? A família faz você ser quem é. Eles lhe dão a carne e os ossos, depois, moldam sua alma de acordo com suas crenças. Certamente, você já ouviu isso antes, não é? Mas as coisas são diferentes agora. As esperanças dela acabaram. Veja, até a véspera de John Gregory mandá-la embora, Alice não sabia quem ela era de verdade. Escondemos isso dela até o momento certo.

"Naquela noite, ela tentou contatar Grimalkin. Tentou agradecer-lhe pelo que tinha feito, salvando você. Ela usou uma poça-d'água à meia-noite. Mas o rosto que retribuiu seu olhar foi o meu. E então apareci bem a seu lado e a charnei de minha filha. Ela não aceitou bem, para dizer o mínimo. Terror, desespero e, depois, resignação: essa foi a sequência de reações. Já vi tudo isso antes. Sendo quem é, Alice não tinha esperança de continuar sendo sua amiga. A vida em Chipenden estava acabada, e ela sabe disso. Ela não pode mais viver a seu lado a menos que eu decida intervir e torne isso possível. Eventualmente, as coisas mudam, mas, algumas vezes, elas se movem numa espiral, e podemos voltar ao mesmo ponto, mas num nível diferente."

Olhei para ele e o encarei. Em seguida, perguntei sem pensar muito no que dizia:

— No mesmo ponto, mas num nível diferente? Para você, isso poderia ser apenas para baixo. Rumo às trevas.

— E isso seria tão ruim assim? Eu sou o Senhor deste mundo. Ele pertence a mim. Você poderia me ajudar a torná-lo melhor para todos. E Alice poderia ficar conosco. Nós três, juntos.

— Não — retruquei, fazendo um esforço para ficar de pé e girando na direção dos degraus. — Eu sirvo à luz.

— Fique! — ordenou ele, com a voz cheia de autoridade e perigo. — Não terminamos ainda!

Embora minhas pernas estivessem pesadas como chumbo e a sensação de queda dificultasse meu equilíbrio, tentei subir um degrau e depois outro. Quando comecei a subir, percebi que forças invisíveis me puxavam para baixo, mas continuei me esforçando para sair dali. Quando meus olhos conseguiram ver além da beirada do batelão, fiquei apavorado. Pois, em vez da margem do canal, além do batelão não havia nada. Eu estava olhando para a escuridão absoluta; para o nada. Ainda assim, dei outro passo e outro em seguida, até que o mundo como eu o conhecia subitamente pudesse ser vislumbrado, e pulei para o caminho de sirga.

Peguei minha bolsa e o bastão e continuei na direção de antes. Não olhei para trás, mas senti que o batelão negro não estava mais lá. A névoa se fora, e, acima da minha cabeça, o céu brilhava estrelado. Caminhei sem pensar, muito entorpecido para isso.

Capítulo 31

De quem é o sangue?

No início da manhã, eu estava passando por Caster, rumo ao sul na direção de Chipenden. Cheguei à casa do Caça-feitiço no fim da tarde e o encontrei sentado no banco do jardim oeste, imerso em seus pensamentos e fitando os morros distantes.

Sentei-me a seu lado, sem dizer uma palavra, mas incapaz de encará-lo. Ele colocou a mão em meu ombro e deu dois tapinhas antes de se levantar.

— É bom tê-lo de volta — disse, com voz amável. — Mas posso ver que algo o impressionou terrivelmente. Agora, olhe para mim e comece a falar. O que quer que seja, você se sentirá melhor, se tirar isso de seu peito, garoto. Comece pelo começo e siga adiante...

Assim, exceto a promessa de Grimalkin de um presente, eu lhe contei tudo: a súbita aparição do sinistro batelão negro; o que o Maligno dissera sobre Alice ser sua filha; meu esforço para escapar. Contei até como Alice tinha se preparado para usar as trevas e me proteger usando um cântaro de sangue. Como ela obtivera o sangue de Morwena e pretendera misturá-lo com o meu para manter o Maligno distante. Que minha mãe havia usado um espelho para dizer a Alice que fizesse *qualquer coisa* para me manter em segurança.

Finalmente, expliquei como me sentia. Que eu esperava, de todo coração, que o Maligno *tivesse* mentido e que Alice não fosse filha dele.

Quando terminei, meu mestre suspirou profundamente; depois de um longo tempo, ele disse:

— Minha cabeça está girando com o que você acabou de me dizer, garoto. Acho particularmente difícil acreditar no que você falou sobre sua mãe: não importa o que ela tenha sido no passado; para mim, agora ela é uma serva poderosa da luz. Talvez a garota tenha mentido a esse respeito, o que acha? Alice faria qualquer coisa por você e, sem dúvida, queria salvá-lo a qualquer preço. Sabendo que você não iria aprovar seus métodos, talvez, ela tenha falado sobre sua mãe para que você os aceitasse. Isso faz sentido?

Dei de ombros.

— É possível — admiti.

— Então, vamos um pouco mais além. Pergunto-lhe agora: como você pode ter certeza, garoto? Como você pode ter certeza de que Alice não é exatamente quem o Maligno diz que é?

— Tenho certeza absoluta — respondi, tentando transmitir convicção em minha voz. — Não pode ser verdade...

— Olhe em seu coração, garoto. Existem dúvidas nele? Nada que o preocupe, ao menos, um pouco?

Havia algo me incomodando, e eu tinha pensado sobre isso durante todo o dia em minha volta para Chipenden. O Caça-feitiço me fitava severamente, por isso, respirei fundo e lhe contei.

— Há algo que nunca lhe contei. Quando Alice assustou os soldados e me salvou, ela usou algo que chamou *Receio*. Mas sua cabeça estava coberta de cobras, e senti frio quando ela se aproximou. Ela parecia a feiticeira mais assustadora que eu já vira. Será que eu vi a verdade das coisas à luz do luar naquela noite? Eu a vi como ela é de verdade?

O Caça-feitiço não respondeu.

— E tem mais uma coisa — continuei. — O comportamento de Alice quando o senhor a mandou embora. Ela não disse nada em defesa própria. E ela não agiria assim. O Maligno alegou que lhe contara na noite anterior e disse que ela estava resignada. E é o que ela parecia para mim. Como se tivesse desistido, e toda a vontade de lutar a tivesse abandonado. Ela sabia quem ela era, e não havia nada que pudesse fazer a respeito.

— Você poderia estar certo — disse o Caça-feitiço. Mas o Maligno certamente mentiria para alcançar seus propósitos. E, na verdade, há mais uma coisa que me preocupa, garoto. Você disse que Alice pegou um pouco do sangue de Morwena. Isso seria difícil. Como ela teria conseguido?

— Depois da morte de Morwena. Quando lavou minha corrente...

— Eu a vi lavar sua corrente, garoto, e ela não pôs sangue em cântaro algum. Posso estar errado, embora ela estivesse a apenas alguns passos de distância quando fez isso. Mas ela acreditava no cântaro, e tive um pensamento desagradável. Talvez ela tenha usado o *próprio* sangue! Ela estava desesperada para mantê-lo a salvo e sabia que era filha do Maligno, por isso, estava certa de que o próprio sangue funcionaria...

Enterrei o rosto nas mãos, mas o Caça-feitiço pôs a mão em meu ombro.

— Olhe para mim, garoto.

Olhei em seus olhos e vi tristeza.

— Não tenho provas disso. Posso estar errado. Talvez ela tenha guardado sangue da corrente. Por isso, digo-lhe uma coisa: também estou indeciso. Há mais alguém que conhece a verdade, e essa pessoa é Lizzie Ossuda, mas feiticeiras também mentem. Se Bill Arkwright estivesse em meu lugar, ele tiraria Lizzie da cova e a obrigaria a falar. Mas eu não concordo com isso. Além do mais, as pessoas costumam dizer qualquer coisa para não serem machucadas.

"Não, teremos que ser pacientes. O tempo trará a verdade às nossas mãos, mas, nesse meio-tempo, você precisa me prometer que não terá contato com a garota. Se ela for a filha do Maligno, eu terei cometido o maior erro de toda a minha vida. Não apenas eu a poupei da cova porque você pediu por ela, mas também lhe dei um lar e a deixei compartilhar nossas vidas por muito tempo. Ela teve todo o tempo para corrompê-lo. Oportunidades demais para enfraquecer tudo que tentei ensinar a você. Além disso, sendo ou não a filha do Maligno, ainda acho que ela é uma influência perigosa. Ela poderá tentar se comunicar com você pessoalmente ou usando um espelho. Você deverá resistir a isso, garoto. E não deverá ter nenhum contato com ela. Fará isso por mim? Promete?"

Assenti.

— Será difícil. Mas farei.

— Bom garoto! Sei que será difícil porque vocês dois eram muito próximos. Próximos demais para o meu gosto. Mas o maior perigo é que o Maligno tente comprometê-lo e levá-lo para as trevas. Isso poderia acontecer aos poucos, e você não se daria conta. Provavelmente, ele usaria a garota para isso.

"Mas as coisas não são tão ruins assim. Tenho boas notícias. Há apenas dois dias, chegou uma carta para você."

— Uma carta? De quem? É de Jack?

— Por que não entramos em casa e descobrimos? — disse o Caça-feitiço misteriosamente.

Era bom estar de volta. Percebi como sentira falta de minha vida em Chipenden. O Caça-feitiço me disse para sentar à mesa da cozinha. Em seguida, subiu as escadas e desceu trazendo um envelope, que me entregou com um sorriso. Um olhar, e meu sorriso se abriu mais que o dele.

Para o meu filho mais novo, Thomas J. Ward

Era de minha mãe! Finalmente, eram notícias dela! Avidamente, rasguei o envelope e comecei a ler.

Querido Tom

A luta contra as trevas em minha própria terra foi longa e difícil e está próxima de uma crise. Entretanto, nós dois temos muito que discutir, e eu tenho outras coisas a lhe revelar e um pedido a fazer. Preciso de algo seu. Além de sua ajuda. Se houvesse um modo de evitar tudo isso, eu não lhe pediria coisa alguma. Mas estas são palavras que devem ser ditas face a face, não em uma carta; por isso, pretendo voltar para casa em uma visita breve antes do solstício de verão.

Escrevi a Jack para informá-lo de minha chegada e estou ansiosa para vê-lo na fazenda, na data indicada. Treine duro em suas lições, filho, e seja otimista, por mais que o futuro pareça sombrio. Sua força é maior do que você imagina.

Amor,

Mamãe

— Minha mãe está vindo nos visitar no solstício de verão! — disse ao Caça-feitiço, entregando-lhe a carta alegremente.

Estávamos no dia 10 de abril. Em pouco mais de dois meses, eu a veria novamente. Mas fiquei imaginando o que ela queria me dizer.

O Caça-feitiço leu a carta, em seguida, ergueu os olhos para mim com o rosto muito sério e começou a coçar a barba, imerso em seus pensamentos.

— Ela diz que quer a minha ajuda. E algo de mim. O que o senhor acha que ela quer dizer? — perguntei, com as ideias ainda girando.

—Temos que esperar para saber, garoto. Poderia ser qualquer coisa — esta é uma ponte que somente será atravessada quando chegarmos lá. Mas, quando você for para a fazenda, eu também irei. Preciso dizer algumas coisas a sua mãe, e, sem dúvida, ela também terá algumas coisas a me dizer. Mas, até lá, temos trabalho a fazer. Há quanto tempo você é meu aprendiz, garoto?

Pensei por um momento.

— Cerca de dois anos...

— Isso. Dois anos, uma semana a mais ou a menos. No primeiro ano, eu lhe ensinei sobre os ogros. No segundo, estudamos as feiticeiras, incluindo seis meses de treinamento pesado com Bill Arkwright sobre as que se ocultam nas águas estagnadas. Portanto, agora chegamos a seu terceiro ano de estudos e começaremos um novo assunto: "A História das Trevas."

"Veja, garoto, quem não aprender as lições da história estará fadado a cometer os mesmos erros que seus antecessores. Examinaremos os diferentes modos de as trevas se manifestarem para as pessoas durante todos os séculos até o nosso. E não nos limitaremos à história do Condado.

"Ampliaremos nossos horizontes e pesquisaremos as narrativas de outras terras. Você também começará a estudar a 'Língua Antiga', o idioma falado pelos primeiros homens que vieram para o Condado. É muito mais difícil que latim e grego, e você terá muito trabalho!"

Parecia interessante. Eu não podia acreditar que, em seis meses, estaria na metade de meu aprendizado. Muita coisa tinha acontecido — coisas boas, coisas ruins, coisas assustadoras e coisas tristes. Com ou sem Alice, meu treinamento iria continuar.

Depois disso, jantamos — um dos melhores jantares que o ogro já preparara. O dia seguinte seria um dia agitado. O primeiro de muitos.

Mais uma vez, escrevi a maior parte dessa narrativa de memória, usando apenas o meu caderno quando necessário.

Já faz três semanas desde que voltei a Chipenden, e o tempo começou a esquentar; a névoa e o tempo frio do moinho de Arkwright são apenas uma lembrança agora.

Ontem, recebi uma carta de meu irmão, Jack. Ele está tão animado quanto eu com a notícia da visita de mamãe. Tudo está bem na fazenda, e meu irmão, James, está indo muito bem como ferreiro e tem trabalhado muito.

Eu deveria estar feliz, mas continuo pensando em Alice, imaginando como ela está e se o Maligno falou ou não a verdade sobre ela. Até agora ela tentou entrar em contato comigo duas vezes, usando o espelho de meu quarto. Em cada uma delas, ao deitar na cama, percebi o vidro começando a se iluminar e vislumbrei o rosto de Alice.

Tem sido difícil. Eu realmente queria soprar no espelho e escrever que estava preocupado com ela e perguntar se ela estava a salvo. Em vez disso, joguei-me na cama, virei o rosto para a parede e mantive minha promessa.

Ele é o Caça-feitiço, e eu sou seu aprendiz. Ele ainda é meu mestre e tudo que faz é para o meu bem. Mas ficarei feliz quando minha mãe voltar. Estou realmente ansioso para vê-la de novo e intrigado com o que ela tem a me perguntar. Além disso, quero descobrir o que ela pensa de Alice. Quero saber a verdade.

Thomas J. Ward

Impresso no Brasil pelo
Sistema Cameron da Divisão Gráfica da
DISTRIBUIDORA RECORD DE SERVIÇOS DE IMPRENSA S.A.
Rua Argentina 171 – Rio de Janeiro, RJ – 20921-380 – Tel.: 2585-2000